O ANJO ESTÁ PERTO

O ANJO ESTÁ PERTO

Um anjo vem à Terra e o mundo fica por um fio

Concepção original de
Deepak Chopra
&
Martin Greenberg

Tradução de
ANA DEIRÓ

Rio de Janeiro — 2001

Título original
THE ANGEL IS NEAR

Copyright © 2000 *by* Boldergate, Ltd.
Obra publicada com a permissão da
Harmony Books, uma divisão da Crown Publishers, Inc.

Direitos mundiais para a língua portuguesa
reservados com exclusividade à
EDITORA ROCCO LTDA.
Rua Rodrigo Silva, 26 — 5º andar
20011-040 — Rio de Janeiro, RJ
Tel.: 2507-2000 — Fax: 2507-2244
e-mail:rocco@rocco.com.br
www.rocco.com.br

Printed in Brazil / Impresso no Brasil

preparação de originais
FÁTIMA FADEL

CIP-Brasil. Catalogação-na-fonte
Sindicato Nacional dos Editores de Livros, RJ.

C476a
    Chopra, Deepak, 1946-
    O anjo está perto: um anjo vem à terra e o mundo fica por um fio / concepção original de Deepak Chopra & Martin Greenberg; tradução de Ana Deiró. - Rio de Janeiro: Rocco, 2001

    Tradução de: The angel is near
    ISBN 85-325-1297-6

    1. Ficção norte-americana. I. Greenberg, Martin Harry, 1941-. II. Deiró, Ana. III. Título.

01-0968   CDD-813
                                                                           CDU-820(73)-3)

O autor deseja deixar registrada sua gratidão pela assistência prestada na preparação deste livro por Rosemary Edghill.

PONTO DE IMPACTO...
8 DE MAIO DE 1999

— Os simples fatos são mais inacreditáveis do que qualquer coisa que eu pudesse inventar. É iminente a primeira captura de um anjo na história mundial. Apenas alguns cidadãos estão sendo avisados com antecedência. Esta informação me foi confirmada pela mais alta autoridade. Não por Deus, pessoalmente, é claro, mas se...

O homem, cujo nome era Marvell, apertou o botão em seu gravador com um dedo comprido e a máquina parou. Houve um breve chiado enquanto ele apagava alguns centímetros de fita do cassete. Ele tornou a apertar o botão para gravar. Dessa vez, falou mais cuidadosamente, em tom menos excitado, com pausas freqüentes para se assegurar de que estivesse sendo claro.

— Quinze de junho, página um, parágrafo um: Em algum recanto obscuro do mundo, um milagre está prestes a acontecer. Durante séculos os homens deram crédito à existência de anjos com base na fé e em visões. No passado isso era suficiente em termos de prova. Fé e visões têm sido a única maneira de provar a existência de Deus, da alma ou até de Cristo, se quisermos ser brutalmente honestos... droga!

Seus dedos procuraram e apertaram vários botões novamente, mas sem encontrar o que ele queria. A fita começou a chiar loucamente. Rhineford Marvell estava exausto. A emoção de seu êxtase havia se combinado com o terror de que pudesse estar enganado. Sua testa brilhava de suor e havia manchas úmidas em suas axilas. Ele não se virou quando ouviu baterem de leve à porta.

— Ford, querido? — Era sua mulher, Beth. A voz dela soava fraca e tímida. — Não queria incomodar você, mas...

— Se você bate e entra enquanto estou trabalhando, isso não é a exata definição de me incomodar? — Marvell retrucou bruscamente.

Houve uma pausa constrangedora antes que ela tentasse de novo.

— Você tem de comer alguma coisa. Já saí e voltei, duas vezes hoje, e esta porta não foi aberta esse tempo todo. Tem certeza de que está se sentindo bem?

— Já disse a você, quando eu precisar comer, será a primeira a saber.

O tom de voz dele não deixava dúvidas de que queria ficar sozinho. Ainda sem se virar, ele ouviu a porta se fechar silenciosamente. Sentia-se estranhamente reanimado e apertou o botão para gravar de novo.

— O grande evento não será interrompido. Estejam alertas, esperem os sinais. Logo todo mundo será testado. Estamos prestes a compartilhar de uma visita tão épica que a ascensão e a queda de impérios parecerão nada menos que pequenas ondas banhando as praias da eternidade.

Agora começava a se sentir mais forte e tudo estava se encaixando. Os mensageiros tinham algo de incrivelmente importante para dizer à humanidade e era por isso que logo iriam aparecer, fazendo-se conhecer de alguma maneira espetacular. Uma onda de felicidade cresceu no peito de Marvell quando pensou em quanto era privilegiado. Queriam que ele conhecesse todos os segredos deles, e estava pronto. Não haviam cometido um erro ao escolhê-lo. Será que Beth acreditaria, quando tudo fosse revelado e mil repórteres estivessem clamando para entrevistá-lo? Seria um grande prazer provar para sua mulher, sem qualquer sombra de dúvida, que estava casada com um dos escolhidos.

1
A CAPTURA

— Este lugar realmente me dá arrepios — resmungou Krause, passando o rifle M16 de um ombro para o outro.

— Talvez seja por causa das minas terrestres — comentou Linville, seu companheiro de patrulha. A voz dele tinha uma inflexão maldosa. — Podíamos chamar você de Toquinho.

— Não enche — retrucou Krause.

Os rastreadores de minas tinham feito um bom trabalho de limpeza do terreno quando os Aliados chegaram. Ela olhou para os pés nervosamente, sem poder vê-los no escuro. Nunca se sabia.

Estava chovendo no Kosovo. A paisagem daquele lugar atormentado era o relevo acidentado e agreste do norte do Mediterrâneo, uma terra verde e fértil de beleza selvagem.

Para um dos dois soldados, caminhando com dificuldade na lama, o terreno fazia lembrar sua terra natal — o sargento David Linville de Mendocino, na Califórnia. Sua companheira, SP4 Jan Krause, era do Kansas, e os morros íngremes cortados por vales estreitos deixavam a moça do interior, saída de uma região de fazendas, nervosa: Ela estava sempre vendo esconderijos de franco-atiradores nas copas negras das árvores.

Observadores, sobrevoando em aviões de reconhecimento da Sétima Air Cav, tinham avistado atividade suspeita na área e comunicado a seus superiores. Atividade era a palavra errada; tratava-se de uma fonte de luz, grande demais para ser uma casa em chamas, pequena demais para ser um incêndio na floresta. Estava centralizada numa pequena aldeia bombardeada, identificada nos mapas como Sv. Arhangeli. O filme nas câmeras do avião ficara enevoado e aquilo fora incentivo suficiente para mandar uma patrulha a pé.

Krause e Linville caminharam em silêncio durante algum tempo. Ambos levavam câmeras e detectores de radiação; Krause estava munida de um aparelho para detectar substâncias químicas comuns usadas para fazer bombas. As probabilidades eram contrárias a qualquer incidente que pudesse se revelar alguma coisa importante. Tudo que os dois queriam era chegar a Arhangeli, cumprir a missão e voltar em segurança para o quartel.

— Ei — disse Krause sem preâmbulos —, sabe que a Virgem Maria é daqui dessa área?

Linville não reduziu a marcha. A escuridão ao seu redor era suave e agradável. Deserta. Quase segura.

— Você está inventando isso.

— Não é mentira. Tompkins estava me contando uma noite dessas. Ela tem aparecido para um bando de crianças.

— Sorte delas — retrucou Linville distraidamente. — Por que não esperamos um pouco por aqui?

A estrada havia ultrapassado uma pequena elevação e a aldeia deveria estar abaixo deles, com apenas algumas luzes salpicadas das fazendolas ao seu redor. O aglomerado de casas remanescente havia sido bombardeado, queimado, atingido por projéteis e dinamitado até que nada mais restasse exceto uma planície irregular de escombros vagamente geométricos. A igreja, eles sabiam, ficava mais distante, uma construção de pedra cinzenta que um dia havia sido branca e que era quase invisível na noite enevoada.

Krause grunhiu sem dizer nada, largou a mochila pesada no chão e sentou-se nela. Tirou um binóculo pequeno da mochila e começou a inspecionar a área, que agora estava clareando à medida que a lua ia surgindo em meio às nuvens que se desfaziam. Finalmente, conseguiu ver bem o objetivo.

— Parece que está tudo bem — comentou ela.

Linville concordou balançando a cabeça e pegou a mochila. Eles tinham acabado de se levantar quando ouviram o som. Era um ruído surdo e prolongado, um som de apito de navio para neblina, profundo e distante, que parecia ecoar nas encostas dos morros circundantes, como se alguma música enterrada estivesse gritando debaixo da terra.

— Que ruído esquisito, nossa! Será que é alguma espécie de buzina de caminhão? — perguntou Krause depois de um longo momento paralisada.

— Claro que é — concordou Linville ironicamente. — Alguma vez já ouviu um caminhão parecer que está com fome? Ou quem sabe ele não se importa de assustar a presa.

— Isso por acaso é para me assustar? O som definitivamente estava vindo daquela direção. — Krause apontou para a igreja.

— O que lhe dá tanta certeza? Parecia muito mais distante — disse Linville cautelosamente.

— Pode ser. — Krause estava ereta, escutando os ecos misteriosos.

— Vamos descobrir. É por isso que nos pagam bem, certo?

As últimas notas ecoando morreram, arquejando no silêncio. Os dois soldados avançaram lentamente; levaram quase meia hora para alcançar os muros do pátio da igreja. No exato momento em que iam se aproximando da porta aberta do santuário, o lamento começou de novo, mais alto e mais hipnótico.

— Proteja-se — ordenou Linville, tenso.

Os dois se comprimiram contra as paredes emboçadas, olhando um para o outro.

— Vá em frente, sargento — sussurrou Krause. — Eu cubro seu flanco.

— Vá em frente *você* — rebateu Linville. Perguntou a si mesmo se Krause estaria se divertindo à custa dele por agir como se estivessem sob ataque.

— Acabei de me lembrar de uma coisa — disse Krause, agora em voz normal. Havia uma expressão estranha em seu rosto.

— O quê?

— Órgãos. Esta igreja é bem antiga, deve ter um órgão de fole. Talvez um gato tenha entrado nele.

Linville sacudiu a cabeça.

— Órgãos não funcionam à base de eletricidade? De onde estariam puxando eletricidade por aqui?

Krause olhou para a aldeia bombardeada.

— Boa pergunta. — O som de apito mais uma vez foi morrendo até silenciar. Perversamente, a estranheza da situação tranqüilizou Krause. — Venha, vamos lá.

Linville seguiu sua companheira entrando na igreja. Não havia nenhum órgão de fole que eles pudessem ver dentro da igreja em ruínas. A chuva pingava das vigas do teto esburacado. O santuário cheirava a umidade e decomposição. Hesitante, Linville dirigiu-se ao púlpito, enquanto Krause se virava para dar-lhe cobertura. Seus instintos de combatente diziam-lhes que alguma coisa sinistra estava acontecendo, a despeito do silêncio.

— Não há mais nada aqui — disse Linville, relaxando ligeiramente. — Qualquer coisa que pudesse queimar já virou cinzas. — Ele apontou para sinais de que pequenas fogueiras tinham sido feitas ali, numa época em que soldados e refugiados buscavam abrigo como e onde podiam. Os murais pintados com santos em trajes cerimoniais haviam sido desfigurados por pichações rabiscadas com sangue, agora seco. Linville acendeu a lanterna. Acima do altar conseguiu ler a palavra HATO, que era NATO [OTAN] em cirílico. Mas de qualquer maneira se podia ler.

Krause estava fazendo uma varredura nas paredes com o detector químico, na esperança de encontrar alguma prova de que atividades suspeitas tivessem ocorrido. Linville abriu o celular e teclou o número de seu comandante.

— Vamos, tenente. Atenda a droga do telefone, assim todo mundo vai poder ir para casa.

Krause se virou e deu de ombros, virando as palmas das mãos para cima. Não havia nada que se pudesse encontrar ali, nenhum traço de radiação nem de precursores químicos para explosivos. Ela começou a guardar o equipamento.

— Churchill.

— Tenente, aqui é Linville. Alcançamos o objetivo por volta das 23 horas, mas até agora...

Exatamente naquele instante o som os envolveu rugindo

novamente, um vasto dedilhar, semelhante ao som de um órgão, que encheu o espaço como uma onda oceânica. No mesmo instante em que os dois soldados americanos registraram esse fato, o ar foi inundado de luz, uma luz que crescia e se tornava mais intensa.

— O que está acontecendo, sargento? Sua voz está sumindo — a voz do tenente soou muito fraca no fone de Linville.

Linville tentou gritar em seu telefone, mas o som estrondoso o fez tapar as orelhas com os punhos. E então a luz tornou-se um clarão intoleravelmente forte, mais claro que mil foguetes sinalizadores explodindo.

Linville podia ouvir Krause gritando em protesto, um berro atônito que poderia ter sido de susto, de medo ou simplesmente a constatação de que estavam calamitosamente mal equipados para enfrentar qualquer que fosse a força que os estava derrubando. Krause se virou para fugir. Linville, mais próximo da fonte que ela, não conseguiu fazer nem isso.

Isto não é o que eu esperava, pensou tolamente no breve intervalo antes de começar a perder a visão. Algo penetrante como uma faca cortou sua retina, e ele ficou sozinho em meio a uma cegueira branca ofuscante, tão terrível quanto a escuridão. *Não era absolutamente o que eu esperava.*

— Eles podem nos ver? — perguntou o general, olhando pelo quadrado de vidro acinzentado para dentro do quarto de hospital.

— Não, senhor — respondeu seu ajudante-de-ordens. — Do lado de lá é como um espelho. Creio que ainda estão sofrendo de alguma cegueira residual. Os médicos estão mantendo o quarto na penumbra.

— Compreendo. — O general examinou os rostos envoltos em bandagens dos dois homens, melhor dizer dois soldados, já que um era mulher. Até aquela manhã, ambos haviam usado grossas bandagens nos olhos; agora, os rostos pálidos estavam cobertos por apenas uma camada fina de gaze. Pareciam, fantasmagoricamente, com guaxinins brancos sob a luz fraca que passava pelas persianas.

— Eles podem falar? — perguntou o general.
— Foi possível manter comunicação limitada, mas eles expressaram algumas idéias estranhas. — O ajudante-de-ordens tossiu, sem jeito, como se para mostrar que aquela falha não era culpa sua.
— Que diabo, então quando vão poder ser interrogados sobre a missão?
— Ninguém sabe, senhor. O problema é...
— Que eles não dizem coisa com coisa, não faz sentido o que falam. Esse é o problema, certo?
— Suponho que sim, senhor.

Tom Stillano havia sido posto no comando da Força-Tarefa Gabriel exatamente uma semana antes — que falta de sorte. A saleta de observação vizinha à ala de isolamento deixava apenas espaço suficiente para uma cadeira e uma mesa; um gravador de áudio digital estava ligado, emitindo sinais vermelhos e verdes que não significavam nada para o general.

Ele de fato tivera sérios motivos para ficar preocupado depois de ver os relatórios de campo.

— Então que significa tudo isso? Será que deveríamos vender assentos em volta do ringue para o fim do mundo? — gritara furioso ao recebê-los em sua mesa de trabalho. Se ainda houvesse alguma sanidade por acaso circulando pelo comando de campanha do exército, a gorda pasta de papel pardo nunca chegaria tão longe, teria se dissolvido nas trevas dos "canais competentes". O que viria depois? Talvez o Departamento de Defesa estivesse testando dinossauros para jogos de cavalaria.

O Centro Médico do Exército Walter Reed é o maior complexo militar de serviços de saúde. A instalação principal, uma colmeia de prédios, em sua maioria assemelhados a casamatas, ocupa cerca de 46 hectares no noroeste de Washington. Como em qualquer instituição tão próxima dos corredores do poder, segredos e verdades ficam escondidos ali.

Dez dias antes, dois soldados de infantaria haviam sido recolhidos por sua unidade no leste do Kosovo. Estavam delirando e cegos, completamente aterrorizados depois de terem vagado pela mata durante, pelo menos, vinte e quatro horas. Eles tinham feito tentativas inúteis e lastimáveis para evitar serem descobertos pelo inimigo, cavando buracos no solo da floresta com as mãos e cobrindo os corpos com folhas. Se Linville não tivesse entrado em contato com seu comandante no momento em que ocorrera o incidente, agora ambos estariam mortos e os Estados Unidos poderiam não ter idéia da magnitude da ameaça que enfrentavam.

Krause e Linville haviam sido localizados perto de um minúsculo vilarejo que os mapas chamavam de Sv. Arhangeli. O que encontraram lá com eles tinha sido o motivo pelo qual Stillano fora arrancado de seu pequeno escritório, nos círculos externos do Pentágono, para o núcleo central do Walter Reed. Fotos aéreas foram as primeiras a confirmar que a parede inteira dos fundos da igreja ortodoxa havia desaparecido — não queimada ou bombardeada, mas convertida em vapor, sem deixar escombros, nem sequer cinzas.

Através do telhado aberto, já destruído pela guerra local, a câmera registrou uma imagem amorfa que, de início, parecera ser apenas uma luz muito forte. Tão brilhante quanto o clarão de um foguete sinalizador de campanha à noite, conservava luminosidade suficiente durante o dia para aparecer com facilidade nas fotos oito por dez que estavam espalhadas sobre a escrivaninha do general Stillano. Ninguém tinha visto uma fonte de luz semelhante; não estava sendo alimentada por eletricidade, nem por qualquer tipo de combustível. A escassa população local não estava envolvida de forma alguma com o fenômeno, exceto por ficar parada em volta, olhando boquiaberta.

A população local começou a se reunir na manhã depois de a OTAN ter perdido o contato e a localização de sua unidade de patrulha. De início, foram apenas três ou quatro velhas mulheres camponesas, que provavelmente nunca haviam abandonado a igreja, a despeito de sua devastação. Elas convocaram o padre mais próximo, e então começaram a se formar pequenos grupos de fazendeiros e crianças, e esses grupos começaram a crescer. Quando os veículos blindados da OTAN finalmente chegaram à área, peregrinos estavam mantendo vigília constante no perímetro do santuário. As velas acesas pareciam vaga-lumes durante a noite, minúsculas chamas bruxuleando contra a completa escuridão do povoado.

Os camponeses presumiam que a luz viesse de Deus. O comandante local da OTAN, um oficial de blindados da Bavária chamado Hopf, decidiu tomar medidas de precaução contra um acidente com vazamento nuclear, como se uma segunda Chernobyl estivesse explodindo seu reator. Ele evacuou a área num raio de três quilômetros e meio em volta, impôs toque de recolher, proibição de viagens e censura da imprensa. Essas medidas foram recebidas com desagrado pela população local, mas a OTAN não tinha escolha. No fim das contas, o mundo exterior — exceto talvez por satélites espiões russos — não soube nada sobre o fenômeno.

A luz brilhante não possuía forma definida. Tinha aproximadamente três metros de um lado a outro, de acordo com os comunicados de Hopf, e pairava sobre o altar em ruínas a cerca de quatro metros no ar. Com escudo de proteção e óculos especiais de soldador, era possível chegar bem perto dela. Os técnicos não detectaram nenhum aumento mensurável de raios gama ou X em suas proximidades, excluindo a presunção de que aquilo fosse um incidente nuclear.

— É um maldito de um quark ou coisa parecida — o major que estivera em campo relatou ao coronel Burke. — Só que não é quente, senhor. Quero dizer, a temperatura do solo e da atmosfera não varia num perímetro de noventa metros.

— Então está me dizendo que a luz apenas fica parada lá e brilha como uma árvore de Natal? — perguntou Burke. O ajudante-de-ordens de Stillano não era um homem de muita imaginação e, depois do primeiro assobio de espanto, aquela fosse-lá-o-que-fosse tornou-se um aborrecimento. No que lhe dizia respeito, podia-se mandar retirar as tropas e devolvê-la aos camponeses.

— Não, não é exatamente uma árvore de Natal, senhor — balbuciou o major em campo, num tom hesitante. — O senhor teria de ver pessoalmente.

Quando afinal esclareceu-se que Krause e Linville estavam em estado de histeria religiosa, convocaram Stillano e, rapidamente, as decisões foram chutadas para os escalões superiores.

— Se Cristo voltasse para jogar na defesa dos Redskins — resmungara o general —, eles arranjariam uma maneira de fazer disso uma prioridade de segurança nacional. — A confusão toda era um pesadelo logístico. Os recursos financeiros alocados tinham de seguir através de rotas tortuosas que faziam com que isso parecesse o supra-sumo dos fiascos de operações secretas; a OTAN tinha de ser posta de lado (uma tarefa mais fácil do que se poderia imaginar, porque suas pesadas responsabilidades no Kosovo não deixavam muito espaço para o paranormal), e finalmente, o presidente com certeza iria querer informações atualizadas de hora em hora.

— Só desejo o bem desses dois soldados — comentara Stillano reservadamente —, mas a situação teria se tornado muito mais simples se eles *tivessem* sofrido radiação.

Droga, onde está Carter?, pensou Stillano, olhando furioso para o relógio. Exatamente naquele instante a porta mais abaixo no corredor se abriu e um homem alto, em trajes civis, entrou carregando uma valise preta. Usava óculos com aros de metal, o cabelo curto o bastante para deixar o crânio exposto. O homem alto estendeu a mão, passando a valise para a outra.

— Cheguei aqui há uns dois minutos... sou Marty Carter. — Tinha trinta e poucos anos, uns bons vinte anos mais moço que Stillano.

— Creio que eles podem estar cansados demais para nos receber agora — disse Stillano, disfarçando seu ressentimento com o fato de que um contingente civil tivesse sido convocado.

Carter deu um sorriso forçado.

— Vamos dar uma olhada neles e verificar. Não custa nada tentar, certo? — Ele saiu andando na frente do general e entrou, passando pelos fuzileiros montando guarda, sem pedir licença a Stillano.

— Olá, cavalheiros — disse Carter em tom alegre ao entrar.

— Estão acordados?

— Sim, senhor — respondeu Krause em voz baixa e áspera. Sua voz estava arrastada por causa da morfina, mas a gaze sobre seus olhos era bastante fina de modo que virou a cabeça na direção de Carter.

— Desculpe-me... eu deveria ter dito cavalheiro e dama — Carter se corrigiu. Ele parou entre as duas camas; os dois soldados olharam com a expressão fatigada em sua direção. Carter levantou a valise colocando-a sobre a cama de Linville e começou a vasculhá-la em busca de alguns documentos. Linville havia se recostado na cama.

— Posso dar-lhe dez minutos — disse o general às suas costas. Carter não se virou para olhar nem deu qualquer sinal de ter ouvido.

— Ótimo, de modo que aqui estamos nós — começou, abrindo uma pasta fina, retirada da valise. Puxou uma cadeira encostada junto à parede e sentou-se, sem se dar ao trabalho de fazer anotações. Ele sabia, Stillano disse a si mesmo, que todo e qualquer som emitido naquele quarto estava sendo gravado do outro lado do espelho.

— Meu nome é Marty. Trabalho para o governo e estou aqui para ajudá-los. — Ele sorriu levemente de sua própria piada. — Desculpem-me por incomodá-los, amigos, mas realmente precisamos saber o que aconteceu por lá.

— Já contamos para o comandante... Linville começou a dizer.

— Isso está entendido — interrompeu Carter. — Não importa o que vocês tenham dito até agora, uma porção de gente vai querer ouvir de novo. Eu sou apenas o primeiro. — Fechou a pasta, sem precisar consultá-la.

— Eles dizem que estamos... nos Estados Unidos — balbuciou Krause, a voz suave e esperançosa. — Vão nos mandar para casa?

— Com certeza não vão mandar vocês de volta para o Kosovo — respondeu Carter em tom firme, dizendo a verdade sempre que podia. — Quanto a ir para casa, é melhor cuidarmos para que estejam se sentindo melhor antes. Acho que já respondi a perguntas demais de vocês. Contem-me o que viram em Arhangeli.

— Estávamos em missão de reconhecimento, conferindo uma informação que nos tinha sido passada pelos Porcos de Guerra — relatou Linville lentamente, usando o apelido da Sétima Cavalaria. Dos dois, ele, de repente, se tornou o mais falante. — Chegamos àquela velha igreja. Havia um órgão tocando.

— Não era um órgão, senhor — corrigiu Krause. — Era... Eu não sei o que era.

— Vocês entraram na igreja? — perguntou Carter, a voz serena e baixa.

— É — disse Krause —, nós entramos. O lugar inteiro era uma bagunça, mas estava limpo. Nem sinal de tangos. — *Tango* era a gíria militar para terroristas, Carter sabia. Como se alguém pudesse dizer com exatidão quem eram os terroristas naquela guerra em particular.

— Então, o que vocês fizeram depois? Linville? Você telefonou para o tenente Churchill, não foi?

— Não consigo me lembrar direito... ficou muito, muito claro e houve uma explosão — respondeu o sargento.

— Mas então vocês foram lançados longe, certo? Porque nenhum de vocês tem ferimentos de impacto explosivo.

Linville não teve resposta. Carter preferiu não ressaltar que tampouco havia danos estruturais à construção que fossem consistentes com uma explosão recente.

— E o clarão de onde estava vindo? — perguntou.

— De todos os lugares, senhor.

— Não pode ser mais específico?

Krause esclareceu:

— Vinha do céu.

Carter virou-se para ela.

— Do céu? Como uma bomba ou um meteoro?

Ela sacudiu a cabeça.

— Não, do céu.

— Compreendo. — Carter assentiu, balançando a cabeça. Ele manteve uma expressão suave no rosto fino, muito embora estivesse pronto para cair na gargalhada na cara de ambos. Ele era o garoto Teflon por excelência, reparou Stillano. Nada seria capaz de colar naquela superfície reluzente e bem cuidada. Nenhuma falha, certamente nenhuma culpa.

— Concorda com isso, sargento? — perguntou a Linville.

— Não sei... Como eu já disse, parecia estar por toda parte.

A mente de Stillano começou a divagar. Era evidente que ninguém iria descobrir nada de novo, por mais que Carter tentasse ser minucioso em seu interrogatório. Stillano sabia que os passos seguintes no Kosovo haviam sido sem precedentes. Depois de dois dias de quarentena, a luz pairando não havia se movido nem desaparecido. Os observadores americanos se viram diante de um dilema com relação à questão do tempo, uma vez que o segredo não poderia ser mantido indefinidamente. Além disso, ao que parecia, algumas coisas estavam acontecendo psicologicamente. Os técnicos que se aproximavam demais da luz começavam a se comportar de maneira estranha; vários se recusaram a entrar de novo na igreja. Algo com o mesmo teor da mania religiosa que Linville e Krause haviam exibido os estava afetando.

Embora tentasse esconder, Krause continuava falando baixinho consigo constantemente. De início suspeitou-se que fosse algum tipo de psicose pós-traumática, até que se descobriu que ela estava rezando. Quando lhe perguntaram por quê, ela se recusou a responder. Se Linville também estava rezando, conseguia disfarçar melhor; a avaliação do oficial psicólogo afirmava que dentro de algum tempo ele poderia voltar ao serviço ativo.

O exército passou um cordão de isolamento em volta da luz e suspendeu os testes. "Exceto na hipótese de botar esta coisa dentro de uma jaula ou de fazê-la explodir no céu", dissera o comandante local em seu relatório, "não vamos mais tocar nela." E agora, o que fazer? A NASA havia desenvolvido um protótipo de "manguito apanhador" para ser usado no ônibus espacial, redes de malha de fibra especial, manipuladas à distância, a fim de recuperar satélites que tivessem saído de órbita. Algumas mentes criativas tinham aventado a possibilidade de usá-las algum dia para capturar cometas ou meteoros.

— Pelo amor de Deus, não estamos falando de capturar criptonita nos confins do espaço celeste — Stillano comentou furioso quando ouviu a proposta de usar esse mecanismo para prender a luz. — Preciso saber o que há lá dentro. Tem de haver alguma coisa dentro daquela igreja, estão me entendendo? Luz não aparece vinda de lugar nenhum.

— Esta luz é como um laser, senhor — havia explicado Burke, depois de examinar atentamente os relatórios científicos.
— Só que não está concentrada num feixe. Não compreendo totalmente, mas uma coisa é certa, não é luz do Sol, nem nenhum outro tipo de estrela que tenha sido vista da Terra.

Aquilo definira a questão. O exército havia decidido lidar com a coisa como sendo alienígena, talvez uma forma de vida, mas possivelmente um rasgo no tecido do universo que havia lançado uma dose enorme de energia desconhecida para dentro de nossa pequena dobra de espaço-tempo. Embora essa conclusão acrescentasse muito pouco ao conhecimento de todos, decidia a questão entre as alternativas de explodi-la no céu ou enjaulá-la: a jaula havia vencido.

Metade dos observadores começara a chamar a coisa de Kong, mas aqueles que eram menos extravagantes chamavam-na de *a captura*. Decididamente passava a impressão de estar viva, afirmavam alguns, ainda que não dentro de nossa concepção de forma de vida conhecida na Terra. Uma minoria teimosa, técnicos malucos, obsessivos por temperamento, argumentava que era absurdo atribuir-lhe personalidade; defendiam a possibilidade de que a coisa fosse um buraco branco errante, emanando força de além do cosmo conhecido.

— Vamos apanhá-la, senhor — comunicou o comandante de campo no terceiro dia de observação —, mas talvez tenhamos de levar junto a droga da igreja inteira.

Juntos, os pilotos e físicos que foram trazidos, acabaram apresentando um plano. Eles tinham de presumir que a captura estivesse ali voluntariamente e, embora fosse poderosa e imprevisível, não era hostil. Portanto, podia-se presumir, com alguma certeza, que não apresentaria resistência a ser removida.

Você não poderia conduzi-la numa coleira, mas se a captura cooperasse, poderia envolvê-la delicadamente, de tal modo, que sua forma ficaria coberta, fora de vista. Não seriam necessários quaisquer meios para contê-la (ainda que ninguém tivesse a mais remota idéia de que tipo de camisa-de-força poderia contê-la). Finalmente, tudo se resumiu em sair com a presa, flutundo num dirigível.

Um dirigível meteorológico do exército foi desmantelado e remontado dentro das paredes da igreja, peça por peça. Quando as últimas seções foram remontadas e as emendas vedadas, apresentou-se a questão delicada de enchê-lo de hélio, mas a captura não deu sinal de estar incomodada. Sua luminosidade parecia diminuir sempre que a operação trazia alguém perto demais, como se ela soubesse o que estava acontecendo. Encerrada em seu invólucro prateado, a captura foi retirada pelo que outrora havia sido a parede dos fundos da igreja. Em seguida, presa por cordas, foi rebocada por helicópteros Apache que se moveram lentamente durante a noite. O aeroporto mais próximo, em Pristina, tinha sido adequadamente reparado para permitir que um gigantesco avião de carga C-5a Galaxy pousasse, era um avião grande o bastante para transportar um pequeno exército e todo o seu equipamento. O dirigível fora facilmente manobrado e acomodado no seu interior, e quarenta e oito horas depois de os militares terem isolado o local, a captura já estava a caminho de sair da Europa.

Todos esses detalhes estavam incluídos na pasta sobre a mesa de Stillano e ele tinha de presumir que Carter tivesse conhecimento de todos eles. Então por que diabo ele estava pressionando aquelas duas múmias brancas no hospital? O general viu-se ficando cada vez mais furioso com as manobras e jogos da CIA.

— Por enquanto é só — disse em voz alta. — O tempo acabou.

Carter olhou em volta aborrecido, mas viu que Stillano falava sério.

— Muito bem — disse com um sorriso afetado. — Creio que conseguimos bons resultados aqui hoje. — Stillano tinha quase certeza de que não era esse o caso.

— Senhor? Quando poderemos ver nossas famílias, senhor? — perguntou Krause em tom choroso. Carter não respondeu, empurrando a cadeira de volta contra a parede e fechando a valise.

— Nós *vamos* ver nossas famílias, não vamos? — perguntou Linville fazendo eco.

Stillano estava a meio caminho de sair do quarto quando ouviu a resposta de Carter.

— Certamente espero que sim, sargento. Agora vocês realmente têm algo por que rezar, certo?

A noite chegava cedo na enfermaria, cedo demais para Krause, que geralmente ficava deitada sobre os lençóis sentindo a dor de seu corpo traumatizado. Agora que estava se restabelecendo e que os interrogadores tinham ido embora, ela pôde mergulhar em seus sonhos. Na verdade, não havia uma palavra para descrevê-los, pois Krause não podia criar um sonho, por apenas querer, mas podia chamar de volta a luz sempre que desejasse. Aquilo a sustentara durante as dores e a cegueira. Dissera a ela, enquanto o pânico puro a fizera correr aos tropeções pela floresta, que o resgate estava a caminho.

Como dissera a ela? Não conseguia se lembrar de que falasse e não estava recebendo mensagens por telepatia, pois isso não significava palavras em sua cabeça?

— Sargento? — chamou quase sussurrando.

— Sim — respondeu a voz de Linville na escuridão.

— Nós estamos malucos? — Este era um tema que Krause abordava muito.

— Talvez, mas é o tipo de maluquice certa.

— Certo. — Ele sempre dava a mesma resposta, mas mesmo assim ela queria que repetisse aquelas palavras a cada noite, uma forma de se sentir tranqüilizada. A enfermeira de plantão viria a cada duas horas para tomar os sinais vitais dos dois, mas por ora o quarto estava escuro o bastante para que Krause se sentisse íntima de Linville. Quando ela despertou de um de seus sonhos, até imaginou que o amava. Estranho, não tivera nenhuma indicação disso antes. Linville não era como os rapazes fortes e caladões das fazendas, com os quais estivera habituada e com quem um dia esperava se casar.

— O que Deus vai fazer agora? — perguntou ela. Não houve resposta. O silêncio de Linville a fez lembrar que tudo que eles diziam estava sendo gravado. — Acho que Ele vai fazer com todo mundo o que fez conosco.

— Psiu, vá dormir.

— Não estou puxando conversa para comprometê-lo, sargento. Se alguém estiver ouvindo, estou falando por mim. De qualquer maneira, nós já matraqueamos como malucos, sabe? De modo que, quem se importa? Seria preciso ser um idiota para acreditar que eles vão nos deixar voltar para a ativa. Estamos fora do jogo, sargento, sabe disso, não sabe?

— Cale a boca e vá dormir. Por favor. — A voz de Linville tinha um tom de súplica.

Ela se calou, mas não pelo motivo que ele queria. Linville estava com medo e não queria revelar o que a luz fizera com ele. Achava que podia manter-se calado sem revelar o jogo, e talvez pudesse. Aquela não era a tática de Krause. Não lhe interessava quem soubesse que Deus iria voltar à terra. Ele estava voltando através de gente simples como ela; era desse modo que compreendia as coisas. Fechou os olhos e tentou ver a luz novamente. Ela começou a aparecer, muito fraca, e Krause prendeu a respiração. Seu único medo era que a luz a abandonasse. Sabia que Linville, mesmo se mantendo calado sem mostrar seu jogo, temia a mesma coisa.

Mas a luz naquela noite estava segura, um brilho suave e confortador que aparecia como se estivesse no fundo de seus olhos, como o clarão depois de um *flash* — azul-claro, entrando em ondas suaves e de contornos esmaecidos. Por vezes o cintilar assumia uma forma e então parecia uma senhora esguia, vestindo um manto azul. Krause se recostou na cama e o silêncio cresceu ao seu redor. Amava a luz ainda mais do que amava Linville. Quinze minutos depois, quando a enfermeira de plantão entrou, o soldado na cama da esquerda já estava dormindo. Os sinais vitais dela estavam normais. A enfermeira anotou a pressão sangüínea, o ritmo do pulso e a temperatura na papeleta. Ela saiu e apagou as luzes. Era a mesma coisa todas as noites, mas se Krause tivesse conseguido ficar acordada, poderia ter-se arriscado e dito à enfermeira que também a amava.

A Voz do Anjo

Testando... testando...

Não tenho certeza de quanto está sendo recebido. Tentamos ultrapassar a fumaça e a neblina em volta de vocês. Ficariam espantados se vissem como é espessa. Temos sorte de sequer encontrar um campo de pouso. Digo "nós" porque não existe "eu" para nós. Isso é parte do problema — não há alternativa para falar em termos de "nós", mas vocês não nos recebem. Estão sintonizados para pequenas mensagens de "eu" para "eu". Esse problema foi objeto de reflexões durante milhões de anos. Muitas maneiras novas foram concebidas para conseguirmos nos fazer entender. Paramos fora de vocês e pusemos asas, cintilamos com luz e até viajamos pelo interior de suas mentes. Essas são condições estranhas para nós, pois Deus não reconhece interior ou exterior. Vocês são transparentes como vidro para Ele, como o ar. Nós, os anjos, olhamos para vocês e também vemos através de vocês. Para nós é muito estranho que mal possam parar para olhar para si mesmos.

Vocês nos chamam de "mensageiros". Nós nos chamamos de os "guardiães".

Agora, ao mesmo tempo que velamos, queremos ajudá-los, mas já faz muito tempo que vocês nos esqueceram. Não é de nosso feitio assombrar vocês. Embora não sejamos invisíveis, é como se fôssemos. Se já têm medo de ver a si mesmos, como não ficariam mais aterrorizados se nos vissem. De maneira que não vêem. Vocês têm vergonha de serem velados e, no entanto, também anseiam por isso. Como uma criança que se sente amada porque os olhos de sua mãe a acompanham, vocês só se sentirão amados quando os olhos de Deus puderem estar sobre vocês.

Agora já sabem qual é o problema. A questão é: Quem vai nos ajudar a encontrar a solução?

O Hotel e Cassino Mirage na avenida principal de Las Vegas é onde estão os famosos tigres brancos de Siegfried e Roy, há um vulcão que entra em erupção a intervalos regulares junto à entrada, um pequeno zoológico exótico logo à direita da recepção, um tanque com tubarões, uma pizzaria bem no meio das máquinas caça-níqueis e uma fileira de lojas extravagantes de presentes flanqueando um corredor de mármore. Se a água transforma o ambiente, o tanque de tubarões também dava sua contribuição; todo o resto apenas contribuía para um pretensioso sonho americano *kitsch*.

Ted Lazar realmente não dava a menor bola para tigres. Vinha fazendo seu caminho, percorrendo metodicamente a avenida ao longo das últimas trinta e seis horas, seguindo de leste para oeste, passando algumas horas em cada cassino, na mesa de vinte-e-um. Não ganhava nem perdia — as flutuações em suas finanças tendiam a acabar se equilibrando. Na falta de uma maré de sorte, Lazar seguia adiante sempre que ficava entediado com a decoração neobrega ou quando a gerência do cassino começava a prestar muita atenção à sua presença.

Havia um certo motivo para que reparassem nele. Lazar era alto, tinha bem mais de um metro e noventa, era desengonçado de tal modo que ficava parecendo um grou, um ser dotado de joelhos e cotovelos, dado a colisões repentinas com o mundo que o rodeava. Sua pele tinha um tom macilento, típico de um homem que nunca via o sol; seus cabelos negros muito lisos eram longos, descendo abaixo dos ombros. Vestia um paletó de linho branco, muito amarrotado, Nikes pretos e uma camisa havaiana antiga, rosa e dourada.

Ted Lazar também era um tolo apaixonado pela sorte, um jogador compulsivo. Depois que começava, por mais moderado que fosse, por mais sensato que fosse, jogava até estar devendo milhares de dólares. Não tinha carro nem cartão de crédito, e nenhum banco em sã consciência lhe emprestaria dinheiro. O que ele realmente tinha, contudo, era uma autorização de acesso para questões de segurança governamental com um nível de abrangência quase tão alto quanto a lua; o bolso cheio de fichas de cortesia dos principais hotéis no Condado de Clark e um acompanhante, pago pelo governo federal, que o seguia por toda parte, mantendo controle sobre suas apostas. Não seria conveniente que Lazar caísse em desgraça com o crime organizado ou nas mãos de um ladrão oportunista. Seus empregadores não tinham como mudar sua natureza, mas podiam impedir que ele se machucasse.

— Estamos em casa — disse o acompanhante, cujo nome era Philips.

— Já vi exatamente esse tipo de maré. Estava assim pouco antes de eu ganhar um quarto de milhão de dólares — comentou Lazar. Sua mente brilhante não tinha nenhuma dificuldade para perceber que sua sorte logo estaria mergulhando naquele buraco em que fortunas e sanidade mental se perdem. Por sorte ele não tinha nenhuma das duas para perder. Nos estranhos limites da física dos plasmas, as aplicações potenciais do trabalho de Lazar eram suficientes para destruir a sanidade de qualquer homem normal.

— Quer jogar uma mão? — Lazar perguntou a Philips. O acompanhante fez que não com a cabeça. Philips nunca jogava uma rodada, e Lazar nem perguntava para tentar influenciá-lo; havia uma certa simetria em fazer a mesma pergunta a cada meia hora e isso agradava a mente esquisita de Lazar.

Um homem corpulento vestindo uniforme do exército surgiu no campo de visão de Lazar, de repente. Ele se aproximou e estendeu a mão apresentando uma pasta de identificação. Lazar a ignorou.

— Vá embora — disse cordialmente. — Há uma probabilidade em sete de que uma rainha vermelha vá aparecer nesta mão. — O jogador que dava as cartas no vinte-e-um virou a rainha de copas na mesa à sua frente. — Perdi de novo — resmungou Lazar enquanto suas fichas eram puxadas.

— Dr. Lazar, meu nome é major Seldon — disse o homenzarrão. — Tenho que levá-lo para...

— Um lugar melhor? Homens mais fortes que você já tentaram e não conseguiram. Philips! — O acompanhante, que havia se afastado um momento para observar os tubarões e as mulheres de seios nus, reapareceu a seu lado.

— Algum problema por aqui? — perguntou Phillips em seu sotaque carregado do meio-oeste. Seldon apresentou as credenciais de novo e o acompanhante recuou com um assentimento constrangido de desculpas.

— Senhor — insistiu Seldon.

— Estou ocupado — retrucou Lazar com aspereza. — Estou de férias.

— Tenho autorização para fazer uso de coação se necessário, senhor — disse o major em voz baixa.

— Tem uma bazuca e suporte enfiados nas calças? — rebateu Lazar. — O que está havendo major?

O que estava havendo não foi esclarecido antes de Seldon dispensar o acompanhante e convencer o cientista a entrar no banco de trás de um Cutlass branco alugado com vidros escuros espelhados. Então revelou-se que seu nome oficial era Área 23. Ao contrário de sua prima famosa de Nevada, a Área 51, não havia sequer rumor da existência da Área 23 na Internet. Ficava escondida em algum lugar no Sul do Novo México, no coração de uma reserva militar que cobria centenas de quilômetros de deserto. O pessoal que servia por lá a apelidara, de maneira bastante prosaica, de Zona Crepuscular, e ninguém tinha autorização para imprimir nada sobre o que acontecia ali.

— Eles precisam de que o senhor venha examinar uma coisa — explicou Seldon.

— Isso é especial. Pode me dar alguma pista? — perguntou Lazar languidamente.

— É um tipo de captura — respondeu Seldon.

— Como eu. E sou o único imbecil competente para avaliar essa captura especialmente exótica?

— Parece que sim.

— Que delícia — comentou Lazar. — E ela ainda está por aqui? Geralmente essas capturas ocorrem em aceleradores de partículas de alta velocidade e duram poucos microssegundos.

— Não tenho competência para explicar melhor a situação, senhor... e há questões de segurança — declarou o major sem pedir desculpas. Ele não tinha nenhum interesse pelo estado de ânimo ou pelas esquisitices da mente de Lazar.

Uma vez que havia aceitado o fato de que não poderia mais dar vazão à sua compulsão de jogar até que se esgotasse, Lazar se deitou encolhido no banco de trás e tentou compensar os rigores dos últimos dois dias e noites passados em claro. Seus cotovelos não se encaixavam em nenhum lugar e mesmo através dos vidros escuros das janelas o sol inclemente do deserto fazia arder seus braços e o pescoço. Dava para cochilar desconfortavelmente de vez em quando.

Lazar não era o único cientista que se sentia desconfortável e inquieto. Um outro carro da frota infindável de sedãs brancos GM do governo, com vidros escuros espelhados, estava seguindo para a Área 23 por uma estrada diferente. Simon Potter tivera um bocado de tempo para pensar durante a viagem tediosa desde White Sands, onde haviam passado a noite verificando mais uma vez seu acesso para questões de segurança, e os seus pensamentos não eram nada agradáveis. Quando os militares arrancavam alguém como ele do mundo encastelado nas nuvens da Pesquisa & Defesa, geralmente significava que alguma coisa ruim no reino das armas havia sido avistada nas trevas.

Mas má para quem? Ele examinou mentalmente as possibilidades. A antiga União Soviética ultimamente andava em paz, conseguindo continuar o penoso trabalho de desarmamento em curso sem que um número excessivo de fissionáveis fosse desviado para vendas particulares. Mesmo assim, várias dúzias das chamadas "bombas malas" haviam desaparecido alguns anos antes e nunca mais reapareceram. E então a atenção se voltara para o terrorismo biológico. Depois que o governo se dera conta de que os soviéticos haviam criado vinte toneladas de vírus de varíola puro, num laboratório remoto na Sibéria, Simon e sua equipe haviam sido transferidos de volta para as sombras.

De qualquer maneira, os turbulentos Bálcãs não eram um problema nuclear e, se Deus quisesse, os participantes continuariam a se limitar a armas de fogo, facas, tijolos e bombas convencionais. Em Cabul, o Talibã continuava na mesma agitação, mas se mantinha principalmente dentro de suas próprias fronteiras, e o resto do Oriente Médio prosseguia em seu ritmo de revoltas habituais, ora mais intenso, ora mais devagar. Simon não tinha certeza do que ficava faltando, mas o que quer que fosse devia ser um bocado ruim.

O vidro que separava o banco de trás do da frente tinha o mesmo tom cinza fumê das janelas, e através dele Simon mal podia distinguir a parte de trás da cabeça do motorista. Estar sentado naquele compartimento escuro dava a mesma sensação de estar sendo contrabandeado para algum lugar dentro de um piano. Simon se divertiu ao pensar na analogia. Enfiou a mão no bolso do paletó e tirou um sanduíche achatado de queijo e presunto. E agora, onde estava a droga da água mineral?

— Alô? — Ele bateu na divisória. O motorista não reagiu.

Típico robô militar. Uma reflexão engraçada partindo de alguém versado no mundo dos computadores do novo Departamento de Defesa pós-Guerra Fria. Visões de adolescentes hiperinteligentes, com capacidade para começar a desencadear ataques nucleares, dominaram os pensamentos de Simon. Como era britânico, ao ser transferido para Stanford, tinha uma concepção preconceituosa de estrangeiro, com relação à estocagem de armas nucleares. Havia chegado a hora das superpotências pagarem a conta pela ganância do passado. Se você conseguisse arranjar um pouco de plutônio, o que era dez vezes mais fácil do que costumava ser, podia comprar todo o resto que precisasse para construir uma pequena bomba nuclear em qualquer filial da Western Auto. Talvez algum espírito travesso tivesse feito exatamente isso. Simon esperava apenas que não fosse um de seus amigos.

Simon estava com trinta e oito anos. Tinha olhos azuis, cabelos louros curtos, um rosto enganadoramente jovem e companheiros de trabalho que desprezava vagamente. Passava a vida migrando entre Palo Alto e os laboratórios de defesa do governo, em Los Alamos. Nunca se casara porque, francamente, pondo de lado seu intelecto, nada em sua pessoa podia ser de algum interesse para uma esposa. Essa avaliação, feita no final de sua adolescência, se mantivera. Ele acreditava em decência, ordem e praticidade, e em todo um catálogo de virtudes agostinianas. Usara o mesmo terno cinza, gravata marrom de seda e camisa social branca para trabalhar, todos os dias, durante os últimos quinze anos e, com muito raras exceções, comera a mesma coisa no café da manhã e no jantar — café, duas fatias de torrada sem manteiga e um ovo ligeiramente cozido —, pelo mesmo período de tempo. Simon era tão incapaz de fazer um gesto espontâneo quanto de tirar a roupa até ficar nu ou de atirar em alguém do alto de uma torre.

Para ser escrupulosamente justo, Simon poderia ter sido uma pessoa completamente diferente se, em alguma ocasião, tivesse dado mais atenção à existência material, mas nunca dera e nunca daria. Para ele o mundo material era apenas um posto de abastecimento que permitia à mente explorar o cosmo livre de controles. Dispunha apenas do tempo que durasse sua vida para descobrir as respostas para as perguntas que o obcecavam e, nos momentos que precediam o adormecer, angustiava-se com a possibilidade de que todo o tempo de sua vida pudesse não ser suficiente, de que pudesse morrer sem ter respostas para suas perguntas.

Estava quase morrendo de sede quando chegaram. Um fuzileiro usando capacete cromado, polainas e adornos metálicos abriu a porta. Simon saltou do carro sentindo os músculos enrijecidos e viu-se dentro de um enorme hangar. A atmosfera estava quente como um forno, e a luz branca espessa do deserto penetrava por todas as frestas.

Não estava sozinho. Havia outro sedã estacionado a alguns metros de distância, e um outro fuzileiro estava auxiliando o passageiro a saltar, era um homem desalinhado que parecia uma garça em busca de sua presa. Assim que seus olhares se encontraram, Simon o reconheceu: Ted Lazar, um dos poucos privilegiados na terra que talvez pudesse acompanhá-lo numa conversa. Lazar o encontrara uma vez, numa conferência em Los Alamos. Ele não gostava muito de britânicos metidos a besta, o que era quase um elogio, vindo de quem vinha. Mas lhe agradou ainda menos o fato de que Simon estivesse ali — onde quer que estivessem. O que poderia ser tão mau ou tão grandioso que obrigava o governo a usar duas de suas cartas na manga e mandar trazer os dois ao mesmo tempo?

Simon e Lazar agora tinham entrado na Zona Crepuscular.

Não podiam ver para onde estavam indo, mas mesmo se pudessem, tinham autorização para acesso a questões de segurança de tão alto nível que o conhecimento não teria importância. Nos bastidores, mexendo seus pauzinhos, Tom Stillano conseguira descobrir, pela leitura de seus dossiês, que se havia alguém que pudesse desvendar o mistério da luz capturada, aqueles dois eram os que tinham mais chances.

Simon olhou em volta sem cumprimentar seu colega. Presumia que tivesse sido trazido para uma das bases militares secretas que haviam proliferado nas cinco décadas depois da grande explosão em Alamogordo.

Nada de bom vai resultar disso, pensou, olhando malignamente para Lazar, como se o outro fosse uma indicação de mau agouro.

— Puxa — disse Lazar, girando lentamente num círculo, enquanto se aproximava. — Um hangar de aeronave em algum lugar no sudoeste americano. A mente militar é realmente muito original.

Simon se permitiu uma careta discreta. Lazar era instável, um fronteiriço, se as primeiras impressões valessem alguma coisa, seria alguém que se encaixaria na concepção de história em quadrinhos como um físico de olhos tresloucados. Simon entregou-lhe o papel laminado da embalagem de seu sanduíche.

— Tome, lembrança de Roswell — disse. Por um segundo considerou a possibilidade de exigir que o levassem de volta para Palo Alto, mas hesitou. Não achava que o exército estivesse interessado em fazer as vontades de ninguém no momento.

Lazar resistiu ao desejo de transformar o papel laminado em antenas para enfiar na cabeça. O major que o havia trazido ali agora agia como um acompanhante. No fundo do hangar eles chegaram a uma porta flanqueada por um grupo de fuzileiros montando guarda. Do outro lado não havia nada, exceto uma saleta com consoles de equipamento ladeando outra série de portas mais além. O major escolheu um par de óculos especiais para si mesmo antes de entregar um par para cada um dos cientistas.

Simon os examinou com ceticismo. Eram óculos pesados de soldador, destinados a bloquear luz intensa, mas não radiação séria. Na época em que o governo ainda estivera fazendo testes nucleares sobre a superfície da terra, observadores em casamatas tinham usado óculos como aqueles para proteger os olhos da explosão, sem levar em consideração o fato de que danos muito mais sérios seriam sofridos por estarem tão perto de uma explosão nuclear.

Simon lançou um olhar para Lazar, percebendo a mesma expressão de estranhamento e espanto no rosto do outro.

— Vocês também vão precisar disso. Esses são temporários, depois lhes daremos outros com identificação. — O major entregou a cada um deles um pacote familiar, envolto em folha metálica cor de chumbo.

— Para que precisamos de dosímetros? — perguntou Simon abruptamente.

Lazar já estava rasgando a folha metálica e prendendo o pequeno quadrado de plástico na lapela amarrotada. Dosímetros eram usados por pessoas que trabalhavam com materiais radioativos diariamente. Os aparelhos mediam o nível de radiação a que a pessoa que o estivesse usando ficaria exposta de maneira a prevenir a possibilidade de contaminação cumulativa. Aquilo parecia confirmar as piores suspeitas de Simon.

— O general Stillano explicará tudo, cavalheiros. Quando estiverem prontos, por favor, entrem por aquelas portas distantes.

Não conseguindo ver outro curso de ação, Simon desembrulhou seu dosímetro e o prendeu ao paletó. O major abriu a porta e os convidou a entrar.

O ar tinha aquele cheiro asséptico e purificado comum aos laboratórios do mundo inteiro. As paredes e o teto eram grossos e pesadamente reforçados, recordando a Simon o tipo de lugares onde se faziam testes com bombas incendiárias. Divisórias móveis tinham sido posicionadas para bloquear a visão da porta e para isolar o som. O compartimento deveria parecer escuro, mas a despeito dos óculos de proteção cobrindo seus olhos, Simon podia ver perfeitamente bem, como se o aposento estivesse iluminado por arcos voltaicos. Assumindo a liderança como se por direito, Lazar foi caminhando para a luz, deixando que Simon o seguisse. O major veio por último — de maneira bastante relutante, na opinião de Simon.

Lazar ziguezagueou, sem hesitação, contornando as divisórias, e depois de poucos minutos alcançou a fonte da luz ofuscante. Na extremidade mais distante, ao fundo do aposento, estava um grande tanque curvo. Três paredes concêntricas de vidro formavam as paredes do tanque, cada uma delas tinha mais de oito centímetros de espessura. Quando eles viravam se afastando, a cor das paredes de vidro ficavam sombreadas assumindo um tom verde como um fundo de garrafa de vidro. Olhando de frente, contudo, era como se o vidro não existisse, tão forte era a luz da coisa contida ali atrás. Era uma coisa sem forma. Tudo que se podia ver era a luminosidade, brilhando como um sol enjaulado. Nenhuma fonte de energia era visível. Era como se o tanque contivesse luz pura.

Havia um outro homem com óculos de proteção, parado a cerca de três metros do compartimento. Simon calculou que aquele provavelmente fosse Stillano, temporariamente no comando da base e o contato para seu engajamento naquela missão.

— O que é isso? — perguntou Simon, com loquacidade forçada. — Vídeo doméstico de fusão fria? — Observando atentamente a luz, ele não se sentia assustado, mas estranhamente embaraçado. O que quer que estivesse dentro daquele tanque, não era algo corriqueiro.

— É um ser alienígena — disse o general. Contra a luz brilhante, o corpo do general parecia uma massa escura. Não havia qualquer resquício de humor em sua voz.

— Acho que isto merece um "uau" incondicional — comentou Lazar. — Havia alguma nave?

— Não. — Stillano sacudiu a cabeça. — Não de que tenhamos conhecimento. Vaporizou parte de uma igreja quando apareceu. Estamos imaginando que tenha vindo através de alguma espécie de deformação de espaço-tempo.

— E quer que nós descubramos como falar com isso? Tipo: E.T. liga para casa? — perguntou Lazar. Simon o observou, preocupado com o fato de que seu duplo pudesse absorver um fenômeno tão indescritível sem qualquer impedimento, com aquela facilidade. Parecia anormal. O próprio Simon ainda não havia encontrado palavras, mal conseguira pensar no que estava diante dele.

— Queremos que primeiro vocês nos digam o que é — disse Stillano.

— Onde, exatamente, conseguiram isso? — Simon finalmente se manifestou.

— No Kosovo, um lugar e tanto para encontrar uma coisa dessas, não acha? — o general falou em tom áspero. — Cavalheiros, tenho tão pouca vontade de estar aqui quanto os senhores. Sei que isso não é física, mas não temos PhDs em ufologia com acesso liberado para questões de segurança. Os senhores são os homens no centro dos acontecimentos. Precisamos saber o que é e como funciona, e temos de saber o mais rápido possível.

— É um ser alienígena, o senhor mesmo acabou de dizer isso — retrucou Simon, sacudindo a cabeça. — Se pode chegar aqui, talvez também possa se comunicar, não sei como.

— Por que não perguntar? — sugeriu Lazar. Ignorando a autoridade de Stillano, andou até junto do vidro e estendeu a mão para tocá-lo. Enquanto ele fazia isso, Simon reparou numa linha riscando o chão de concreto. O general estava na extremidade oposta da linha, afastado do tanque. Lazar acabara de cruzá-la.

Naquele instante — Simon não sabia dizer se Lazar de fato tocara no vidro —, a luz ganhou intensidade, ficando intoleravelmente brilhante de repente. Houve uma série de sons graves, musicais, como um apito de neblina ou a nota mais grave de um órgão. Simon só conseguiu reconstruir essas impressões posteriormente. No momento do evento em si ele recuou, como se lançado para trás por uma mão invisível. Houve um estrondo e Lazar, impelido com mais força do que os outros, bateu numa das divisórias móveis. Ele tinha sido lançado a quase nove metros de distância.

Por mais violenta que tivesse sido a força, a coisa toda durou menos de um segundo. Pouco depois Simon conseguiu enxergar novamente e o aposento estava em silêncio. Lazar se levantou lentamente e afastou os longos cabelos negros do rosto. Não parecia estar machucado, apenas abalado pela rejeição violenta. Olhou para as mãos como se esperasse que elas mostrassem marcas de queimaduras.

— Por que não perguntar? — o general repetiu a pergunta de Lazar. — Por causa disso.

A Voz do Anjo

Somente um tipo de pessoa será de grande utilidade para nós no futuro próximo — as pessoas que sabem quem são. Você sabe? Tenho permissão para penetrar muito ligeiramente em suas mentes e nelas vejo, ao mesmo tempo, a luz e a escuridão. Aqueles que sabem quem são têm mais luz. Ela é a clareza deles e a nossa esperança. Na percepção está a salvação do mundo, contudo não temos permissão para mudar a percepção de vocês.

Até agora.

Deus não sente dor, mas Ele pode sentir a dor de vocês, e então o amor Dele O leva a fazer com que ocorra a mudança.

Ele não está disposto a alterar sua criação inteira para salvar vocês. Ele decidiu que não nos obrigaria, porque a coisa que Ele mais ama em vocês é o livre-arbítrio. Tampouco Ele afastará a escuridão para as fronteiras mais distantes da criação — ainda que pudesse fazer isso muito facilmente —, porque o único cosmo que vocês conhecem e aceitam é feito de luz e trevas, de bem e mal, juntos. Para que vejam a beleza na luz, ela tem de projetar uma sombra.

Que alternativa deixa isso? Deus decidiu usar a força mais poderosa que ele tem sob suas ordens: Ele vai despertar vocês. Este caminho o agrada porque é o caminho do amor, o caminho mais gentil. O hospedeiro angelical soube imediatamente quando Ele iniciou este plano — mas eu sou obrigado a falar de maneira que vocês possam compreender. Deus não reconhece a passagem do tempo, de forma que não podemos dizer realmente que Ele tenha visto um problema e encontrado uma solução. Não, a verdade é a seguinte: Quando vocês chegaram ao ponto em que começaram a esquecer quem são, também esqueceram a verdadeira natureza de Deus. Foram deixados apenas com pedaços e fragmentos. À medida que esses foram se tornando cada vez menores e vocês se esqueceram até deles, houve apenas momentos passageiros de graça e, na vida de cada pessoa, uns poucos relances do divino.

O resto era o vazio.

Vocês choraram nesse vazio e ninguém respondeu. Deus não pode voltar a vocês porque Ele já está em toda parte. Isso significa que Ele não poderia ter deixado vocês. Não há distância a ser coberta por Ele. Vocês O chamam e suas palavras já são Deus, seus pensamentos são Deus, seu sofrimento, dor, felicidade, esperança, desespero e vitória são todos Deus. O que faz a diferença entre um mundo que é nada, exceto Deus, e um mundo que é nada? Somente vocês.

Portanto o poder de Deus de mudar o mundo depende da vontade de vocês. Se se dispuserem a despertar, então Deus estará em toda parte. Verão que ele nunca os deixou. Se voltarem a vontade contra a luz, Deus continuará a estar ausente, um vazio banhado por um milhar de lendas desgastadas.

Mesmo se decidirem estar entre aqueles que são despertados, não poderão fazê-lo de uma só vez. O processo os mataria. Deus pode iluminá-los em trinta dias, mas seriam necessários trinta homens para segurá-los. Anjos poderiam se fazer visíveis para vocês nesse instante, mas a visão seria pior que a cegueira.

De modo que refletimos sobre maneiras para dar um vislumbre a vocês. E algumas formas novas nos ocorreram. Agora veremos se elas funcionam.

2
"O ANJO ESTÁ PERTO"

O toque insistente do telefone arrancou Michael Aulden de um sono profundo. Ele foi despertando como um mergulhador subindo à tona em meio à água morna.

— Alô? — balbuciou, levando o fone até a orelha. O colchão se moveu, enquanto sua mulher se mexia sonolenta a seu lado.

— É o dr. Aulden? Preciso falar com ele. — A voz de mulher soava alta e assustada. Michael acendeu a luz.

— Sou eu. Com quem estou falando...

A voz soou penetrante, ainda mais estridente em seu ouvido.

— Ah, por favor, venha depressa. Aqui quem fala é Beth Marvell, eu... eu acho que meu marido está tendo um ataque. Ele está morrendo!

— Beth? — Ainda tonto de sono Michael tinha certeza de que não conhecia ninguém com aquele... não, agora suas idéias estavam clareando. — Da casa um pouco mais abaixo na estrada? — perguntou.

— Isso. *Por favor, tem de vir agora.*

— Estou a caminho, apenas procure não mexer nele. — Michael respirou fundo. Quase que de imediato a adrenalina levara seu sono embora. Ele se levantou, jogando o telefone celular sobre a cama e pegando as calças.

— Que foi? — murmurou Susan, começando a sentar na cama.

— Não se levante, tente dormir de novo. — Michael precisava se lembrar de onde havia deixado a maleta. Lá embaixo, no armário embutido perto da porta. Podia pegá-la quando estivesse saindo.

— O que está acontecendo? — perguntou Susan com insistência. — Vou fazer um café para você. — Ela se inclinou para a frente no escuro, a luz azulada do amanhecer estava começando a colorir os lençóis finos. Os longos cabelos louros lhe cobriram o rosto e sua voz estava rouca. — Deus do céu, mas afinal que horas são? — Aproximou os olhos dos números vermelhos do relógio digital reluzindo suavemente.

— Cinco e pouco. Escute, é uma emergência, bem perto daqui — disse Michael rapidamente, ansioso para ir logo. Ele a beijou e tornou a cobri-la. — Fique na cama, OK? Ligo para você.

Ele estava dando marcha à ré no carro, levantando cascalho sob os pneus, quando a idéia seguinte lhe ocorreu. *Paramédicos.* Será que Beth Marvell já teria chamado os paramédicos? Provavelmente não, se estava em estado de pânico avançado. Michael saiu rapidamente pela entrada para carros de sua casa e entrou na estrada estreita no campo. Tentou se lembrar do rosto de Beth, sem conseguir dar uma imagem clara à voz. Seu marido também era uma lacuna, não conseguia nem se lembrar do nome. *Rheingold?* Provavelmente tinham sorte dela ter tido a presença de espírito de telefonar para ele, sorte de ela ter se lembrado que seu vizinho mais próximo era médico.

A ironia era que ele estava passando pelo lento processo de deixar de ser médico. Michael havia realizado sua última cirurgia nas vizinhanças da fronteira da Síria, num acampamento de refugiados. Adorava ser cirurgião porque exigia duas coisas que faltavam nas outras áreas da medicina: coragem e originalidade. Nunca tinha sido um técnico, embora tivesse excelentes mãos, e nunca se esquecera de que suas mãos estavam mexendo numa pessoa, não apenas em um corpo.

Seu amor pela medicina poderia ter desaparecido por si só, porque fazer cirurgias era como tomar vitaminas para o ego e, por algum motivo, as doses não estavam funcionando tão bem quanto antes. Quando saía da sala de operações depois de ter operado uma paciente de câncer, que chegara com um tumor ovariano do tamanho de uma laranja, seu assistente por vezes dizia: "Não se sente ótimo por ter salvado aquela mulher?" Michael estava achando difícil continuar se sentindo vitorioso. Sua mente ficava aflita pelo que a mulher ainda estava passando, mesmo depois de ter sido "salva" — o medo contínuo, o espectro da morte que perseguiria seus passos, a sensação de não ser mais uma pessoa normal em um mundo normal. Como se pode salvar alguém que esteve viajando pelos submundos infernais? Parte deles fica lá para sempre.

Esses estranhos pensamentos que começaram a dominá-lo conduziam a estados de espírito ainda mais estranhos. Gradualmente, começara a abandonar o mundo da medicina e se perguntava por quanto tempo ainda poderia se manter apegado a ele, como um homem se agarrando desesperadamente à beira de um despenhadeiro. Será que não deveria ter coragem de se soltar? Onde iria aterrissar depois que caísse? Ou será que seu ego precisava de uma dose maior de vitaminas? Todo esse questionamento tinha um fundamento secreto, mas não havia tempo para descobrir isso naquele momento.

À distância, Michael podia ver as luzes da casa dos Marvell, uma casa com revestimento de tábuas brancas, fácil de ver à luz suave do amanhecer. Marvell era uma espécie de escritor, um recluso. Mas quem não era? O país estava entupido de forasteiros urbanos cuidando de suas vidas. As fazendolas ultrapassadas agora não passavam de cenário, um capricho rústico para qualquer um que tivesse dinheiro para comprá-las. Michael tinha lido em algum lugar que muitas crianças em Nova York não sabiam de onde vinha o leite, sabiam apenas que vinha em embalagens de papelão. Por uma questão de princípios, ele e Susan tinham evitado freqüentar a sociedade abastada da região de modo que no máximo tinham visto o casal Marvell apenas umas poucas vezes.

E que dizer de si mesmo? Segundo as aparências, Michael passava por um cidadão admiravelmente tranqüilo, acomodado em seu casamento, mais do que competente como médico. Era modesto e havia recusado mais de uma proposta lucrativa de trabalho como cirurgião. Podia-se dizer que também era um dos eremitas gentis. Ainda tinha uma aparência jovem, os cabelos castanhos encaracolados e sem fios brancos, os olhos castanhos intensos sob as sobrancelhas fortes.

Se pusessem uma câmera de vídeo sobre seu ombro e acompanhassem todos os seus movimentos, nada de incomum se revelaria. Era exatamente isso — os elementos invisíveis que o compunham, justamente o que nenhuma câmera poderia capturar, estavam secretamente entrando em ação. O fato de que ele tinha uma certa agitação interior não tornava menor a admiração que as outras pessoas sentiam. Mas essa agitação estava abrindo caminho de maneira implacável até chegar à superfície. A todo momento interrompia sua vida como uma azia, uma irritação no cólon ou um coração partido.

Ele se perguntava se alguma coisa drástica estava prestes a acontecer.

Naquele instante, à medida que se aproximava da casa, viu a mulher, Beth Marvell, parada ansiosamente na varanda da frente. Devia ser uns vinte anos mais moça que seu marido, mas, naquele momento, a pequena morena parecia envelhecida, o rosto magro contraído de medo. Se no dia-a-dia ela passava uma impressão bastante arrogante de superioridade, aquilo também havia desaparecido. Acenou para que Michael entrasse e imediatamente correu até a porta. Ele subiu a escada, dois degraus de cada vez e a seguiu, mal reparando que o interior da casa era novo e requintado, muito diferente do estilo vitoriano meio capenga da casa de Michael e Susan. A iluminação de segurança, projetada por especialistas, enchia o jardim bem cuidado com uma desagradável luz branca.

— Onde está ele? — perguntou Michael, com a respiração acelerada.

Beth Marvell apontou silenciosamente para o corredor. Michael passou por ela, sem esperar instruções. Sem dúvida o marido era uma pessoa de hábitos noturnos, como a maioria dos escritores. Provavelmente estaria no escritório.

A porta estava aberta quando Michael entrou. Uma ligeira névoa de incenso pairava no ar, com forte perfume floral. Uma luminescência suave, bruxuleante, emanava do chão e ele viu que o escritório estava cheio de velas acesas, dúzias delas, em cilindros de vidro para velas votivas. O escritório parecia uma igreja mexicana em dia de festa de santo. Contudo, passava uma impressão mais profana que santa.

Que diabo, senhores elegantes que vivem no campo não são membros de cultos, pensou Michael, automaticamente tateando em busca do interruptor. Ele o encontrou e acendeu a luz.

O corpo de Marvell estava caído no chão do escritório. Sua posição era estranha. Ele estivera sentado no chão, na postura de lótus — essa foi a rápida conclusão de Michael ao virar o corpo —, e havia caído para trás, derrubando algumas das dúzias de velas que o cercavam. Por sorte haviam se apagado em vez de incendiar o aposento.

Tarde demais, Michael ouviu sua voz interior dizer, enquanto procurava sentir o pulso e fazia as constatações inevitáveis.

Os olhos de Marvell estavam fundos em sua face e a pele já havia adquirido a tonalidade azul-acinzentada da cianose. O rosto liso, gorducho, estava contorcido nas agonias da morte, característico de um forte ataque cardíaco. A despeito do que Beth havia indicado no telefonema aflito, seu marido já estava morto há pelo menos meia hora, talvez mais. Michael se ajoelhou ao lado dele, apalpando e procurando qualquer sinal de vida, embora soubesse que eles já haviam desaparecido há muito tempo. O esgar de medo no rosto de Marvell não o chocou, já vira demasiadas vezes coisas daquele tipo.

A esposa de Marvell deve ter se confundido bastante com relação ao tempo, mas talvez estivesse dormindo na hora. Sem dúvida, a esperança e uma necessidade desesperada de acreditar a fizera telefonar para Michael, como se ainda houvesse alguma chance de que seu marido pudesse ser salvo.

Vá com Deus. Que a paz o acompanhe.

Apenas por um instante Michael permitiu que sua atenção se afastasse do corpo e se voltasse para o aposento ao seu redor. Quando ele se deu conta do que estava vendo, sua mente reagiu com repulsa.

Havia símbolos misteriosos, pequenas imagens, mapas e diagramas amontoados por todos os cantos. Parecia material de ocultismo: duas efígies de cera, de um homem e uma mulher nus, estavam amarradas com um laço, barriga com barriga. Havia uma taça grande de líquido fedorento sobre a escrivaninha de Marvell. Um baralho de cartas de tarô estava espalhado pelo chão em volta do corpo, como se alguém as tivesse jogado deliberadamente. O Enforcado e o Louco estavam junto da cabeça de Marvell. Qualquer que fosse o cenário, não era a noite do jogo de pôquer com os amigos. Michael se levantou, perguntando a si mesmo onde estaria Beth.

— Alô? — chamou em voz alta. Lembrava-se vagamente que Marvell escrevia livros de auto-ajuda espiritual, mas os brinquedinhos que Michael estava vendo indicavam algo muito além disso. Estaria Marvell fazendo experiências com magia negra, aquela perniciosa filha postiça da superstição, mesmo nos tempos esclarecidos de hoje?

Seu olhar caiu sobre um pedaço de papel amassado na mão de Marvell. Antes estivera bem seguro, os dedos haviam afrouxado com a morte, mas o bilhete não fora solto. Michael delicadamente os afastou, pegou o bilhete, desamarrotou a folha amarela pautada e leu a mensagem curta: O ANJO ESTÁ PERTO. As letras eram maiúsculas, escritas a mão, mas cuidadosamente. Não eram os garranchos de um homem lutando contra a morte. Suicídio? Bilhetes de suicidas não costumam ser místicos, quase sempre acusam os vivos ou apresentam desculpas patéticas. Aquela era uma mensagem de esperança — ou talvez apenas uma revelação acidental de um cérebro moribundo. Distraidamente Michael tornou a dobrar o papel e o enfiou no bolso. Ele ouviu a mulher voltar a entrar no aposento.

— Seu marido estava muito envolvido com ocultismo? — perguntou sem olhar para ela.

— Não se mova! — disse asperamente uma voz alta masculina. Houve o som inconfundível de uma arma sendo destravada. — Ponha as mãos atrás da cabeça.

Michael obedeceu automaticamente, antes que pudesse se sentir chocado ou confuso. Ocorreu-lhe, de repente, que o azar costumava vir em séries de três — era a pior das sortes que a casa de Marvell fosse assaltada na mesma noite em que ele caíra morto.

— Agora vire-se, devagar. Não mexa as mãos — disse a voz.

Michael obedeceu e viu-se diante de dois homens vestindo os uniformes cáqui e verde do Departamento do Xerife do Condado de Columbia. Um deles era Tyler Peabody — Michael o vira em Carbonek algumas vezes, tratara sua esposa para evitar um possível e temido aborto. Não reconheceu o outro policial. Os dois homens estavam com as armas apontadas para ele, com uma expressão sombria em seus rostos. Por trás deles Beth Marvell espiava do corredor, o rosto dela estava inchado e avermelhado de chorar.

— É ele! — berrou. — Foi ele mesmo! Ele matou Ford, ele nos odeia, desde que nos mudamos para cá, queria nossa propriedade... — Ela irrompeu novamente em lágrimas, sem conseguir continuar.

— Beth — disse Michael, dando um passo adiante.

— Não se mova, senhor! — ordenou Peabody em tom áspero. — Morgan, ponha as algemas nele para que possamos afastá-lo do corpo.

O outro policial aproximou-se, pondo a arma no coldre. Pegou um par de algemas.

— Ora vamos, Beth, pare com isso. Você me telefonou — disse Michael com calma forçada. Sua mente estava começando a ficar vazia, tomada por um branco por causa do choque. — Ela disse que o marido estava tendo um ataque.

Michael se virou para olhar para Marvell de novo. O que ele viu o fez ficar imóvel e em silêncio enquanto suas mãos eram algemadas às suas costas. Rhineford Marvell estava caído com o rosto virado para cima no chão de seu escritório, exatamente como estivera um instante antes. Mas agora estava coberto de sangue de um ferimento provocado por uma facada no peito. A camisa esporte de algodão branco que ele vestia estava encharcada de sangue, rasgada e aberta pela força dos golpes repetidos.

— Você o matou! Você o matou! — gritou Beth. Ela passou correndo pelos dois policiais e se atirou sobre Michael, as mãos arranhando o rosto dele. Os dois patrulheiros a afastaram desajeitadamente, tentando se proteger e proteger o prisioneiro da mulher enlouquecida pela dor.

— Eu não o matei — disse Michael, totalmente desnorteado. As algemas estavam frias e pesadas em seus punhos. Ele falou baixo e muito calmamente, como se estivesse sozinho num quarto de hospital com Beth, ao lado de seu leito de enferma. Ninguém lhe deu qualquer atenção.

Michael lançou um último olhar em volta, enquanto Peabody o conduzia para fora do aposento. Era uma visão inacreditável que ele carregaria, marcada a fogo em sua mente, por muito tempo. Rhineford Marvell jazia morto, assassinado, em meio a uma poça de seu próprio sangue.

Mas aquele problema, por mais estranho que fosse, de repente perdeu a importância diante do grande problema que Michael enfrentava. Num momento teve consciência de estar sendo conduzido para fora do aposento, mas então foi como se uma bifurcação invisível aparecesse no tempo. Parte dele, a parte que sabia que era inocente e que nunca se submeteria ao absurdo do que havia acabado de acontecer, se dividiu e ficou para trás. Esta alteração aconteceu em algum lugar em seu íntimo e no entanto teve um efeito físico imediato. No mesmo instante havia dois Michaels. Ele próprio — o Michael que sabia o que realmente havia acontecido — ficou parado, encostado contra a parede do escritório, com as costas apoiadas contra a estante de livros, observando seu duplo idêntico — um Michael sombra — sendo levado para fora do aposento. Não havia dúvida quanto a isso. Michael examinou suas mãos, a camisa, seus sapatos — ele estava no escritório como antes, intacto e respirando. Esse fato, que não deveria causar qualquer choque em circunstâncias normais, o deixou abalado.

— Ah, meu Deus — murmurou. Seu primeiro impulso foi correr atrás deles, agarrar Beth ou a polícia e gritar para eles: "Vocês apanharam o homem errado." Só que *aquele homem*, o que estava de cabeça baixa, e saiu sem lançar um olhar para trás, tinha participado no assassinato. Talvez fosse culpado de alguma maneira bizarra. Ou será que pensar assim era loucura?

Michael correu para o corredor. Viu as partes de trás de suas cabeças enquanto o pequeno grupo alcançava a porta da frente. O Michael sombra ficou parado, humildemente, esperando que alguém girasse a maçaneta de metal. O Michael deixado para trás sentia-se paralisado. Sua boca se abriu, mas no último minuto ele se conteve. Eles não se viraram. Michael observou Michael ir embora e isso foi tudo, tão simples quanto observar um total estranho partir. Só que talvez, a menos que estivesse enganado, o Michael que estava indo para a cadeia havia lançado um olhar rápido para ele no exato instante em que a porta da frente se fechava. Os olhos dos dois se encontraram talvez por um décimo de segundo. Não foi um olhar de reconhecimento, mas de vazio total. Michael não tinha nenhuma idéia, nem jamais teria, do que estava passando pela mente de sua sombra.

Susan Aulden se espreguiçou no meio da grande cama vazia, acompanhando sonolentamente o desenho das rachaduras no teto, enquanto esperava que Michael voltasse. Não estava preocupada. A felicidade de se sentir uma mulher amada deixava seu corpo relaxado. O último ano havia sido calmo e pacífico, à medida que o sentido da vida dos dois se acomodava num curso tranqüilo e sereno como o leito de um rio subterrâneo. Quem os visse agora jamais diria que, um dia, eles haviam sido amantes em conflito, capazes de se separar furiosos e sair noite adentro, depois de fazerem amor no calor do deserto. Na verdade, desertos eram feitos para eles, o cenário perfeito para o melodrama. Haviam experimentado traições, ciúmes, ausências mal-humoradas e discussões mortais. No final, ambos haviam ficado surpreendidos com o fato de que o resultado fosse ternura. Mas aquilo os agradara também, e haviam chegado à conclusão de que um relacionamento podia ser tão solidamente baseado em uma fundação de gentil suavidade quanto numa base mais dura.

Depois de voltarem da missão da Organização Mundial da Saúde na Síria, ela e Michael tinham se casado — o segundo casamento de Susan e o primeiro dele. Michael dissera que queria dar um tempo, tirar alguns anos para refletir sobre a direção de sua vida, e Susan, embora sem entender muito bem os motivos dele e as freqüentes guinadas de humor que o deixavam introspectivo e distante dela, ficara feliz por ir embora.

Ao passarem pelos portões do controle de segurança de Damasco pela última vez, Michael olhara para trás e dissera:

— Estamos deixando um mundo diferente.

— É verdade — concordara Susan, sem refletir muito sobre o comentário.

— Não, estou falando literalmente — dissera Michael.

O rosto dele tinha uma expressão tão misteriosa que lhe parecera cômica, mas o fato de que Michael ficara em silêncio durante a hora seguinte tinha ficado marcado em sua mente. Susan se sentia satisfeita com sua decisão de aceitar uma transferência de área, sem promoção, abandonando as dores de cabeça de ser a administradora chefe das operações de campo no Oriente Médio. Agora sua vida era a de uma tranqüila escritora e pesquisadora. Eles tinham procurado durante algum tempo e finalmente se instalaram naquela casa-sede da fazenda, de 150 anos, ao norte de Nova York. A casa outrora fazia parte de uma plantação de maçãs de tamanho razoável, mas a maior parte das terras havia sido vendida anos antes. Os poucos hectares que ficaram com a casa era tudo o que restava dos pomares originais.

Velhos tapetes e sofás esquecidos, escrivaninhas surradas e estantes de segunda mão foram adquiridas em depósitos, algumas novas aquisições foram escolhidas cuidadosamente nas lojas de antiguidades que salpicavam o Vale Hudson e, aos poucos, a casa deles adquirira o aspecto de um lar. Quase que inevitavelmente haviam incorporado à família um gato cinzento chamado Valentino. Michael abrira um consultório para trabalhar meio expediente em Carbonek; Susan ia até a cidade cerca de uma vez por mês e viajava para a Suíça duas vezes por ano, na qualidade de consultora da Organização Mundial da Saúde.

Ela franziu o cenho, tentando se recordar a que horas Michael havia saído. Ainda estava escuro, pelo menos disso se lembrava. Valentino colocou as patas na ponta da manta e esfregou o focinho junto do rosto de Susan, cheio de expectativa. Ela se virou, se levantou da cama pegou o robe nas costas da cadeira.

Andando devagar, desceu as escadas, acendeu a luz e apertou o botão que ligaria a máquina de fazer café. Depois foi colocar ração na tigela de Valentino. Foi então que ela viu a mulher sentada à mesa no canto da copa.

A mulher desconhecida era uma senhora pequenina e de idade indefinida, que poderia ter qualquer coisa entre sessenta e oitenta anos. Os grandes olhos castanhos eram brilhantes e alertas num rosto marcado pela vida, e ela vestia uma saia curta florida.

Susan olhou boquiaberta para a intrusa — teria sido capaz de jurar que estava sozinha na casa. Morando num lugar tão retirado no campo, eles tinham perdido o hábito urbano de trancar as portas durante a noite. Talvez a velhota simplesmente tivesse entrado.

— Alô, Susan — disse a mulher calmamente. — Eu me chamo Rakhel. Sou uma velha amiga sua.

— Quê?

— Tomei a liberdade de entrar.

— Estou vendo. A senhora me conhece... como?

— Do passado e de outros lugares. Já fizemos muita coisa juntas, mas não sou muito bem-vinda. Isto é, na sua mente.

Naquele momento o telefone tocou. O ruído estridente da campainha sobressaltou Susan, deixando-a ansiosa.

— Fique onde está — disse, estendendo a mão para pegar o telefone sem fio na parede atrás dela. — Michael, é você? Onde está? — perguntou.

— Estou na sala do xerife em Greenport — respondeu Michael. — Olhe, Suze, você poderia ligar para Jack Temple e pedir a ele para vir se encontrar comigo na cadeia do condado? Diga a ele que é uma emergência. Tenho de desligar, eles não me deixam falar muito tempo. Não se preocupe. — Jack Temple era o advogado deles, não que alguma vez tivesse tido de cuidar de alguma coisa para eles. Era mais um amigo que um advogado.

— Espere, diga-me o que aconteceu — disse Susan. — Que houve com os Marvells?

— Ele está morto.

A resposta não foi um choque total, uma vez que era o resultado de um chamado para atender uma emergência médica. Ela poderia ter interrompido para implicar com Michael pelo fato de ter corrido tanto para voltar para junto dela que a polícia o apanhara. Mas as palavras que ele disse a seguir afastaram qualquer pensamento desse tipo de sua mente.

— Eu fui preso. Estão dizendo que é assassinato. Entre em contato com Temple, OK? — o telefone foi desligado.

Abruptamente, Susan se deu conta de que estivera olhando fixo para o vazio durante vários segundos, com o fone mudo na mão. Movendo-se lentamente, ela o recolocou na parede e se virou para a convidada indesejada.

— Se a senhora tiver vindo procurar meu marido, receio que ele vá demorar a voltar — ela se ouviu dizer.

— Mais tempo do que você poderia imaginar — comentou Rakhel, imperturbavelmente. — Esse café está com um cheiro bom. — Ela se levantou e se afastou da mesa, olhou para as canecas na prateleira acima da pia e pegou uma japonesa, azul e branca. Voltou bebericando o café.

— Quente demais e forte demais, é normal ficar assim quando os grãos não são de boa qualidade. Não ajuda. Muito bem, agora venha sentar aqui. — Rakhel não havia tirado os olhos de Susan. — Vamos conversar a respeito disso.

— Não — respondeu Susan sacudindo a cabeça. — Não, eu tenho de telefonar para uma pessoa. Talvez...

— Posso lhe garantir que Jack Temple ainda está na cama. Não ia fazer mal algum deixá-lo dormir mais alguns minutos. E o juiz Marshall, que vai presidir a audiência para estipular a fiança, não estará em seu gabinete antes das dez. De modo que você tem tempo para uma conversinha, *nu*?

— O que está acontecendo? A senhora está envolvida nessa história? — Susan mal percebeu que havia atravessado a cozinha e estava sentada à mesa ao lado de Rakhel. — Quem é a senhora?

— Uma vez, há não muito tempo atrás, *mein kind*, desempenhei um papel importante em sua vida. Você se lembraria de qual foi, não fosse pelo fato de ter escolhido esquecer. É claro, isso poderia mudar novamente, a vida é mudança, não é?

O leve sotaque iídiche despertou uma lembrança vaga em Susan. Um eco de Jerusalém de que deveria se recordar? Mas era ridículo imaginar que tivesse conhecido e depois esquecido a figura singular que tinha diante de si.

— Esteve no Oriente Médio? — perguntou Susan.

Rakhel balançou a cabeça, concordando e perguntou:

— Você por acaso já mexeu com o livre-arbítrio?

— Livre-arbítrio?

— São duas palavras que não tenho certeza de que devessem andar juntas. A maioria das pessoas que tem muito arbítrio raramente tem muita liberdade.

— De que está falando?

— Acham muito difícil seguir o fluxo dos acontecimentos. Não conseguem se entregar. De modo que entram em pânico e tentam conduzir o barco. Isso raramente funciona muito bem.

Uma névoa parecia estar se desfazendo, e Susan se levantou.

— Sinto muito. Não tenho tempo para isso agora.

Rakhel suspirou cansada.

— Isso é o que todos dizem. Você vai ter de arranjar tempo, sabe. Vamos ter de aprender a conciliar nossos caminhos, você e eu, em geral meu jeito é sempre o melhor.

— Tenho certeza de que é. — Susan não estava mais prestando atenção. Ela se virou e seguiu para o estúdio de Michael onde ficavam os números dos telefones. *Assassinato!* A palavra saltou em sua garganta e a urgência cega de salvar seu marido a dominou. O escritório era claro e arejado, atravancado com as coisas de Michael, livros e papéis empilhados sem nenhuma ordem que se pudesse conceber. Enquanto examinava uma pequena pilha, em busca do caderno de telefone, sua mente desandou a falar numa voz rápida e desconexa que ela mal reconheceu.

Então finalmente chegou a hora. Engraçado, eu sempre soube que estávamos esperando que alguma coisa acontecesse, quando viemos morar aqui. Na verdade, não estou com medo. Não, isto não é verdade — estou morta de medo, mas alguma outra coisa está acontecendo... eu preciso me conectar a isso, preciso entrar em contato...

Sentando-se na cadeira simples de madeira do escritório de Michael, Susan apertou as teclas com os números no telefone e esperou.

— Alô? — A voz do outro lado, estava rouca e sonolenta.

— Jack? Aqui é Susan McCaffrey. Michael me ligou há poucos minutos. Ele foi preso.
— Preso? Por quê?
— Ele disse... — Susan hesitou antes de conseguir se obrigar a dizer as palavras seguintes. — Acham que ele matou uma pessoa. Nosso vizinho, Marvell.
— Rhineford Marvell?
— Creio que sim. Sim, se é assim que ele se chama. Marvell. Que nome idiota.
— Não é idiota, tem apelo de mercado. Ele é um maluco ligado em Nova Era. Tem de chamar atenção. — Temple agora estava desperto o suficiente para soar bastante crítico. — Onde está Michael agora?
— Na cadeia do condado, acho. Isto é, para onde ele pediu que você fosse. Jack, não sei o que fazer.
— Dê-me alguns minutos para me arrumar. Não vou poder lhe dizer nada enquanto não chegar lá. Lamento.
— Não, eu compreendo. — Virando-se, Susan percebeu que a senhora estava de pé na porta de entrada, uma preocupada observadora de sua aflição. Vê-la ali fez com que Susan tivesse vontade de gritar, para expulsar aquela intrusa perniciosa de sua casa. Ao mesmo tempo que o advogado falava em um de seus ouvidos, podia escutar Rakhel dizendo em voz bem alta.
— Ele poderia conseguir libertar Michael sob fiança, mas isso é tudo. Não vai conseguir inocentá-lo. Pufft! E lá se vai o bom nome de vocês. O que vai poder fazer?
Cale a boca!
Susan tinha certeza de ter gritado em voz alta, mas uma vez que a visitante nem piscou, não deve ter gritado.
— Vou até a cadeia com você — disse ao telefone. — Não discuta comigo Jack, senão vou perder o controle. — Ele resmungou alguma coisa, concordando de má vontade e desligou. Ela se virou para encarar Rakhel, o rosto suave e enrugado pela idade, inocente como o de uma criança.
— Mas veja só quem é a Supermulher. De repente, você vai derrubar as paredes da cadeia e tirá-lo de lá apenas com suas mãos, certo? *Mazel-tov*, minha querida, mas isso não vai acontecer.
— Olhe, se não se incomodar, eu tenho de sair. — Susan

enfiou os dedos nos cabelos, meio desesperada para fazer com que aquela chata daquela... *velhota*... sumisse de sua frente. Rakhel percebeu isso e imprimiu às suas palavras um tom que exigia atenção.

— Trate de me ouvir, boneca. Os motivos que cercam a morte de Marvell são muito mais profundos do que pode perceber... e o homem que você chama de seu marido não telefonou para você.

O coração de Susan parou de bater um instante.

— Então ele não está envolvido? — Por mais estranha que tivesse sido a afirmação da velhota, acendeu uma chama de esperança.

Rakhel deu de ombros.

— Não, ele está envolvido, sem dúvida. Ele sabe disso, de maneira que vai andar com cuidado. Mas você precisa ajudar.

— Como? — perguntou Susan. — Se ele não ligou, onde está?

— Quem sabe? Não posso ver através das paredes. Mas ele vai descobrir o que deve fazer. Agora, neste momento, pode não ter como entrar em contato com você.

A parte razoável da mente de Susan se revoltou.

— O que está querendo dizer? Eu não posso ficar aqui tentando entender o sentido das coisas que esteve me dizendo. Estou indo ver meu marido agora mesmo — declarou em tom firme, como alguém empurrando um vagão descarrilado de volta para os trilhos. — Está compreendendo?

— Vê-lo? Ver é um problema tão estranho. — A voz de Rakhel tinha uma estranha certeza.

— Eu vou. Agora — declarou Susan, dando-lhe as costas e se afastando.

— Então vai querer que limpe suas janelas? — perguntou a velhota em tom incerto. — Isso é minha especialidade.

— Está zombando de mim? — perguntou Susan, se afastando, mas de algum modo não conseguia se livrar da velhinha, que foi seguindo seus passos até a escada.

Rakhel fez que não, sacudindo a cabeça.

— Eu vou ajudar você, o que significa formar uma conspiração.

— Uma conspiração contra o quê?
— Ora vamos, agora deixe disso — disse Rakhel com um sorriso —, sabe muito bem que o outro lado nunca muda. Nós marchamos contra o caos e a noite velha, esta é uma maneira elegante de definir a questão, *nu*? As coisas ruins. A confusão que arruína tudo, exatamente quando mais tentamos ser transparentes e corretos.

De repente Susan sentiu-se farta de todos aqueles comentários enigmáticos.

— Desculpe-me, mas isso é demais. E o momento não é oportuno. Sinto muito. — Susan baixou a cabeça como se estivesse evitando um golpe e seguiu adiante deixando a velhinha para trás. Enquanto subia as escadas a fim de se vestir para as coisas difíceis que aquele dia prometia trazer, desejou do fundo de seu coração que a casa estivesse vazia quando voltasse ao andar térreo. Se a porta da frente se fechou no minuto seguinte, Susan não ouviu.

A Voz do Anjo

Vocês encontram lugares às margens da sociedade para os idosos, para os deficientes e para os loucos. Por vezes, relegam seus santos a esses mesmos lugares, mas por ora deixaremos isso passar. Deus tem de se preocupar com os desabrigados de espírito. Não estou me referindo aos vazios de espírito, mas aos plenos. Em um mundo que está descendo para longe de Deus, onde deverá Ele pôr aqueles que Lhe permaneceram fiéis?

Deverão eles vagar pela face da terra?

Deus não poderia permitir isso, de modo que teve de encontrar um meio de cuidar dos que Lhe são mais fiéis. Mais uma vez havia escolhas que poderiam ter sido feitas. Ele poderia ter demonstrado tamanho favoritismo a Seus santos que as pessoas se inclinariam diante deles. Mas por causa do livre-arbítrio, Deus não podia obrigar ninguém a amar Seus santos; haveria muitos que os perseguiriam e maltratariam. Isso fez com que Deus decidisse permitir que os mais ricos de espírito parecessem absolutamente comuns para o resto de vocês. Como declara uma de suas escrituras: "Não esqueçais de receber os estranhos: pois assim alguns sem saber terão recebido anjos." Exatamente, mas o estranho, ele próprio, não era um anjo, uma vez que anjos não são de carne e osso. Era o ato sagrado da hospitalidade que era angelical: Quem quer que traga luz a este mundo estará em companhia de anjos.

Contudo, Deus não podia deixar de lado as pessoas mais iluminadas com essa facilidade. Ele as pôs sob Sua graça de uma maneira sutil, quase secreta. Permitiu que vissem não somente com o olho do corpo e o olho da mente — embora esses também sejam a graça de Deus —, mas também com os olhos da alma.

Então Ele lhes disse: "Façam como quiserem."

Essas são palavras miraculosas? Deus não permite que todos façam o que queiram? Sim, mas como faz diferença quando se sabe que foi Deus, Ele próprio, quem lhe disse isso. A voz de Deus estará sendo ouvida dentro de vocês, sempre que acreditarem profundamente nos seguintes mandamentos:

Não tenha medo
Lembre-se de que é amado.
Considere todo mundo como um filho de Deus...
    isso significa todo mundo mesmo.
Aprecie cada fibra de criação como sendo sagrada.
Não veja a si mesmo no mundo, mas
    o mundo que existe em você.

Michael — o verdadeiro, que a polícia havia deixado para trás — não telefonou para Susan. Ele havia tentado, mas a linha estava ocupada. Ainda muito abalado, ele se serviu de mais um uísque da melhor garrafa de cristal de Marvell. Tinha a casa inteira só para si e o armário de bebidas estava destrancado. Sua mente treinada de médico assumiu o controle. Se estivesse em estado de choque ou tendo alucinações, queria verificar que efeito o álcool teria. A psicose profunda não é afetada pelo álcool.

Agora vamos ver, pensou Michael. Havia levado a garrafa para a cozinha e encontrado um copo de água. De pé junto à pia, bebeu a segunda dose e esperou. Como seu estômago estava vazio, o efeito deveria se manifestar rapidamente. Isso, de fato, aconteceu. Michael se sentiu aquecido e relaxado; a embriaguez sem dúvida o dominaria bastante depressa.

Uma alucinação desatinada teria sido muito mais simples de lidar. Michael deixou a cozinha e vagou pelos outros aposentos sem ver muita coisa. A casa dos Marvell era mobiliada em uma imitação de estilo antigo campestre inglês. Os tapetes persas cortados eram velhos e puídos para parecerem antigas heranças de família. O sofá de couro marroquino na sala de visitas dava a impressão de ter sido herdado de uma avó inexistente, em vez de ter sido comprado num leilão no Upper East Side.

Michael se deixou cair num divã acolchoado, observando a si mesmo através da névoa do álcool. Procurou sinais de choque ou de obsessão; esperou que seu cérebro repassasse freneticamente a última hora, várias vezes, tentando afastar o pânico total ao reorganizar a realidade até que esta se encaixasse em um padrão racional com o qual pudesse conviver.

Mas sua mente não se entregou à obsessão nem se descontrolou. Ele viu muito claramente aquele momento em que o Michael sombra foi embora. Simplesmente tinha acontecido. Ele não havia se dividido em dois, como uma ameba se dividindo ao meio; não havia emergido de seu corpo como um fantasma, como imaginamos que a alma vá embora quando morremos. Era mais simples que isso, e muito pior. Ele era um, em seguida era dois.

Por falta de algo melhor a fazer, Michael se levantou e deixou a casa dos Marvell. Seu carro estava onde o havia estacionado apressadamente, num declive que quase cortava a entrada para carros.

Pelo menos vá para casa. Foi lá que você foi para a cama. Talvez o truque dessa história esteja em voltar antes de poder acordar.

Parecia uma teoria fraca, mas, de qualquer forma, ele entrou no carro. Sua mão se estendeu para pegar a chave e então recuou. Uma pessoa maluca podia morrer ao tentar dirigir. A psicose tem uma maneira estranha de fingir sanidade, mas a ilusão finalmente se desfaz. As pessoas param em sinais fechados e, de repente, entram em estado catatônico, incapazes de se mover até que os bombeiros venham tirá-las dali.

Quem vai me tirar daqui?

Michael deu partida no carro e deu marcha à ré até chegar à estrada. Se conseguia pensar a respeito de psicose, isso devia significar que não estava psicótico. Com o raciocínio comprometido, talvez, mas teria de se virar. Uma dose de calma se apoderou dele. Não precisava imaginar o impossível só porque era impossível. Mas é claro, essa era a lente do álcool observando a situação. Isso passaria.

Chegou à entrada para carros de sua casa a tempo de ver Susan saindo rapidamente com seu jipe. Ei, espere! Sua mente queria gritar, mas sua mão não procurou a buzina. Ele freou e observou Susan até o jipe entrar na curva seguindo em direção à cidade.

Poucos segundos depois Michael havia entrado, mais uma vez tinha uma casa inteira só para si. O estômago vazio agora o estava traindo. Sentia-se enjoado e tonto, precisava comer alguma coisa. Distraidamente pegou os ingredientes para preparar um sanduíche de atum. Deduziu que estava precisando comer, do contrário, não seria a hora adequada para fazer experiências.

Então, mein kind, *acha que está pronto para ser real? Devo avisá-lo de que é um negócio traiçoeiro. Enquanto confiar em coisas normais, estará enterrado na irrealidade. Só ficando louco — ou despertando — lhe será revelado o que de fato é real.* Uma voz que ele havia tentado esquecer, de repente, veio à sua mente. Michael a empurrou de volta para aquela parte escura da mente, sob as tábuas do assoalho da percepção.

Levou o prato e um copo de leite gelado até a janela e começou a comer de pé. Parecia-lhe que ele era ele próprio. Então quem restava para ser preso pelo assassinato de Marvell? Michael se impediu de seguir nessa direção — primeiro queria que Susan o visse e tocasse em sua pele. Esse seria o teste. Então, as possibilidades se desdobrariam. Era possível que Susan pudesse tranqüilizá-lo, e a vida normal continuasse. Ela poderia não reconhecê-lo, ou talvez nem vê-lo, de jeito nenhum. Essa era uma possibilidade estranha. E se ele ficasse flutuando ali pela casa, durante algum tempo, só para descobrir que o jornal do dia seguinte dava a notícia do trágico acidente de automóvel que matara o dr. Michael Andrew Aulden numa estradinha no campo nas primeiras horas da manhã?

Michael levou o prato e o copo vazio de volta para a pia. A luz do sol, quente e forte, entrou pela janela e iluminou seu braço. Aquilo era uma coisa sem importância, uma sensação passageira, mas mesmo assim ele ficou olhando fixo para o braço. Evidências sobrenaturais não estavam disponíveis. Se estava vivo, tinha as mesmas obrigações que qualquer outra pessoa viva. E isso significava uma coisa óbvia.

Sem olhar para trás, deu-se conta de ter saído correndo pela porta dos fundos. Michael dirigiu-se para o carro e entrou rapidamente. O Saab preto entrou na estrada cantando pneus e seguiu para a cidade. Agora sabia para onde ir, e esse impulso, tão facilmente visto como natural quando não se está envolto por um mistério, ajudou a fazer com que o mistério se dissipasse. Por enquanto.

O Michael sombra não teve oportunidade de fazer qualquer coisa que pudesse abalar a vida de ninguém. Foram necessárias quase quatro horas para que Jack Temple e Susan, trabalhando obstinadamente de acordo com os meandros da burocracia do Condado de Columbia, obtivessem sua libertação. A audiência de denúncia propriamente dita foi rápida. Considerou-se que um médico de renome tivesse vínculos suficientes na comunidade para não se arriscar fugir do processo de acusação pelo crime de que era acusado. A fiança foi estipulada em $ 100.000, que uma hipoteca da casa cobriu. Havia uma possibilidade, o juiz o advertiu, de que a fiança fosse revogada depois que ele passasse pelo Tribunal do Júri encarregado de analisar e determinar ou não um posterior julgamento.

— E agora, o que vai acontecer? — perguntou Michael em

tom sombrio, enquanto estava diante de um guichê gradeado, devolvendo formulários para um funcionário inexpressivamente indiferente. Susan estava ao lado dele, de braço dado; Michael tinha virado a cabeça para trás, na direção de Temple, que estava de pé, bem perto.

O advogado deu de ombros.

— Eles vão tentar acusá-lo de homicídio em primeiro grau, porque de acordo com as evidências você não agiu levado por impulso irracional ou repentino. Você deliberadamente foi procurar Marvell na casa dele, fora de hora.

— Eu não fui procurá-lo, esta é exatamente a questão — argumentou Michael.

Susan sentiu os joelhos fraquejarem. Não tinha medo da vida, ou pelo menos, a vida não a assustara o bastante até o momento para tornar o medo um reflexo permanente. Não havia se casado com Michael para se sentir mais segura, nem eles usavam um ao outro como abrigo. Contudo, a ameaça de ser abandonada agora era tão forte em sua boca que sentia o gosto de sua amargura. Ela havia vestido — talvez se *encouraçado* fosse uma palavra mais adequada — um terno de homem, de lã azul-marinho com risca de giz. Era o que Michael chamava de seu estilo "vingador corporativo" e fazia com que ela parecesse formidável, uma Valquíria pálida descida do Valhala para exigir justiça.

Mas a magia se desfizera.

— Será que agora poderíamos simplesmente ir embora? — sussurrou ela, a voz quase embargada.

Os dois homens, ainda entretidos na conversa sobre a batalha jurídica, viraram-se para olhar para ela. Ambos hesitaram, então Michael percebeu o que estava acontecendo.

— Claro, vamos sair daqui.

Susan sentiu-se grata por ser tirada dali, percorrendo os corredores pintados de marrom, iluminados por lâmpadas fluorescentes azuladas, e cheirando a cera e a preocupação. Nem de longe considerava a hipótese de que Michael pudesse ser culpado, mas à medida que eles acompanhavam os procedimentos judiciais daquela manhã, ela foi criando uma imagem vívida do corpo de Marvell, repetidamente esfaqueado com sua própria faca de cozinha com lâmina de vinte e oito centímetros. Todas as marcas de premeditação estavam ali; se a esposa não tivesse acordado e telefonado para a polícia às escondidas, do andar de cima, num sussurro aterrorizado (gravado em fita pela telefonista do 911), poderiam não ter apanhado o culpado em flagrante. Mas ela o fizera e eles o apanharam.

O promotor havia despejado esses fatos incriminadores sobre a cabeça de Michael, que se manteve abaixada de estarrecimento e exaustão enquanto estava diante do juiz. Dolorosamente, Susan se deu conta de que todas as outras pessoas, exceto ela, acreditavam na culpa de Michael... inclusive o advogado dele.

— Olhe, Michael — disse Temple, enquanto iam descendo a escadaria do tribunal, sob a luz quente do sol do meio-dia —, isso é o máximo que posso fazer por você.

— Você presume que cometi o crime — disse Michael, não em tom de acusação, mas como se tivesse avaliado os fatos e chegado à mesma conclusão racional e lógica.

— Não tente me levar para esse lado — retrucou Temple abruptamente. — Não estou afirmando uma conclusão. Estou apenas dizendo a você que já me envolvi demais num caso criminal, para minha própria paz de espírito — um caso de pena capital para o qual estou totalmente despreparado, sem qualificações para defendê-lo no melhor de seus interesses. Sou apenas um pequeno advogado do interior, especialista em direito comercial e corporativo, que dá um duro danado em Manhattan quatro dias por semana. Você precisa de um bom advogado de defesa.

Michael parou e olhou para si mesmo. Ainda estava vestindo a camiseta branca e as calças compridas esporte, de cor cáqui, com que saíra de casa antes do amanhecer. Suas mãos estavam esfoladas e avermelhadas de tanto que as lavara, e na camisa havia manchas marrons, cor de ferrugem, que Susan reconheceu como sendo de sangue.

— Eu já tenho um advogado — declarou Michael teimosamente.

— Não. — Temple deu um passo para trás, jogando as mãos para o alto. Era um homem vigoroso, com a constituição física de um estivador, cujos fartos cabelos escuros encaracolados pareciam negar o fato de que tivesse completado cinqüenta anos meia década antes. — Isso é assassinato, Michael, não um caso de fraude de seguro.

A expressão no rosto de Temple era complexa, difícil de decifrar, mas era quase uma expressão de piedade.

— Eu já falei com o promotor. Você precisa de alguém que possa proteger seus direitos, conseguir o melhor acordo possível.

— Acordo? — interrompeu Susan, com um tom de pânico na voz. — Por que precisaríamos de um acordo se Michael é inocente?

Temple ignorou o aparte e seguiu adiante.

— Posso recomendar alguns nomes, gente com experiência. Não vai ser barato, mas estamos falando de sua vida.

— Está sendo bastante franco — balbuciou Michael.

— Estou sendo realista, é só isso. — Os dois homens trocaram um aperto de mãos constrangido, depois Temple se afastou seguindo em direção a seu carro.

— Vamos — disse Susan, com delicadeza. Os dois foram andando para o estacionamento em silêncio. Michael parecia estar totalmente concentrado em seus pensamentos, olhando fixo pela janela enquanto seguiam para casa. Nenhum dos dois reparou no Saab preto estacionado na esquina do terreno do tribunal, menos ainda no suspeito dentro dele que era a imagem exata do homem que havia sido acusado durante a audiência. Aquele Michael ficara olhando fixamente para os dois e, quando passaram por ele, a distância que os separava não era de mais de seis metros e meio. Seria de se imaginar que Susan reconhecesse um rosto tão familiar. Mas sua cabeça não se virou. Ela e o Michael sombra seguiram para casa a fim de refletir sobre o próximo movimento que deveriam fazer. O homem no Saab preto se foi em outra direção, despercebido, como um fantasma em meio aos vivos. Aparentemente, era assim que as coisas funcionavam. Agora ele sabia a quem perguntar sobre o assunto.

A Voz do Anjo

Nós não nos importamos em ter de trocar pneus. Já ouvimos histórias de carros em dificuldades à meia-noite numa estrada solitária e deserta, o motorista se desesperando para conseguir ajuda quando, de repente, um estranho se aproxima e pára bem a tempo. O pneu é trocado, e o motorista, agradecido, sente-se resgatado, tocado por Deus. Sob esse disfarce vocês imaginam que já viram anjos, ou sob a forma de outros benfeitores desconhecidos trazendo o jantar do Dia de Ação de Graças para os sem-teto e os que não têm esperança no coração.

Podemos ser salvadores, mas geralmente não tocamos vocês dessa maneira. Outros benfeitores vêm de Deus, mas mais indiretamente. Ele os envia por "coincidência". A coincidência é apenas uma parte do plano divino que os surpreende. Vocês presumem que sabem como funciona o mundo, mas como poderiam saber? Para saber como o mundo funciona, teriam de saber quem são, e isso faz parte do grande esquecimento.

Gostariam de saber como o mundo funciona?

Ele é organizado exclusivamente para vocês. Cada evento é urdido numa tapeçaria cósmica, e cada fio vibra em resposta a cada um dos outros. Deus teceu a teia e a supervisiona, Seu dedo tocando cada parte minúscula. Os anjos não podem cantar sem que isso tenha um efeito sobre a vida de vocês; vocês não podem chorar sem que isso tenha um efeito sobre a nossa vida. O todo vivo respira e se move em conjunto.

Redes são feitas para capturar suas presas. O que Deus está querendo capturar? A imperfeição. Vocês chamam de pecado ou carma, mas para o Criador o único pecado é não alcançar o amor perfeito e a felicidade. Sua intenção é apenas trazer perfeição. Ele poderia decretá-la. Em outros universos Ele a decretou e não permitiu desvios. Mas há um jogo em curso no universo de vocês e esse jogo chama-se esconde-esconde. Vocês se escondem de sua própria perfeição de modo a poderem buscá-la de novo. Esse jogo começou por escolha de vocês. Vocês esquecem a opção que haviam feito, o que faz com que lamentem seus pecados e sofrimentos. Mas se olharem bem fundo dentro da alma, verão que não querem jogar de outro modo. Por quê? Porque esse é o jogo que lhes permite serem o criador — a criação constante de vocês são vocês mesmos. Em vez de tinta ou barro, vocês usam a matéria da experiência.

A experiência vem sob todos os matizes e cores. Vocês são fascinados por isso. Acordam todos os dias não querendo nada além disso. É por isso que nunca se permitirão gozar o luxo da satisfação, não por muito tempo. No coração de cada fim está a semente de um novo começo. Vocês se dão conta disso? Podem aceitar isso? Se puderem, estão perto de Deus e de Seus caminhos.

Mas por vezes terão de trocar seus próprios pneus.

A sala de conferência na Área 23 tinha a anonimidade suave e artificial de salas de reunião. Continha uma grande mesa oval rodeada por cadeiras de escritório cinzentas. Numa parede havia um quadro branco, sua superfície limpa e imaculada; na parede defronte havia um mapa-múndi com relógios embutidos que mostravam a hora em todas as zonas de fusos horários do mundo. Na Área 23 o relógio marcava uma e quarenta e cinco da tarde.

Simon e Lazar deixaram-se cair em duas cadeiras nas extremidades opostas da mesa. Estavam pensando separadamente, considerando as possibilidades desconhecidas apresentadas pela captura. Nenhum dos dois havia oferecido opiniões precipitadas, ainda sentiam-se desconfiados com relação aos motivos dos militares para os trazerem ali.

Além dos dois cientistas havia três outros homens na sala. Um era o general Stillano, em seu uniforme verde de gala, os olhos velados, a expressão sombria. O homem à sua esquerda era um civil com óculos de armação de metal e terno azul-marinho de risca de giz. Era muito mais jovem e parecia um banqueiro de investimentos. Stillano não o apresentou, o que para Simon era o equivalente a anunciar que era da CIA. Stillano o chamava de Carter. À direita do general estava seu ajudante-de-ordens, o coronel Burke. Ele ostentava um aspecto bem cuidado de elegância agressiva associada a cultos de controle da mente e ao FBI da era Hoover.

— OK — disse Lazar, virando-se para encarar Stillano. — É tudo muito divertido. Vocês já espetaram e empurraram essa coisa, no entanto não conseguiram nada em termos de informações concretas até agora. Qual é o próximo passo?

— Trabalho intelectual — respondeu Stillano —, que é o departamento de vocês. — Ele fez com que aquilo soasse como se uma divisão de armas especializadas tivesse sido convocada. — Eu quero que vocês, vocês *dois*, me apresentem três explicações viáveis. Que as listem em ordem de probabilidade, expliquem suas conclusões e defendam cada hipótese com os melhores argumentos de física que puderem encontrar.

— Se esta coisa estiver viva, talvez precisemos de um biólogo — interveio Carter.

— Pode esquecer isso — declarou Lazar. — Biólogos só entendem de uma coisa: DNA. Não está querendo me dizer que uma lâmpada gigante tem genes?

Contrariando seus mais profundos instintos, Simon fez uma observação.

— Contudo, um lingüista ou um criptógrafo poderia nos ser útil. As pulsações emitidas por sua captura, sem dúvida, exibem algum nível de padronização. Quaisquer emissões não aleatórias poderiam ser consideradas uma linguagem ou, no mínimo, um código.

— Aquilo está tentando falar conosco? — perguntou Stillano.

Simon deu de ombros.

— Não posso chegar a essa conclusão sem antes dispor de muito mais evidências. O que disseram as pessoas do lugar, no campo?

— Essencialmente nada — afirmou Burke, depois de lançar um olhar rápido para Stillano. — Há muito poucas ocorrências registradas de OVNIs sendo avistados no sul dos Bálcãs. Os nativos achavam que estavam vendo um anjo.

— Típico — resmungou Simon.

— Na verdade, foi a conclusão mais lógica a que poderiam ter chegado, dada a cultura deles — observou Burke. Simon não pareceu impressionado.

Lazar estava ficando mais inquieto.

— Comece com os fatos. A coisa apareceu, fritou uma parede de pedras transformando-a em nada e depois, quando alguns caras do exército apareceram com uns poucos caminhões e armas, ela se permitiu ser capturada. Que indicação isso lhe dá?

— Sou todo ouvidos — disse Stillano.

— Vontade própria. Isso nos diz que essa entidade tem vontade. Pode controlar sua força quando quer.

— O que por sua vez implica em propósito — acrescentou Simon. Estava relutante em ser visto como o gênio gêmeo de Lazar, mas seu impulso competitivo era profundo. — A implicação é de que não escolheu seu local de aterrissagem ao acaso, afinal era uma igreja localizada numa região extremamente conturbada do mundo, um foco de atenção global.

Stillano balançou a cabeça concordando.

— OK. Vocês estão querendo dizer que, da mesma forma que permitiu ser transportada para cá, esse estágio também pode ser parte de seu propósito?

— É possível — disse Simon. Ele lançou um olhar para Lazar, que havia se afundado ainda mais na cadeira, sem dúvida sua reação automática sempre que um colega se apoderava do centro das atenções. — Presumo que o dr. Lazar concorde comigo.

— Nunca levanto objeções contra o que é evidentemente óbvio — retrucou Lazar preguiçosamente. — Estou com fome. Seu novo bichinho de estimação emite radiação de microondas suficiente para cozinhar um hambúrguer?

Todos o ignoraram.

— Disse que queria três explicações viáveis — repetiu Simon. — Até onde está querendo que levemos as especulações?

— Dê-me um exemplo — pediu Stillano.

— Certo. Ao contrário das informações parcimoniosas sobre OVNIs, os registros de aparições sobrenaturais parecem ser comuns nessa área. Muitos acreditam que a Virgem Maria tem aparecido para um grupo de jovens, em Medjugorje, desde 24 de junho de 1981. Isso fica na Bósnia, caso não tenham reconhecido o nome.

Carter tinha estado olhando para o teto, como se nenhum dos outros estivesse no aposento. Decidiu tomar a palavra.

— Medjugorje é uma aldeia rural simples, de aproximadamente quatrocentas famílias, situada, como já sabem, no meio de uma área turbulenta que entrou em erupção transformando-se em área conflagrada, zona de guerra. A despeito disso, tornou-se um ponto de destino para milhares de pessoas em todo o mundo por causa de seis crianças que juram que a Mãe de Deus apareceu lá para conversar regularmente.

— Eu diria que isso não lhes serviu para grande coisa — respondeu Simon. — De qualquer maneira, esse aparecimento ou visitação, chame como preferir, começou com uma luz no horizonte, vista acima do topo de um morro, durante a noite.

— Acha que o que temos aqui é a Virgem Maria? Essa é sua explicação inicial? — perguntou Stillano, incapaz de esconder sua incredulidade.

— Não necessariamente — respondeu Simon em tom frio.
— A forma verdadeira dessa visitação é muito debatida, mesmo entre os fiéis. O que aparece como Nossa Senhora para um, é apenas um halo de luz para outro e uma ligeira alteração na atmosfera para um terceiro.

— O governo acompanha de perto esse tipo de anomalia — disse Carter. — Não estamos especialmente preocupados com a SVM, Santa Virgem Maria, a menos que haja implicações de defesa, o que significa distúrbios no local. Essas crianças viviam numa área de conflito que estava prestes a explodir. De repente, sem explicação, eles aparecem com uma mensagem da SVM. Adivinhem só? Ela quer que o mundo inteiro se ponha de joelhos, reze vinte e quatro horas por dia e que busque o perdão de seus pecados com Deus. Se cumprirem essas ordens, isso trará a paz. Sem isso ela prevê guerra e destruição generalizada.

— Funcionou muito bem até agora — comentou Lazar.
— O que está querendo dizer? — perguntou Stillano com impaciência.

— Não estou querendo dizer nada. Estou apenas fazendo o relato de uma ocorrência que poderá demonstrar ser relevante — respondeu Carter serenamente. — Medjugorje é uma área muito católica mas, até recentemente, era um país comunista. Das quatro crianças que tiveram as visões duas são meninas. As idades, por ocasião do primeiro encontro, variavam dos dez aos dezessete anos. Várias entraram para o serviço da igreja ou pretendem fazê-lo. O regime comunista, no poder na ocasião, fez forte pressão para que elas não relatassem o ocorrido e chegou até mesmo a prender algumas por pouco tempo.

"A despeito da oposição do governo, de brigas mortais para todos os lados entre as facções da igreja e da eclosão da guerra, as visitações acontecem de 1981 até os dias de hoje. Isso dura quase vinte anos e muitos dos fiéis que hoje chegam a milhões estão esperando um desastre ou uma revolução de grande magnitude."

— Quando o boletim cósmico será transmitido? — perguntou Simon.

— Brevemente.

O cientista fungou zombeteiramente.

— Há sempre um desastre global para mostrar a ira de Deus e está sempre previsto para ocorrer brevemente.

— No início das aparições, a SVM disse que daria a cada uma das seis crianças dez mensagens. As informações contidas em quatro dessas mensagens seriam, por assim dizer, sinais de que o retorno a Deus deve começar agora.

"Tem havido a cota habitual de curas milagrosas, exatamente como em qualquer outro local de peregrinação. De acordo com os devotos, quando Maria parar de aparecer, um sinal permanente surgirá em Medjugorje para toda a humanidade. As especulações dizem que o sinal tomará a forma de uma grande luz ou de um pilar de fogo, semelhante ao que conduziu Moisés e o povo escolhido por terras hostis no Velho Testamento. Quando todas as mensagens tiverem sido realizadas, ocorrerá o fim do mundo."

Simon se mexeu pouco à vontade. Para ele, a América era cheia de seitas exóticas estranhas. A despeito do tom seco e neutro de Carter, Simon não achava improvável que ele acreditasse realmente naquela invencionice — um pensamento nada confortável quando o país onde você é um estrangeiro pode fazer com que o fim do mundo ocorra quando bem quiser. Talvez para cumprir uma profecia. Seria isso provável? Possível? Simon afastou da sua mente as imagens do apocalipse e concluiu que alguns laivos de paranóia deviam estar penetrando na sua forma de pensar.

Carter estava chegando à conclusão.

— A SVM tem aversão especial por drogas e por televisão e, embora queira que todo mundo se converta ao catolicismo "antes que seja tarde demais", também prega tolerância com outras religiões.

— Então está sugerindo que temos uma caixa cheia de Jesus lá na casamata? — perguntou Lazar.

— É uma definição possível — retrucou Carter secamente.

— Poderíamos passar para a próxima possibilidade, por favor? — sugeriu Simon com fria meticulosidade. — Perguntei logo de início até que ponto queriam que levássemos as especulações. Se apagar um anjo é inaceitável, manifestem-se.

— Gosto mais da idéia de seres com formato de discos brilhantes. *Klaatu barada nikto, Gort!* — cantarolou Lazar, citando um trecho legendário de fala alienígena à la Hollywood.

— Não havia nenhum disco. Nenhum veículo de qualquer espécie — recordou Stillano. Lazar pareceu querer discutir esse ponto, mas naquele momento a porta se abriu e o major que havia servido como primeiro acompanhante deles entrou na sala.

— Desculpe, senhor, mas creio que precisa ver isso — disse ele, dirigindo-se rapidamente para um monitor de televisão no canto e ligando-o.

O logotipo familiar da CNN apareceu numa faixa na parte inferior da tela. O material filmado por uma câmera portátil mostrou uma imagem bem conhecida dos militares sentados em volta da mesa: a igreja arruinada de Sv. Arhangeli. Mas agora a área em volta da igreja estava repleta de gente. Inicialmente, parecia que estavam reunidos ali sem nenhum motivo. Não estavam gritando nem fazendo manifestações. Apenas mantinham-se parados olhando para a igreja, esperando. O silêncio misterioso manteve-se por mais algum tempo, então a imagem foi cortada para uma redação bem iluminada da CNN.

— Ai-ai-ai, acabou-se o segredo — exclamou Lazar com visível deleite.

— Deus do céu — balbuciou Carter.

— Essas foram imagens ao vivo de nosso correspondente no local, em Kosovo — informou o âncora. — Como puderam ver, a vigília iniciada ontem continua, enquanto milhares de sérvios deslocados, acompanhados de alguns muçulmanos receosos, acorrem em bandos para um pequeno vilarejo na região sudoeste do estado. A despeito do perigo de forças rebeldes, as pessoas estão se recusando a se dispersar. As forças da ONU não conseguiram evacuar a área, e observadores informam que a multidão está ali para protestar contra o envolvimento de tropas americanas em atividades no local...

— Vocês estão com um problema de credibilidade — disse Lazar. O resto dos presentes estava farto de seus comentários irônicos. Stillano lançou-lhe um olhar furioso que fez com que se calasse, pelo menos por um tempo. A imagem na TV passou para um *close-up* de um refugiado sérvio sendo entrevistado. O homem parecia pálido de raiva e de ansiedade crônica. Vestia roupas esfarrapadas anônimas que eram o uniforme de um tipo de condição humana, a do sobrevivente civil arruinado pela guerra.

— Esta luta não é dos americanos. Eles não tinham nada que interferir em nossos problemas. Agora roubam nosso bem mais precioso, a Virgem Maria... — O homem falava inglês com um sotaque tão carregado que havia legendas, as palavras espremidas na parte inferior da tela.

— Todos esses milhares de pessoas acreditam nisso? — perguntou o jornalista em *off*.

— Todos nós acreditamos na mesma coisa — respondeu o homem, olhando com uma expressão furiosa para a câmera. Estava chovendo e as gotículas de água prendiam-se, como suor frio, nos curtos fios de pêlos do queixo, a barba por fazer. Ele desapareceu, sendo substituído pela vinheta de chamada para a matéria *Crise no Kosovo* e por um mapa com um ponto de interrogação sobre Sv. Arhangeli.

— O protesto, aparentemente, está ligado aos exercícios de treinamento, da semana passada, realizados nessa área por tropas dos Estados Unidos — informou o âncora. — Durante esses exercícios, membros das tropas de infantaria dos Estados Unidos supostamente teriam mantido em isolamento a igreja no Kosovo durante vários dias. Funcionários do Departamento de Estado confirmaram apenas que ataques de franco-atiradores haviam ocasionado um aumento nas medidas de segurança durante aquele período. Enquanto isso, no Irã hoje...

O major desligou a televisão. No silêncio que se seguiu o general observou os dois cientistas atentamente.

— Como podem ver, cavalheiros, nosso tempo é limitado e o relógio não pára...

— Poderia ser pior. A verdadeira falha de credibilidade é deles — disse Simon. — Ninguém vai acreditar que vocês seqüestraram a Virgem Maria, quero dizer, a SVM. — Ele balançou a cabeça na direção de Carter.

— Não por enquanto — concordou Stillano. — Mas quero aquela lista de explicações sobre minha mesa para ontem, se puderem conseguir isso. — Ele se levantou e saiu da sala andando em passadas largas, seguido rapidamente por seu ajudante-de-ordens.

— Sugiro que tratem de começar, cavalheiros — disse Carter.

Simon olhou para Lazar na outra ponta da mesa. Pela primeira vez a expressão do irreverente traquinas estava vazia e reservada como a sua.

A Voz do Anjo

Talvez vocês pensem que deveríamos simplesmente aparecer em massa, voando em formação sobre o estádio do *Super Bowl* para trazer a humanidade de volta à razão. Mas nunca aparecemos para ninguém como realmente somos. Como poderíamos, se nunca desaparecemos? Nossa vibração é tão constante quanto a vibração de um elétron ou de um quark. Uma vez que somos constantes como as estrelas, algumas culturas imaginaram que *somos* as estrelas.

A única diminuição de intensidade acontece dentro de vocês. Isso é o grande esquecimento. Ao se comportarem de modo impróprio, esquecendo-se de si mesmos, vocês criaram uma nuvem tão espessa que não podem evitar esquecer Deus. Uma vez que somos parte de Deus, ao mesmo tempo, vocês se esqueceram de nós.

Como reagimos a esse evento lamentável? Como sempre, observando.

Por muito tempo presumimos que nosso êxtase e nossa entrega total ao amor de Deus fossem suficientes. Que mais poderíamos fazer? Mas à medida que vocês desceram para os espaços vazios e começaram a gritar de angústia, vimos que vocês mudaram. Nessa descida tornaram-se muito mais dados a ser vítimas da violência e da extrema tristeza. Tornaram-se lobos que se alimentam de sua própria matilha. Era inimaginável que tais seres pudessem jamais nos ver de novo — e no entanto estávamos enganados. Tínhamos nos esquecido do que Deus sempre soube. Quanto maior a escuridão, maior o contraste com a luz. Quando notaram que não podiam mais contar com vislumbres de nós, começaram a procurar mais seriamente. Sentiram nossa falta e, como marinheiros perdidos em meio a uma tempestade se esforçando para avistar até mesmo uma pálida estrela guia, alguns começaram a nos procurar. Vocês nem sempre são os santos ou os sábios. Dentre vocês existem aqueles que passam por enorme sofrimento e são capazes de agir muito mal — mas uma centelha perdida do divino fez com que quisessem nos ver.

De modo que verão.

3
REVELAÇÕES

Sentado na lanchonete de beira de estrada, Michael olhava fixo para dentro da xícara de café preto como se fosse um poço de recordações. Não tinha fatos dignos de confiança nos quais se basear, mas depois de ver novamente seu duplo no tribunal, o terreno parecia-lhe estranhamente familiar. Alguém queria fazer com que parecesse que Ford Marvell havia sido esfaqueado até a morte. A cilada fora preparada e armada com perfeição, no entanto, não havia como dizer como aquilo tinha sido feito. Os perseguidores invisíveis de Michael tinham o poder de dobrar a realidade ou, pelo menos, de distorcer sua percepção o quanto quisessem. Ele só conhecia um grupo com esse tipo de poder, mas não eram pessoas a respeito de quem jamais tivesse desejado falar com Susan.

Não virei minha vida de pernas para o ar para mantê-la em segurança?

Michael levantou o olhar e viu o cozinheiro apoiado no fogão, de frente para ele, enquanto fumava um Camel. Tentou não pensar no que estaria acontecendo entre sua mulher e aquele homem. Haveria alguma outra maneira de pensar no falso Michael? Quem quer que tivesse preparado a armadilha também devia ter criado aquele pequeno detalhe. Dava a Michael o incentivo de que precisava para parar de se esconder na vida rotineira e comum como havia feito durante quase três anos.

O destino é aquela parte de você que se recusa a ouvir desculpas, dissera Rakhel. Aquele não era seu único comentário assustador, mas era o único a respeito do qual Michael não gostava de pensar.

Ele se levantou e pagou a conta. Por um instante se perguntou se seu cartão de crédito não seria aceito, mas foi. O caixa sorriu e o cumprimentou com um balançar de cabeça. Todo mundo que o conhecera, ainda o reconhecia, exceto Susan. O fato de que ela não tivesse, imediatamente, percebido sua presença no tribunal havia impedido Michael de correr atrás dela. Susan não precisava levar um choque que a abalaria mortalmente, a menos que fosse absolutamente necessário. De modo estranho, enquanto dirigia o Saab pela cidade, o verdadeiro Michael se viu falando com Susan, como se estivesse no carro com ela — mais um velho hábito, supunha, mas não resistiu a ele. Podia ver o coque alto de seu cabelo. Como o terno masculino, que estivera usando no tribunal, o coque era um gesto de bravura.

— Vou voltar lá — disse a ela. — À casa dele. Preciso examinar melhor o escritório de Marvell, descobrir o que ele estava fazendo.

— Michael, você está falando em arrombamento e invasão de domicílio. — Ela respondeu, em sua voz sensata e não pareceu assustada.

— Pois é, deve parecer uma grande loucura.

— Imprudente, desnecessariamente imprudente. E se apanharem você?

— Não vão apanhar. — Michael teve de rir daquela resposta. Conversas imaginárias não têm regras, mas era bastante evidente que a polícia não o apanharia, porque já haviam apanhado. Então Michael começou a contar a sua mulher o que deveria ter contado muito tempo antes. Eles agora estavam em casa, na cozinha, aquela era a conversa que teriam tido se seu duplo não existisse.

— Suze, escute-me. — Na sua mente, Michael a envolvia com o braço e a olhava bem nos olhos. — Você se lembra, há dois anos, de quando estávamos na Síria?

Ela pareceu confusa, mas concordou.

— Nós nos conhecemos, nos apaixonamos, a Organização Mundial da Saúde fechou o posto de atendimento quando a situação

na Síria se agravou e decidimos voltar para os Estados Unidos. Você estava lá, Michael.
— E se eu lhe dissesse que não foi isso o que aconteceu? — Ele a observou respirar fundo. — Espere, espere, não faça deduções apressadas. — Ele procurou as palavras. — Estive num lugar como esse antes.
— E que significa isso? — O corpo de Susan parecia querer recuar.
— Não estou querendo dizer que tive problemas com a polícia. Olhe para isto. Encontrei com o cadáver. — Michael entregou-lhe o bilhete e Susan leu em silêncio as poucas palavras: O ANJO ESTÁ PERTO.
Michael se ouviu dizer:
— Marvell estava envolvido em ocultismo, profundamente envolvido, pelo que posso dizer. Ele deve ter descoberto alguma coisa e isso está ligado à sua morte.
Susan conseguiu forçar um sorriso.
— Estamos chegando à parte em que deve me fazer acreditar que você não está louco?
— Vamos, sente-se e ouça, OK? Como se sentiria se descobrisse que as coisas de que se lembra não são o que realmente aconteceu? Que o verdadeiro passado foi algo completamente diferente, quase... mágico?
— É isso o que está sentindo agora? — ela perguntou ansiosamente.
— Não, na verdade estou falando a respeito de você.
— Está dizendo que eu tenho memórias reprimidas? Alguma coisa desse tipo?
— Sim, alguma coisa desse tipo. A realidade é mais estranha... mais *maleável* do que as pessoas pensam. Uma mulher chamada Rakhel me ensinou isso.
Na sua mente, Susan pareceu surpreendida, como se aquele nome tivesse algum significado, mas Michael se apressou em continuar.
— Rakhel estava no Oriente Médio e salvou sua vida uma vez, uma parte de sua vida da qual você não se lembra. Espere. — Ele levantou a mão para bloquear as objeções de Susan. — Enquanto ainda estávamos na Síria você me levou para visitar

um amigo seu, Solomon Kellner, um rabino aposentado. Você o conhecia de uma conferência sobre direitos humanos na Basiléia.

— Engraçado, há anos que não pensava nele. Você está dizendo que eu o levei para conhecê-lo?

— Exato. O motivo não tem mais importância, mas o que Kellner nos disse, ou melhor, me disse, tem.

Os anjos matemáticos. A frase que o velho rabino havia usado para explicar os mistérios do alfabeto hebraico ainda ecoavam nos ouvidos de Michael. Lembrava-se de como havia resistido a acreditar no que Kellner tivera de lhe dizer. Agora Michael precisava dizer as mesmas coisas para Susan e esperar que ela estivesse mais aberta para ouvir do que ele estivera.

— O que o rabino Kellner me disse, quando você me levou para visitá-lo em Jerusalém, foi que o hebraico é uma língua mágica. Cada letra tem um significado e também um valor numérico. Quando uma palavra é escrita em hebraico, a língua em que Deus criou o mundo, de acordo com a crença dos judeus, ela automaticamente tem um valor numérico. E toda palavra cuja soma das letras resulte no mesmo número é a mesma palavra. O número de *vida, l'chaim*, é dezoito. Duas vezes dezoito, ou seja, trinta e seis, que é o número de *criação*. Em hebraico, o número trinta e seis é *Lamed Vov*. Trinta e seis são dezoito pares: os cromossomos de Deus.

"Mas também existem trinta e seis almas, pessoas vivas, conhecidas como as Lamed Vov. Elas vêem tudo e Deus precisa de sua clareza para manter o mundo. Sem a percepção humana, as estrelas, as montanhas e os mares se tornam frágeis e indistintos como sonhos. Para manter este mundo intacto, Deus precisa de alguém para sonhá-lo, século após século. Alguém para vê-lo, para experimentá-lo, para *sê-lo*.

"Sem esses sonhadores especiais, tudo que você vê desapareceria. O Velho Testamento registra uma aliança que Deus fez com Abraão: se Abraão pudesse encontrar uma alma pura, Deus pouparia a humanidade. De acordo com o judaísmo, desde a Queda, o homem tem sido maculado pelo toque da morte, mas Deus poupa os impuros — o que quer dizer todos nós — porque existem trinta e seis almas puras. Na maioria das circunstâncias, nenhuma das Lamed Vov sabe quem são as outras, nem sabe nada a respeito delas. Os trinta e seis poderiam ser qualquer pessoa: uma freira russa, um xamã australiano vivendo no interior, uma mãe-de-santo brasileira do candomblé, um cardeal católico, um ministro pentecostal, um budista tibetano, um sacerdote xintoísta, até um americano comum, por mais estranho que pareça.

"Não pode haver qualquer filiação religiosa. *Alma pura* significa muito mais do que alguém cheio de virtude. Puro também significa esclarecido, e os trinta e seis são totalmente esclarecidos com relação à natureza de todas as coisas. Eles não podem ser enganados — não estão adormecidos ou cegos como o resto de nós. E são reais. Eu já os vi. E você também... — Michael fez uma pausa para deixar Susan absorver pelo menos parte disso, se pudesse.

Em vez de protestar, ela aplicou sua lógica.

— Não vejo por que essas pessoas, se acredita tanto nelas, têm alguma coisa a ver com anjos.

— Quem poderia saber? Talvez estejam em contato com eles. Não posso ver o mundo através dos olhos deles, mas se houver níveis e camadas invisíveis, além de nossos cinco sentidos, então alguém poderia ser capaz de alcançá-las — explicou Michael. — De qualquer maneira, a fixação de Marvell com anjos é nossa melhor pista, ou única pista até agora.

Mas a mente de Susan deu um outro salto.

— Esta é uma questão meio desagradável, mas você esteve em contato com esse grupo o tempo todo que estivemos juntos? — perguntou ela.

— Não, não desde a primeira vez. E você estava lá, você participou daquilo — respondeu Michael.

— E é disso que não me lembro? — perguntou Susan. — Por que não? — Na mente de Michael, ela não parecia estar paranóica nem enciumada. Seus olhos estavam cheios de curiosidade e de fascinação, talvez estivesse recuperando a memória do recanto para onde havia sido banida dois anos antes.

Michael perguntou a si mesmo por que se sentia sutilmente culpado, como se a tivesse estado enganando. Por acaso haveria algo como adultério espiritual? Mas na verdade o segredo não tinha nada a ver com aquilo; os eventos já estavam fora de seu controle desde o princípio. A aventura que Michael não queria reviver havia envolvido uma emergência entre os trinta e seis. O lado demoníaco da criação havia enviado um adversário aterrorizante que tinha hipnotizado o mundo quase que por completo, levando-o a acreditar que ele era o Messias. Enquanto isso, o pesadelo desse "falso Ishmael" (ele viera sob o disfarce de herdeiro espiritual do Islã, há tanto tempo perdido) ameaçava dissolver a realidade numa alucinação assustadora. Ele havia se agarrado diretamente à vida de Susan, mas agora que se fora, o pesadelo já não era mais nada, nem algo para ser contado, devia apenas ser esquecido.

— Você não ficou sabendo de nada disso — disse Michael.
— Os trinta e seis me encontraram, mas a maioria queria me descartar. Por natureza, não querem que se saiba quem são. Apenas uma, Rakhel, insistiu que eu era uma espécie de aprendiz. Não nasci uma alma pura, contudo, de alguma forma havia por acaso tropeçado na colmeia, por assim dizer. Ninguém compreendia por que, mas Rakhel disse que eles tinham de improvisar, escolher alguém entre os candidatos promissores.

Susan assobiou.

— De maneira que eu deveria estar impressionada. — Fez uma pausa para pensar. — Esse grupo matou Marvell para incriminar você?

— Não sei. Não é absolutamente o tipo de comportamento que teriam.

— Essa morte não tem alguma semelhança com uma daquelas charadas em três dimensões virando as coisas do avesso, como num filme de terror?

— Talvez. Nada está realmente esclarecido e poderíamos estar falando de uma cabala sobrenatural. Mas foram impostos limites, isto é a única coisa que compreendo. De uma certa forma, os Lamed Vov têm todo o poder. Eles são a cola com a qual Deus mantém sua criação unida, ou um mecanismo de conexão que Ele usa para alcançar toda a consciência humana. Normalmente os trinta e seis são apenas um sistema passivo. Mas se escolherem assumir o controle do poder, podem, literalmente, mudar a realidade.

— É incrível — comentou Susan. Ela geralmente não era dada a minimizar as coisas; Michael podia ler sua mente. *Você quer me perguntar se quero me juntar a eles, se quero me alistar na elite cósmica.* Desejava intensamente dizer a ela que não iria embora, mas era muito duro pensar naquilo. De alguma forma tinha partido, não tinha? Ele havia se retirado daquela rodada e entrara em um novo jogo que não conseguia compreender.

Mas de alguma forma tinha de tranqüilizá-la.

— Não sei o que significa a morte de Marvell, mas sei, com certeza, que os trinta e seis estão lá fora e que já os vi usarem seu poder para alterar a realidade, exatamente como foi feito ontem à noite.

Michael teve de recordar a si mesmo que aquela não era uma conversa de verdade. Susan não tinha o benefício de todas aquelas informações na vida real — estava perdida e sozinha. Não a culparia se reagisse à sua história, depois que a revelasse, como uma traição ou um sinal de grave insanidade. Talvez as coisas não enveredassem por esse caminho. Talvez ela olhasse mais uma vez para o bilhete de Marvell: *O ANJO ESTÁ PERTO*. E percebesse que era a chave. Ela se inclinaria e o beijaria.

— Meu pequeno assassino, fazendo o trabalho de Deus.

Não, as coisas não correriam desse modo. Aquilo era apenas desejo e fantasia. Michael despertou bruscamente de seus devaneios. Susan se sentiria traída. Para ela, os trinta e seis pareceriam uma espécie de CIA espiritual que havia se esgueirado para fora das sombras. Espiões de Deus. Apenas uma coisa era certa. *Aquele homem*, o outro Michael, nunca lhe contaria aquelas coisas. Não tinha conhecimento delas. Era tão ignorante quanto a própria Susan. Essa compreensão abalou Michael profundamente. Para o mundo inteiro, o outro Michael era ele. Mas sem aquela porção secreta de conhecimento, não podia ser ele.

Sua mente estava começando a tocar as raias da paranóia e isso não tinha nenhuma utilidade. Teria de esperar e ver. Agora, de imediato, havia apenas a missão. Era crucial entrar de novo na casa de Marvell sem ser apanhado. O suspense desse objetivo fez Michael se sentir mais vivo, e a concentração o impedia de visualizar a pior das coisas, que naquela noite um estranho estaria dormindo em sua cama.

A Voz do Anjo

Se vocês quiserem conhecer Deus novamente, aqui vai a primeira pista: Cada dia é um novo mundo. A criação acontece a cada instante. Vocês não estão vivendo em um mundo velho, decadente — essa é a lenda de vocês, não a verdade de Deus. Deus mantém a gênese em curso contínuo e ininterrupto. Ele está tão presente em companhia de vocês quanto sempre esteve; nunca houve e nunca haverá um momento melhor para entrar em contato com Ele.

Como fazer isso?

Deus existe em três níveis ao mesmo tempo, e vocês devem encontrá-lo em todos os três. Cada um é como uma grande peça de um quebra-cabeça. O primeiro nível é o mundo material, conhecido como Sua criação. Vocês se sentem à vontade nesse nível e já o compreendem bastante bem. Esse é o nível das montanhas e estrelas, rios, árvores, do mar, plantas e animais. Em suas fantasias vocês se autodenominam senhores desses domínios, mas Deus pretende algo diferente. Ele quer que apreciem o mundo material e se regozijem nele. Este é o parque de recreação de vocês.

O segundo nível é não material e por isso é melhor conhecido como as palavras sutis. As palavras sutis penetram no mundo material como o ar, invisíveis, mas totalmente necessárias para a vida. Desse nível Deus comunica amor e verdade. Mesmo os animais precisam de amor, mas vocês são concebidos para sentir energias de emoção muito mais refinadas. Os profetas do amor são os profetas do nível sutil. Também é aqui que os anjos são encontrados e que a verdade é conhecida. Enquanto o mundo material torna a vida bonita, o nível sutil dá significado a ela. Vocês anseiam por significado e não podem existir sem isso. Aqui conhecem Deus através da mente e não dos sentidos. Aos olhos da mente vêem a si mesmos como merecedores, como um veículo da verdade. Aqui aprendem a confiança e a sabedoria; compreendem o valor do idealismo. Entretanto, ao demonstrarem violência, se afastam do mundo sutil e traem as intenções de Deus.

O terceiro nível é tão distante do mundo material que foi quase esquecido. Esse é o mundo da percepção pura, sem pensamento ou desejo. Para conhecer Deus nesse nível, precisam deixar para trás a mente, as emoções e os sentidos. O que permanece é, entre todas as coisas, o que mais se assemelha a Deus: ser. Ser é conhecer Deus; é o mais puro êxtase, a mais pura inteligência, a mais pura criatividade. Aqui vocês encontram Deus como o gênio que contém inspiração infinita, o artista com incontáveis pinturas ainda por serem produzidas. Esse mundo é totalmente silencioso, contudo contém o potencial para criar infinitos universos. Como eu poderia descrever como é Deus aqui? Mesmo os anjos ficam tão maravilhados diante desse mundo que suas escrituras por vezes o chamam de "o Trono". É o assento de Deus. Contudo, em termos literais, é percepção infinita se movendo em velocidade infinita através de dimensões infinitas.

Todos os três níveis estão em mutação constante, tanto em si próprios quanto em relação aos outros. É por isso que posso dizer que todo dia é um novo mundo. Seus sentidos os estão enganando, levando-os a acreditar que mesmo o mundo material é estável, pois está em fluxo constante. Sua mente os está enganando ao repetir constantemente os mesmos pensamentos quando, na verdade, o mundo sutil nada mais é do que mudança. E o mundo do Ser puro coordena tudo novamente a cada instante.

Para encontrar Deus nesses três níveis, vocês precisam prestar atenção ao que cada mundo significa. No nível material, encontram Deus através do apreço por Sua criação, que significa o amor pela natureza. No nível sutil encontram Deus pelo amor a Ele, pelo pensamento espiritual e pelo desejo de viver sua verdade mais profunda. No nível do Ser puro, vocês O encontram através do silêncio, da meditação e da oração. Isso é o que significa conhecer Deus.

Depois de saltar do carro, Michael deu a volta até os fundos da casa de Marvell, evitando a vulnerabilidade exposta da porta da frente. O interior parecia escuro e silencioso; o carro de Beth não estava na garagem. Michael deu um grande suspiro de alívio ao verificar isso. Esperava ter de arrombar a porta, mas quando acidentalmente chutou o capacho de fibra de coco diante da porta dos fundos, viu que havia uma chave debaixo dele. A chave entrou e girou na fechadura da porta, e ele entrou.

Seguindo pelo corredor às escuras e a porta do escritório de Marvell estava fechada, selada com a fita adesiva de cor amarela berrante. Michael sentiu um forte desapontamento; em algum nível ele havia abrigado uma esperança de que o incidente inteiro fosse se evaporar como uma miragem tóxica. Com a porta fechada, a cena conservava o aspecto de um tranqüilo lar suburbano, mas depois que ele a abriu, o odor da morte tomou de assalto suas narinas. Uma mancha marrom feia, no tapete claro, estava delineada com giz branco. A posição não era onde Michael havia encontrado Marvell da primeira vez, mas se aproximava de onde o corpo esfaqueado estivera. De modo que aquela parte da realidade inventada ainda era verdade.

O resto do aposento continuava como Michael o vira rapidamente, inclusive a parafernália de ocultismo. Nas paredes ele viu pinturas de anjos de todas as culturas: anjos budistas com rostos alongados e felinos, solenes anjos do leste ortodoxo, risonhos cupidos seculares franceses, anjos oraculares renascentistas. Reconheceu um desenho cabalista da Árvore da Vida, colorido em policromia de tons berrantes em três dimensões; outros desenhos pareciam ter sido copiados de xilogravuras medievais, ou talvez o próprio Marvell os tivesse desenhado. Michael teve a impressão de estar em algum tipo de hospital de bonecas sagradas.

A maioria das pessoas, por já ter visto asas, halos e harpas, imagina que os anjos são enormes velas votivas, como fadas, de tamanho acima do estipulado pelo regulamento aprovado por Deus, ou então um guarda espiritual armado para assegurar que os demônios não mordam. E se aquelas formas com as quais Marvell estava tão obcecado não significassem nada? E se a humanidade tivesse passado séculos pintando o mensageiro sem compreender a mensagem, hipnotizada por imagens de seres alados, porque era o que havia sido condicionada a procurar?

Michael se deu conta de que não sabia quase nada a respeito de seu vizinho excêntrico, embora tivesse visto um anúncio espalhafatoso, numa edição de domingo do *Times*, anunciando o triunfo do último livro de Marvell, chamado *Outros corpos, outros mundos*, sobre encarnações paralelas e "entidades do espaço". Nos poucos encontros casuais que tiveram, Ford havia se mostrado simpático e bem pé na terra, nada parecido com o crédulo fornecedor de fantasias que se poderia ter esperado. Michael se deu conta de que tinha de parar de pensar como um detetive ou como um réu injustamente acusado. O que havia acontecido com Marvell era uma ilusão, não um assassinato. A única saída era descobrir o motivo que levara o ilusionista a criá-la.

Foi até a mesa de trabalho de Marvell e sentou-se cautelosamente. Diante dele estava um computador Powerbook, com a tampa ainda levantada. Michael apertou a barra de espaço e a tela se iluminou. Havia ícones na tela do computador identificados como "Diário", "Anotações" e "Trabalho". O papel de parede na tela era uma imagem escaneada de um glifo de ocultismo: um desenho de círculos concêntricos contendo triângulos e quadrados, com inúmeras anotações em hebraico e grego. Michael clicou o ícone identificado como "Diário". O arquivo se abriu no meio de um documento:

> 16 de janeiro. Fiz a espantosa descoberta de que anjos não estão absolutamente no céu e sim por toda parte ao nosso redor. O mundo deles é o nosso, só que em uma intensidade de vibração mais alta. O domínio deles é tão próximo que entro nele em meus sonhos e fantasias — agora pretendo entrar em carne e osso. Por que não deveríamos rasgar o véu e fundir as esferas terrena e angelical?

— Péssima idéia — balbuciou Michael. A maioria das pessoas faz um esforço enorme para sustentar a fantasia de sua própria vida cotidiana. Forçar qualquer pessoa a se confrontar com a realidade absoluta a destruiria. Ele desceu uma página na tela.

Fui bem-sucedido em minhas primeiras comunicações, e a excitação que se apoderou de meu corpo torna quase impossível digitar estas palavras. Mas neste momento histórico devo fazê-lo. É apenas uma questão de tempo para que o motivo de minha exultação particular torne-se motivo de exultação para o mundo, e eles exigirão responsabilidade na prestação de contas de minha parte.

Michael continuou seguindo adiante com o texto, ficando cada vez mais impaciente. Se estava esperando encontrar uma pista que esclarecesse sua situação, ficou desapontado. A despeito das garantias que queria dar a Susan, não tinha certeza de que os Lamed Vov não estivessem envolvidos naquilo. Mas a que propósito serviria envolvê-lo, ainda que eles tivessem o poder de fazer isso?

A maioria das entradas no diário eram escritas num estilo obsessivo. Era evidente, a partir das freqüentes referências às perguntas curiosas de Beth, que ela ficara cada vez mais preocupada com o marido e que fizera tentativas malsucedidas de interferir. As entradas pintavam um retrato triste da decadência de um homem brilhante e sua gradual queda na depressão e no delírio.

Michael sabia que aquilo tudo não era apenas loucura — o escritor havia se imiscuído em coisas que eram reais. O diário não deixava dúvidas de que ele estava falando sério. Não havia tentativa de fingir que estivera apenas reunindo anotações para um de seus livros fantasiosos.

De repente, Michael se deu conta de que não tinha idéia de quanto tempo havia passado. Movendo-se rapidamente, ele desligou o computador da tomada e o enfiou debaixo do braço. Viu o fichário Rolodex de Marvell num canto. Tinha ficado aberto num cartão de visitas em papel cor-de-rosa com anjos dourados em relevo. Considerando isso como um augúrio, Michael pegou o fichário e deixou a casa sem ser visto, da mesma forma como havia entrado. Alcançou o refúgio de seu carro e se foi; uma hora depois estava estacionado numa estrada secundária considerando qual seria seu próximo movimento. Será que o assassino de Marvell tinha conhecimento de sua obsessão crescente? Ou será que a causa da morte, presumindo que tivesse sido um derrame ou um ataque cardíaco, guardava algum outro segredo? Michael não havia compreendido plenamente como seria se sentir tão sozinho, tendo apenas a frágil evidência de sua alma para apoiá-lo. Seria fácil, a despeito de tudo que sabia, se entregar ao desespero e à atração traiçoeira da inatividade. Não era um leitor assíduo da Bíblia, mas lembrava-se de um comentário zombeteiro lançado para Cristo quando estava morrendo: *Ele confiou em Deus, que Deus venha salvá-lo*. Dando um suspiro, abriu o primeiro arquivo no laptop de Ford e começou a ler atentamente o diário do homem morto.

Susan estivera demasiado exausta para passar muito tempo com seu marido antes de subir e ir para a cama. O Michael sombra encaixava-se no ambiente que o cercava com perfeita facilidade. Depois de dar um beijo tranqüilizador em Susan, ele decidiu esperar um pouco no primeiro andar. O telefone na cozinha começou a tocar. Depois de um breve conflito interior ele atendeu.

— Michael? Aqui é Jack. Estou com aquela lista de advogados que disse que ia preparar para você.

— Não estou interessado — respondeu Michael rapidamente.

— Acho que você deveria ser sensato — disse Temple, em tom cauteloso. — Mexi alguns pauzinhos e consegui os resultados da autópsia. Você deve querer saber o que Criven vai dizer no banco das testemunhas antes de fazer qualquer besteira. — Criven era o médico legista do condado.

— Certo — concordou Michael.

Rhineford Marvell havia sido esfaqueado no peito e no torso. Não havia ferimentos no rosto, nem feridas defensivas nas mãos e nos braços, fato que o legista achava muito estranho, dada a violência do ataque. A causa da morte fora o rompimento da veia cava anterior, cortada por um instrumento afiado, provavelmente a faca de cozinha encontrada perto de Marvell. A morte fora quase instantânea depois de desfechado o golpe.

— Não parece nada bom — disse Temple —, caso esteja pensando em atuar como seu próprio advogado.

— Criven encontrou alguma coisa suspeita? — perguntou Michael, ignorando a insinuação de Temple.

— Na verdade, não. A ironia é que Marvell provavelmente não estaria vivo daqui a um ano. Ele sofria de um grave aneurisma na aorta, que poderia ter se rompido e tê-lo matado a qualquer momento.

Michael desligou e ficou com o olhar perdido, fixo no espaço. Sabia que não tinha matado ninguém. Era óbvio que havia sido falsamente incriminado, entretanto, aquilo não era possível. Fora testemunha de sua própria inocência quando vira o cadáver de Marvell. O homem já estava morto e o legista era suficientemente competente para detectar quaisquer ferimentos feitos depois da morte, na possibilidade de Michael ter enfiado uma faca no cadáver. Não havia feito isso, sabia que não. A histeria de Beth Marvell era loucura, contudo, para o mundo a única loucura ali devia ser a dele. Negar o que era claro e evidente aos olhos de todo mundo indicava uma mente profundamente perturbada ou então maligna.

Sentiu-se paralisado, incapaz de analisar mais profundamente aquele mistério. Apesar de estar muito cansado, decidiu não se juntar a Susan na cama. Dormiria no sofá. Michael se levantou e andou pela casa. Estava tão absorvido em seus pensamentos sombrios que não viu sua esposa de pé no alto do patamar da escada, com uma expressão estranha nos olhos, o olhar assustado de uma mulher sozinha confrontada com um estranho dentro de casa.

— B-o-o-m-dia, Vietnã-ã!

Os ombros de Simon se encolheram quando a voz trombeteante encheu o quarto na casamata. Todas as manhãs, quando rolava para fora da cama, Lazar anunciava sua presença da mesma maneira espalhafatosa, e todas as vezes aquilo irritava os nervos de Simon de maneira incontrolável.

— O que temos para os cães velozes de guerra esta manhã,

neném? — prosseguiu Lazar sem se reprimir. Ele se inclinou sobre o ombro de Simon, tentando ver a tela do computador. O fato de Stillano ter exigido relatórios diários do progresso deles, já era bastante ruim. Mas a perturbação da rotina normal de Simon e a completa falta de privacidade eram piores.

— Nunca lhe ocorreu tomar um banho antes de interagir comigo? — perguntou Simon irritado.

— Já. Mas passa.

O tempo deles deveria ser passado dedicado ao trabalho intenso — Simon cumprindo um horário disciplinado de doze horas por dia, começando exatamente às sete da manhã; Lazar num horário mais irregular, mas igualmente prolongado, examinando com pente fino os dados sobre o espectro em busca do mais leve indício sobre as origens da captura.

— Pare com isso. — Simon deu um tapa na mão que se estendia para apertar a tecla e fazer descer a página. — Preciso completar meus raciocínios sem interrupção.

— Pode completar, meu velho — disse Lazar. — Sua disposição para trabalhar nesse projeto me deixa humilhado.

— Não estou disposto, nem ansioso, como você sabe muito bem. Meu único objetivo é sair dessa quarentena o mais rápido possível.

— Maravilha. Mas fazer o papel de lacaio para os imbecis lá em cima não vai adiantar, a menos que você apresente resultados. E até agora isso não tem sido nada promissor, não é?

— Você quer dizer, a menos que *nós* apresentemos resultados — Simon fez questão de recordar. — Agora, pelo amor de Deus, tire esse seu fedor daqui. — Simon tinha consciência de que seu nariz era ultra-sensível, que detestava quaisquer odores desagradáveis. Comida passada, latas de lixo, becos, esgotos, banheiros públicos, metrôs e multidões de todos os tipos, tinha passado a vida inteira fazendo desvios para se manter longe dos odores malcheirosos da vida, o que em parte constituía o motivo por que se desviara da vida de maneira geral. Mas, mesmo admitindo tudo isso, Ted Lazar fedia.

Simon ligou o protetor de tela antes que Lazar pudesse começar a ler seus resultados em voz alta.

— Já disse a você para me deixar em paz — disse no tom mais ameaçador de que foi capaz.

— Por quê? Tem medo de que eu avance com a SVM e você não?

Lazar havia adotado o jargão governamental de Carter, decidindo que era muito melhor do que qualquer rótulo satírico que pudesse inventar. Também tinha adquirido o hábito de chamar a luz alienígena de "Virgem de Roswell", embora esse apelido não tivesse pegado. O comportamento da captura não havia se alterado nos quatro dias decorridos desde que os cientistas haviam chegado, e Stillano estava furioso com o fato de que eles não tivessem desenvolvido quaisquer hipóteses viáveis sobre de onde a luz viera ou sobre a natureza do ser que a habitava.

Havia uma variedade de fotos pregadas nas paredes do cubículo de Simon. Todas eram do tanque de vidro que estava na casamata reforçada. Foram tiradas com diversos tipos de iluminação e uma variedade de filmes diferentes. Em algumas delas o objeto era uma mancha negra. Em outras, o tanque parecia estar vazio. Simon se sentia mais do que frustrado. Metade das informações obtidas era simplesmente implausível, a outra metade era tão inconsistente a ponto de ser totalmente desprovida de crédito. Num momento o campo de energia era magnético, no seguinte não era. Ora era visível sob raios X e ressonância magnética, ora não era. Sua temperatura — ou melhor, os registros de sua temperatura, uma vez que Simon não confiava mais nas respostas de seus instrumentos — oscilava muito num momento e, no outro, simplesmente não apresentava qualquer registro.

— Tudo bem — disse Lazar, olhando atentamente para as baleias voadoras percorrendo a tela do computador de uma ponta a outra. — Se vai continuar agindo como um tolo, eu realmente vou ter de começar a pensar sobre nosso probleminha.

Simon fez uma careta mal-humorada e esperou. Duvidava que alguém pudesse apresentar explicações melhores que as suas (assim que chegasse a alguma), mas não podia acusar seu colega de ter realmente pensado, até aquele momento. Ele que tentasse.

— O problema é que a coisa não é uma coisa — disse Lazar, deixando-se cair na cama de baixo do beliche e olhando fixamente para o colchão sujo acima. Não fazia a barba havia quatro dias e os espessos pêlos negros cobrindo seu maxilar davam-lhe um aspecto de pirata. Estava vestindo a camisa rosa néon espalhafatosa com que havia dormido. — Ao abordá-la como uma coisa, os militares começaram com um equívoco.

— O que está querendo dizer, afirmando que não é uma coisa?

— Bem, reflita sobre o vidro, por exemplo. Um pedaço de vidro parece sólido, certo? De modo que o categorizamos como uma coisa. Mas se você for a casas muito antigas, onde o vidro esteve nas janelas durante várias centenas de anos, verá marcas de lágrimas nele. A vidraça esteve escorrendo o tempo todo. O que significa que o vidro, na verdade, é líquido, só que um líquido que se move muito, muito, lentamente. Leva um século para que a gravidade faça com que uma janela escorra uma fração de centímetro.

— E daí? Está me dizendo que uma janela é um sólido fluido? Esclareça logo o que está querendo dizer. — Simon percebia vagamente a direção para onde Lazar estava seguindo e a perspectiva de ser superado pelo outro o aborrecia.

— Tudo bem, o próximo exemplo é uma bala voando. Se uma bala é disparada de modo a passar paralela à sua cabeça, você não pode de fato vê-la. Portanto, tem de simplesmente acreditar que a bala voando é uma coisa. Se seus olhos pudessem registrar movimento a centenas de quilômetros por hora, você poderia começar a ver a coisa sob a forma de um borrão, mas se tivesse sentidos incrivelmente rápidos, olhos que pudessem ver objetos a milhares de quilômetros por hora, o que aconteceria?

— A bala pareceria estar parada — respondeu Simon.

— Exatamente. Desse modo, tome o exemplo do vidro chorando e o exemplo da bala passando velozmente como dois opostos. Um é um evento muito rápido e o outro um muito lento. Mas eles ilustram o mesmo princípio: não há diferença entre objetos e eventos exceto aos olhos do observador. *Quod erat demonstrandum.*

— É mesmo? O que você acha que provou?

— Que a velocidade desta luz capturada tem de ser reduzida. Ela pode ser algum tipo de forma que esteja se movendo tão rapidamente, que nossos olhos registrem apenas um borrão. Arranje uma dessas câmeras que são capazes de parar uma bala disparada ou um balão de água explodindo. Sabe do que estou falando, é só fotografá-la em vários milhares de quadros por segundo, então poderíamos ver que aparência a captura tem de fato. Nunca vai conseguir solucionar a questão do que realmente ela é enquanto não conseguir olhar direito para ela, certo?

Lazar começou a fazer ruídos altos de roncos, para sublinhar que ele podia solucionar esses problemas dormindo. A contragosto, Simon admitiu que não podia mais presumir que seu parceiro fosse apenas um palhaço.

Uma câmera de velocidade ultra-rápida com capacidade para focalizar o movimento quadro a quadro foi transportada para a base, vinda de Oak Ridge, no Tennessee. Como as lentes haviam sido concebidas principalmente para trabalhos em *close-up*, foram necessárias muitas horas para que uma equipe, virando vinte e quatro horas, conseguisse configurar corretamente o mecanismo, mas finalmente todo o espaço protegido pelo vidro podia ser enquadrado. A retirada dos escudos de proteção ocorreu sem problemas — a captura não emitiu qualquer explosão repentina de energia, nem mandou corpos voando pelo ar. Os membros remanescentes da equipe permaneceram a vinte metros de distância, operando a câmera e o estroboscópio por controle remoto.

— OK, podem começar a contagem regressiva — ordenou Stillano no fone de ouvido de seu operador no comando.

— Mensagem entendida.

A contagem regressiva iniciando-se em dez começou. Simon se mexeu, inquieto; Lazar permaneceu estranhamente calmo, ao contrário do que lhe era habitual. Quando chegaram a três-dois-um, ele levantou a mão de repente, como se tivesse percebido um problema. Quaisquer que tivessem sido suas preocupações, vieram demasiado tarde. O estroboscópio disparou, os espelhos rotativos dentro da câmera giraram, captando milhares de quadros por segundo, então tudo ficou em silêncio, exceto pelo zumbido do ventilador que dissipava o calor repentino gerado pelo motor de alta velocidade. Stillano arrancou os óculos de proteção.

— Que diabo foi aquilo? — perguntou com irritação, olhando furioso para Lazar.

— Nada — respondeu Lazar, mas quando retirou os óculos de proteção tinha uma expressão vaga no rosto.

O filme foi levado imediatamente para ser revelado; haveria uma demora de quatro horas antes que quaisquer resultados pudessem ser analisados. A equipe se dispersou, deixando o equipamento posicionado para o caso de uma eventual segunda tentativa. Ficaram apenas Simon e Lazar.

— Ainda não creio que vá conseguir reduzir a velocidade dessas pulsações o suficiente para registrá-las visualmente — comentou Simon, enquanto se virava para ir embora. — Mas, se me permite fazer um comentário, estamos mais próximos de começar a entender essa coisa do que antes.

Lazar olhou para trás, por sobre o ombro, com total indiferença. Não fez nenhum comentário zombeteiro, o que na verdade deixou Simon ligeiramente nervoso.

— Acabei de lhe fazer um elogio — disse Simon.

— Não tem importância. — A voz de Lazar soou sombria.

— Não? Então retiro o que disse, muito obrigado.

Lazar sacudiu a cabeça.

— Você não compreende. Estamos no caminho errado, totalmente errado.

— Como você sabe? — perguntou Simon, irritado com aquela nova demonstração de arrogância.

Lazar se afastou sem responder, não porque tivesse aumentado ainda mais sua arrogância, mas porque tinha de fazê-lo. Como poderia contar o que havia acontecido? Sabia, sem qualquer sombra de dúvida, que a captura não estava gostando do que estavam fazendo.

Ela própria acabara de dizer isso a ele.

A Voz do Anjo

Vocês estiveram fora de contato com Deus por tanto tempo que inventaram histórias e mitos a respeito Dele, como crianças perdidas se lembrando de casa. Alguns desses mitos são bonitos, mas outros são destrutivos. Crianças perdidas podem facilmente começar a imaginar que foram abandonadas. Quanto mais tempo esperam sozinhas, sem um pai ou mãe que as conforte, mais absurdos tornam-se seus medos.

*O medo de terem feito alguma coisa
terrivelmente errada para estarem assim,
abandonadas.
O medo de que seus pais as tenham deixado
deliberadamente.
O medo de que algum grande castigo é tudo
o que merecem.*

Vocês projetaram todos esses medos — e muitos outros mais — em Deus. Ele é o pai que os julga ao se manter distante. Uma vez que todos esses medos foram criados em suas mentes, temos de dizer a vocês que eles não são verdadeiros. Contudo, ainda são poderosos no mundo inteiro. Vocês guardam muitas histórias antiqüíssimas sobre um Deus irado lançando trovões do céu e pragas da terra para feri-los, mas a maior dor que sentem é por terem sido abandonados.

A ausência é o mais cruel dos castigos.

Nós, os anjos, servimos para aliviar esse sofrimento. Não somos absolutos como Deus. Não somos infinitos, nem ilimitados, fora de todos os limites de tempo e espaço. Nossas vidas são passadas no mundo sutil que toca o mundo sólido e material de vocês tão ligeiramente quanto um raio de luz ou um sopro de ar. Portanto, podemos entrar em contato com vocês de maneiras sutis a fim de permitir que saibam que não estão sozinhos. Essa assistencia não chega a todos, de forma alguma. Como poderia? A

Terra está envolta em camadas escuras de descrença. As mentes dos homens estão cheias de vozes estridentes que clamam por caos e terror ao redor do globo.

Nunca paramos de tentar trazer a luz para vocês, contudo, nesta era em que tantos medos obscuros se interpõem entre nós, vocês devem fazer a parte que lhes cabe. Nunca partimos, porém vocês só sentirão nossa presença se chamarem por nós. Deus é chamado em meditação profunda, silenciosa, mas nós não somos tão difíceis de encontrar. Respondemos à beleza e à música; procuramos ouvir o som do riso de vocês. A fé abre um canal para nós, da mesma forma que uma simples oração sincera. Os inocentes nos conhecem muito mais facilmente que os cínicos e os céticos — isso é evidente —, mas em todo mundo há um grão de inocência. Se puderem encontrá-lo, estaremos muito perto.

A ocasião mais difícil de procurar por nós, contudo, é quando estão confusos, em meio ao caos, dominados pelo estresse, temerosos, correndo risco. Uma mente conturbada não pode alcançar os anjos com facilidade. Em vez de buscarem nossa ajuda só quando estão em crise, aprendam a se comunicar a partir de seu centro de paz, de seu coração. Precisamos de um canal aberto. Nossa capacidade de ajudar não é tão limitada quanto poderiam imaginar, mas tampouco é todo-poderosa. Vocês devem nos encontrar na metade do caminho, fazendo uso da capacidade singular que possuem de perceber o mundo sutil.

Os anjos não são trazidos a vocês pela tristeza e pelo medo. Eles são trazidos pela luz que vocês possuem.

— Cavalheiros, nosso tempo está se esgotando — declarou Stillano na reunião seguinte.

— Falando em termos técnicos, não tenho certeza de que isso seja possível. Para começar o tempo não corre, o tempo teria de correr e esgotar-se de si mesmo. Isso é a mesma coisa que dizer que a morte vai morrer, não é? — Simon se recostou na cadeira de escritório, cheia de protuberâncias, e olhou maliciosamente para Stillano com a satisfação de alguém cuja mente pode passar rapidamente de verdades que confundem para absurdos confusos a seu bel-prazer.

Lazar estava com os ombros curvados para a frente na outra extremidade do escritório do oficial no comando, fingindo estar entediado.

— Talvez o tempo não exista a menos que se pense a respeito dele, de modo que se você parar de pensar que seu tempo está acabando, ele nunca acabará.

— Olhem para isso — disse Stillano abruptamente, interrompendo o palavrório dos dois. Ele atirou uma pilha de fotografias reluzentes sobre a mesa.

— Já vi — disse Simon. Eram as chapas das fotos de alta velocidade tiradas da captura.

— Bom. Então o que elas dizem? — perguntou o general.

— Tudo bem — retrucou Simon. — Minha avaliação é de que a captura não tem forma. As fotos não tiveram velocidade suficiente para parar todo o movimento, mas também não esperávamos isso. A tecnologia das câmeras ainda é limitada e um movimento simples, como um balão sendo explodido, acontece depressa demais para ser completamente parado. No caso em questão, as pulsações de luz ocorrem várias vezes à potência de dez mais rápido que isso. Afirmarei, contudo, que *alguma coisa* aparece.

— Explique para nós — disse Lazar ironicamente. — Em sua própria velocidade, é claro. — Simon lançou-lhe um olhar furioso, apenas para provar que o relacionamento dos dois não havia se tornado mais caloroso.

— O que aparece aqui é como um palimpsesto. Caso não estejam familiarizados com esse termo — disse Simon —, um palimpsesto descreve duas imagens que estão sobrepostas de tal maneira que ambas são visíveis; a palavra geralmente se aplica, em arqueologia, a superfícies escritas, como pergaminho ou uma tabuleta de pedra, que foram usadas uma ou mais vezes depois que o escrito mais antigo foi apagado.

— Fascinante — comentou Lazar. — Vocês sabem, na verdade, Simon não nasceu. Ele foi encontrado num monte de lixo enterrado numa pirâmide no Egito.

— O que isso tem a ver com a nossa captura? — perguntou Stillano.

Simon pegou uma das chapas fotográficas e apontou para a imagem borrada da luz, que parecia ter muitas sombras sobrepostas em seu interior, linhas fracas, mas distintas, de forma que somadas umas às outras não produziam nenhuma forma definida.

— Essa coisa é como um holograma, mas não apenas um único holograma — explicou. — A luz pode fazer formas tridimensionais definidas, é assim que se faz um holograma. Mas, e se você empilhasse um grupo de hologramas uns sobre os outros? E se eles estivessem se movendo e interagindo o tempo todo? O resultado seria um borrão de luz a olho nu, contudo, se você usasse técnica de *stop motion*, parando o movimento, fotograma por fotograma, o ninho de formas começaria a se definir.

— E se tivesse uma câmera com velocidade suficiente, veria apenas um holograma? — perguntou Stillano.

— Possivelmente — respondeu Simon, em tom não muito encorajador. — Talvez não haja uma única forma real. Talvez as múltiplas imagens em constante mutação sejam tudo o que existe.

Ou existe uma forma tentando nascer, pensou Lazar consigo mesmo.

Stillano se levantou e ficou de frente para a janela, que dava para uma extensão de deserto delimitada por uma cerca de alta segurança, mil e seiscentos metros mais adiante.

— Vocês provavelmente não estão se esforçando muito para me ajudar — comentou. — Mas a despeito de todo esse jargão, creio que estão me dizendo que, de fato, a coisa está viva.

— Não me atribua isso — advertiu Simon. — Hologramas não estão vivos e, se nos basearmos na lógica normal, seres não podem estar vivos se sua única substância é a luz. Caso contrário teríamos de dizer que o Sol está vivo.

— Talvez esteja — comentou Lazar. Os outros dois homens olharam desconfiados para ele. Lazar havia adquirido uma reputação de ser um maluco útil e aquilo lhe agradava. — Nossa virgem cativa, acho que é uma menina, e ela gosta de Simon. Foi por isso que se permitiu ser capturada e trazida para cá. Só para ele. Os cabelos escorridos de Lazar pareciam especialmente gordurosos naquela manhã; ele sem dúvida os mantinha tão desalinhados quanto podia só para aborrecer os militares, pensou Simon.

— Vá logo ao ponto ou saia da sala — disse Stillano com impaciência.

— Tudo bem, chefia. Minha opinião é que essa luz parece um holograma, mas não é. As vibrações cuja velocidade reduzimos a ponto de torná-las inteligíveis são mensagens.

— Está tentando falar conosco? — perguntou Stillano, ficando alerta pela primeira vez, depois de dias de trabalho inútil que não resultava em nada.

Lazar assumiu uma expressão enganadora.

— Talvez esteja pintando quadros. Essas formas podem não ter uma língua tal como conhecemos, poderiam ser mais como as imagens que passam voando pela nossa mente. Estas fazem sentido sem serem palavras, de maneira que essas também poderiam fazer sentido.

Com uma força involuntária, Simon bateu com o punho cerrado na mesa.

— Espere aí. Antes que vocês comecem a se beijar e a se congratular, o que é que nós temos realmente? Alguns rabiscos sombreados em emulsão fotográfica, mais nada.

— Então acha que isso é ridículo? Está enganado — rebateu Lazar, olhando fixa e atentamente para Stillano a fim de observar a reação do general. — Aqueles dois primeiros soldados que vocês encontraram no Kosovo estavam em estado de histeria e, pouco depois, outros técnicos que se aproximaram da luz apresentaram alterações psicológicas. Por que isso não está acontecendo agora? Primeiro a captura tentou falar com aqueles soldados, mas eles foram fritados. A vibração foi intensa, de modo que ela baixou a intensidade, mas, apesar disso, era demais para seres humanos; ela deixava nosso cérebro confuso e interferia nas tentativas de comunicação. O que você faria se estivesse diante dessas circunstâncias?

— Ia para casa? — retrucou Simon. — Ou será que estou apenas especulando?

Lazar o ignorou.

— Você pararia e refletiria durante algum tempo sobre o que deu errado. Então testaria gradualmente novas maneiras de transmitir sua mensagem. Vocês já repararam que aquela coisa não está emitindo nem de longe a mesma intensidade de luz que emitia inicialmente, não está mais derretendo paredes nem levando ninguém à loucura.

— Você é um filho da puta brilhante, não é? — admitiu Stillano com admiração a contragosto.

— Ele é uma lenda em sua própria mente — declarou Simon, que queria chutar para escanteio toda aquela especulação sem sentido. Depois de cinco dias na base, perguntou a si mesmo quando ele teria dormido pela última vez e em que medida o raciocínio de alguém seria confiável nessas condições. Ultimamente, Lazar tinha adquirido o hábito de sentar na casamata e simplesmente ficar olhando fixo para a coisa, durante horas seguidas. Provavelmente, era tão útil quanto olhar para o umbigo e resultava em delírios igualmente fantásticos.

— Simon está desempenhando o papel de feroz cão de guarda — comentou Lazar, sem se alterar. — Mas ele de fato consegue, em alguns raros momentos, transmitir pensamentos coerentes em minha direção e, durante uma de nossas sessões de troca de idéias, admitiu que deveríamos considerar a possibilidade de que nossa captura quisesse se comunicar conosco.

— Você não está sendo muito claro, meu velho — disse Simon com ironia. — Eu sugeri que os sinais pudessem não ser tão aleatórios. Pulsares são corpos estelares de alta energia cujas emissões chegam até nós em eclosões regulares; isso os torna ordenados, mas não vivos.

Stillano levantou as mãos.

— Trégua, cavalheiros, façam uma trégua. Estamos perdendo o rumo, desviando nossa atenção.

Lazar estava irritado demais para fazer uma trégua.

— Ouçam bem, vocês dois, se a captura está tentando se ajustar a nossos cérebros, o que a está impedindo? Olhem para estas fotos. Ainda está funcionando em freqüências que são rápidas demais para nós, mas ela ainda não descobriu isso. Assim sendo, o que devemos fazer? Precisamos ajudá-la e eu estive fazendo isso.

Stillano pareceu muito surpreendido.

— Como?

— Passando um tempo junto dela e pensando ou, para ser mais preciso, vendo imagens em minha mente. Fico sonhando acordado. Se ela conseguir entender que estou tentando mostrar como processamos imagens, talvez ela comece a me imitar e então haverá comunicação.

— Compreendo. — A expressão no rosto de Stillano era estranha. Simon estava certo de que os militares tinham seus próprios planos e que o general estava tentando calcular, sem revelar isso, como a hipótese prevista pelo exército se tornara inválida diante da que acabara de ser sugerida por Lazar.

— Certo — disse Stillano. — Podem continuar como vinham fazendo.

— Camponeses analfabetos dos Bálcãs estão fazendo vigília, por que não nosso amigo Lazar? — comentou Simon. Alguns minutos depois estava descendo pelo corredor cinzento, seguindo de volta para a estação de serviço.

— Então conseguiu que aquela reunião tivesse o resultado que você queria — disse ele. Lazar balançou a cabeça, concordando. — Mas não posso dizer, exatamente, que compartilhe das mesmas intenções que eu. Sei que não está nem um pouco interessado em ajudar essa turma do exército. Que vantagem quer tirar disso?

— Você realmente quer saber, meu chapa? — perguntou Lazar, reassumindo sua personalidade apatetada.

— É, acho que quero.

— Então faça duas perguntas a si mesmo. Por que um sujeito esperto como eu perderia tempo com uma hipótese que até um idiota poderia refutar, exceto a presente companhia? Mas, mais importante, e espero que esteja me ouvindo, ingênuo Simon, por que continuo me referindo a uma bola nebulosa de luz pelo termo *ela*?

Voz do Anjo

Por acaso contamos a vocês qual é a única coisa que nos manterá em silêncio para sempre? Talvez devamos, de maneira que saibam como ficar em guarda.
É a dúvida.
Aqueles que banem a dúvida abrem a porta para os anjos.

Ford Marvell havia escrito de maneira tão arrebatada a respeito de Arielle Artaud, em seu diário, que o verdadeiro Michael teve a impressão de que já a conhecia. Ela estava com cerca de oitenta anos, nascera em Paris e fora uma ocultista de renome internacional durante o último meio século — talvez *infame* fosse o termo mais adequado. Agora residia numa mansão luxuosa, em Westchester, onde meros mortais só eram admitidos para seus freqüentes "retiros espirituais sobre anjos". De acordo com o diário, Marvell havia participado de sete desses fins de semana prolongados no ano anterior. De modo que fazer uma visita a Mme. Artaud era o passo seguinte para solucionar o mistério.

Durante a longa viagem de carro, Michael refletiu mais a respeito de anjos. Em particular, pensou a respeito da crença de Marvell de que eles estivessem perto. Seria aquilo simplesmente um pensamento banal, ou teria o homem moribundo se sentido desesperadamente compelido a escrever aquelas palavras na esperança de que um outro significado fosse compreendido a partir delas? O que Michael sabia a respeito de anjos? Ele sabia que a palavra *angelos,* em grego, significa mensageiro. A mensagem podia ser tão familiar quanto os pastores sendo avisados do nascimento do menino Jesus ou tão pouco conhecida (para os cristãos) quanto Gabriel entregando o Corão ao profeta Maomé. Segundo a doutrina da Igreja, os anjos eram emanações diretas de Deus, seres assexuados criados antes de Adão e Eva — na Cabala eram considerados como os primogênitos de Deus.

O dicionário diz que anjos, embora superiores aos homens

em força e sabedoria, são na verdade os seres que ocupam a base celestial, que é apresentada como se segue: anjos, arcanjos, principados, poderes, virtudes, domínios, tronos, querubins e serafins. Esses nove níveis evoluíram do judaísmo místico para a cristandade medieval, e durante esse período a palavra *anjo* manteve-se mais ou menos intacta à medida que passava do grego para o latim, o francês arcaico, depois para o inglês arcaico, o inglês médio e, finalmente, para as línguas atuais.

Os anjos não estão aptos a pecar. São identificados com, mas não restritos, as grandes religiões monoteístas ocidentais: judaísmo, cristianismo e islamismo. Além desses dados esparsos, Michael conhecia pouco o assunto. Como a maioria das pessoas, classificava o estudo sobre anjos como medievalismo, situação um pouco melhor, em termos de credibilidade, que a da alquimia.

Michael encontrou com facilidade a residência de Madame Artaud. Não era um castelo de barão larápio, nem um grande bangalô. A casa "Hallows" era uma discreta construção de pedra da segunda metade do século XIX. Ficava no meio de uma propriedade que Michael calculava ter em torno de quatro hectares, toda ajardinada e plantada com lilases e glicínias, e tendo logo à frente o rio Hudson. Como seria de esperar, na residência de alguém que presida retiros dedicados aos anjos, em fins de semana, havia amplo estacionamento. No momento parecia não haver mais ninguém ali.

O tempo fechou. O belo dia ensolarado de Columbia, tornara-se escuro e cinzento em Westchester. O ar tinha o aroma adocicado de glicínias roxas, entrecortado pelo perfume mais forte e mais doce de lilases. Michael começou a andar em direção à casa, já aguçando suas antenas para detectar fraudes.

A porta da frente era antiga, de carvalho, com seis almofadas, e possuía um martelo de bater em forma de querubim. Mas antes que pudesse usá-lo, a porta se abriu.

— Olá — disse Michael. — Eu sou...

— Eu sei quem você é. Agora que já resolvemos isso, quer ir embora, por favor?

— Madame Artaud? — gaguejou Michael.

A velha senhora que estava parada à porta tinha uma estatura quase de criança. Seus olhos escuros eram muito vivos e a pele quase translúcida. Seu rosto tinha uma expressão grave que não denotava idade, os cabelos brancos e espessos estavam presos no alto da cabeça numa longa trança.

— Madame Artaud? — repetiu Michael quando ela não respondeu da primeira vez.

— Você quer falar sobre seus problemas? Por que as pessoas sempre aparecem com mais motivos para ficar quando se pede para irem embora? — A senhora deu-lhe as costas e voltou para dentro de casa, mas intencionalmente deixou a porta aberta. Tomando aquilo como uma espécie de convite às avessas, Michael entrou. Arielle Artaud dirigiu-se rapidamente para a sala de visitas, após o vestíbulo escuro, o cabelo branco balançando como uma lanterna sobre o vestido preto.

— Você já é um grande problema para mim, *mon cher* — ela declarou em tom cortante.

— Não tenho a intenção de ser.

— Quem tem, exceto aquelas almas perdidas que trabalham para a Receita Federal? — Mas dessa vez a senhora fez um gesto em direção a um divã baixo com estofamento de cetim; sentou-se num pufe, as costas orgulhosamente bem retas. Michael acomodou-se pouco à vontade no divã e se inclinou para a frente.

— A senhora aparentemente sabe quem eu sou. Eu já esperava isso — disse ele.

— Mentiroso. Ou será que eu deveria dizer lisonjeador? — A despeito de suas palavras, madame parecia satisfeita. Michael tinha imaginado que seu ponto fraco pudesse ser ouvir comentários lisonjeiros, que têm a capacidade peculiar de funcionar mesmo quando a pessoa sabe que está sendo usada.

— Este é um caso de assassinato. A senhora também sabe disso? — perguntou.

— Quem foi o idiota que disse isso? — A velha senhora se permitiu o primeiro sorriso enigmático. — Na minha juventude recebi um grande dom, o de escolher me tornar um canal de comunicação entre o mundo que conhecemos e o mundo que não podemos imaginar. Não pratico o espiritismo. Não tenho paciência para noções triviais de receber espíritos dos que se foram. Só porque alguém está morto não quer dizer que valha a pena falar com ele.

— A senhora não respondeu à minha pergunta, madame — observou Michael, depois que ela concluiu seu comentário espirituoso.

— Talvez você tenha falado de maneira demasiado rude — replicou ela.

— Me pareceu apenas um modo franco de falar. O que me traz aqui é uma morte misteriosa. Não posso me desculpar por pedir à senhora para ser quem realmente é. — A velha senhora agora parecia tão aborrecida que Michael imaginou que ela trocaria seu delicado sotaque francês pela gíria pesada do Bronx, mas isso pelo menos parecia mais verossímil.

— Aceita alguma coisa para beber, Sr. Aulden? — ela perguntou quase num sussurro. Aquilo foi uma retribuição sutil de um favor, pois ele se lembrava perfeitamente de não ter dito a ela qual era seu nome. Michael decidiu deixar que ela fizesse as coisas à sua maneira.

— Café, por favor — disse em tom desanimado.

— Uma boa escolha. Num dia cinzento como este não creio que limonada seria adequado e ainda está cedo demais para tomar *sherry*. — Ela tocou uma campainha e tornou a se virar para ele; aquilo era um sinal combinado com antecedência ou a casa inteira tinha habilidades psíquicas, pois em meio minuto uma empregada apareceu silenciosamente, trazendo uma xícara de porcelana com um café excelente. Michael bebeu devagar e esperou.

— Eu disse que você já me causou muitos problemas — recordou Arielle Artaud. — Mas aceito você como um guerreiro da luz, se isso o preocupa. Não tenho tempo para caçadores de emoções. Isso é pior que perder tempo. É mais perigoso do que as pessoas conseguem acertar facilmente. Os inocentes são facilmente enganados... e destruídos.

— O que aconteceu com Ford Marvell? Por que não o deteve? — perguntou Michael, interessado de repente.

— Está tirando conclusões precipitadas com relação ao que estou dizendo, está se adiantando — protestou ela.

— Pelo menos diga-me em que ele estava metido, que era tão perigoso.

— Ah! — Ela deixou escapar aquela única sílaba como se revelasse montanhas de coisas. Michael trincou os dentes. O grande problema dos dramalhões criados pelas pessoas é que, quando não se acredita neles, podem ser terrivelmente frustrantes.

— Pelo que soube a senhora organiza retiros sobre anjos aqui. Foi assim que Marvell começou, antes de ser desencaminhado? — perguntou Michael, escolhendo as palavras com cuidado.

— Não tente atuar como seu próprio advogado no tribunal — disse ela com um sorriso irônico. — Você é demasiado transparente em sua tentativa de conduzir a testemunha. — Michael se deixou cair contra o encosto do divã. Ela era realmente impossível, uma velha controladora e obsessiva.

— Meu dom particular — disse Madame Artaud — é ver e falar com anjos. Por favor, não tente formular uma resposta diplomática. Não estou interessada em fazer com que acredite em mim. Permita-me oferecer-lhe uma citação: "O homem não é um anjo nem uma besta — a infelicidade é que aquele que agiria como um anjo acaba se tornando uma besta." Traduzi para você, é de Pascal, o filósofo francês.

"Não tento me transformar em anjo e advirto aqueles que se sentem tentados de que eles acabarão por se meter em dificuldades com a besta que cada um tem dentro de si. Marvell não era um bom ouvinte, poucos escritores são. Ele não veio me procurar para aprender o que eu podia ensinar."

— Só para arrancar alguma informação da senhora? — concluiu Michael.

Arielle assentiu.

— Se foi assim, por que seus poderes extra-sensoriais não lhe disseram para mandá-lo embora no momento em que ele apareceu à sua porta?

Ela arqueou uma das sobrancelhas finas, bem desenhadas.

— Meus anjos não escrevem colunas de conselhos.

— Compreendo.

Ela tinha razão ao censurá-lo, Michael acabou admitindo.

Marvell tinha morrido de causas naturais, independentemente do que a polícia estava sendo levada a pensar. Seria pouco provável que mandá-lo embora pudesse ter mudado muita coisa.

— Existem aqueles que já estão prontos para acreditar — prosseguiu ela. — Seus anjos me dão conhecimento de quem são. Todo o foco da existência do Sr. Marvell estava mudando. Ele me disse que estava tomado por um desejo imenso de compreender seu propósito aqui na terra. De início, as coisas correram como já as vi correr muitas vezes. Ele passou do entusiasmo para a dúvida e depois para a confusão. A aceitação da realidade da luz é um processo gradual; não se adquire uma compreensão madura sem se confrontar com sua própria escuridão.

— De maneira que é possível falhar — observou Michael.

— Mas é claro, é por isso que todos nós precisamos de guias. O Sr. Marvell não gostava da idéia de ter guias, do mesmo modo que também não gostava do terreno difícil da alma. Ele preferia ser um turista por conta própria. Os resultados eram previsíveis. Depois de alguns meses, começou a ficar perturbado e a se desesperar, como se tivesse aberto um portal de esperança, apenas para vê-lo se fechar na sua cara.

"Talvez você não compreenda isso, *monsieur*, mas é impossível se desesperar após falar com os anjos. Eles são a encarnação da esperança e nos amam incomensuravelmente. Quando se é tão amado, como é possível ceder à escuridão? Não sei exatamente o que aconteceu com o Sr. Marvell. Os anjos que me guiam disseram-me que não era algo que eu devesse ver. Sei apenas que agora ele está morto e que sua morte deve trazer conseqüências para aqueles que ele deixou para trás.

Michael ouviu cuidadosamente e tentou se concentrar no que Madame Artaud estava dizendo.

— Acredita que Marvell tenha tido uma experiência verdadeira com anjos? — perguntou.

— Esse foi um caso peculiar. Ele tinha ganho uma fortuna substancial escrevendo livros espirituais, mas se sentia vagamente culpado, inseguro, desarraigado diante de um mundo desnorteante. Portanto, uma intervenção ocorreu, como já vi muitas vezes.

— Que tipo de intervenção? — perguntou Michael. Ela sorriu com astúcia.

— Ah, o senhor acha que eu vou entregar todos os meus segredos só porque estou sentada numa saleta tomando café? — Michael teve a sensação de que ela não estava se esquivando. Madame Artaud vivia num mundo habitado por muitos níveis de seres que pessoas comuns considerariam místicos ou imaginários. Sua única vantagem sobre os céticos era a capacidade de ver esses níveis. Portanto, teria bons motivos para preservar esse trunfo e permitir o acesso a seu mundo muito comedidamente, um cubinho de açúcar por vez.

— A mensagem dos anjos é sempre a mesma: *Olhe, olhe, olhe!* — disse ela. Tentamos olhar com os olhos do corpo, mas não é o que devemos fazer quando encontramos anjos. As mensagens que caem sobre nós estão tentando abrir um par diferente de olhos, os olhos do espírito.

Michael percebeu que a atmosfera em torno de Madame Artaud havia mudado. Ela não estava mais inventando um feitiço barato.

— Só na presente era conseguiremos enfim nos livrar dos antolhos para ver essas criaturas gloriosas como realmente são, livres de doutrina, credo e superstição. Mas há muitos equívocos que têm de ser corrigidos antes que isso seja possível.

"As pessoas acreditam, por exemplo, que os anjos são fáceis de se reconhecer, hippies astrais sem graça com absurdas asas de pássaros enfiadas nos ombros. Não são. A forma deles varia de acordo com a função, e essa função depende da mensagem a eles atribuída por Deus, não importa a forma que você escolha concebê-Lo. Há muitas histórias de pessoas visitadas por anjos que não se deram conta do que tinha vindo procurá-las até seu sublime visitante ter ido embora.

"As pessoas também cometem o erro de acreditar que os anjos são sempre bons. Isso é verdade, mas é a bondade de Deus, não a do homem. Os anjos acompanham a morte, por exemplo. Deus os usou para trazer destruição à terra, muitas vezes, nas sagradas escrituras. Foi um anjo que sacrificou os primogênitos do Egito para assegurar a libertação dos israelitas da servidão, e foi um anjo que expulsou Adão e Eva do Paraíso. Em outras palavras, os anjos são sempre bons, mesmo que não possamos compreender isso, com uma exceção. A maioria das culturas também reconhece os anjos caídos ou anjos das trevas, que são tão poderosos quanto os anjos da luz, mas que agem pelo mal.

Michael arriscou uma teoria.

— Talvez Marvell tenha sido dominado por um anjo desse tipo. Ou talvez os estivesse procurando, desde o início.

A velha senhora francesa deu de ombros.

— A respeito desses seres eu não posso falar. Nunca os vi.

Ela se levantou para indicar que a audiência estava encerrada. Suas palavras de despedida foram ambíguas:

— Talvez Marvell tenha se desesperado porque não conseguia falar com anjos, mas não creio que tenha sido este o caso. Creio que ele realmente tenha falado com eles e que de alguma forma tenha renegado a felicidade. Talvez você possa descobrir o motivo.

— Esperemos que sim.

Dois minutos depois a pesada porta se fechou às suas costas. Michael andou depressa pelo jardim, reparando que estava começando a ficar encharcado pela chuva.

4
Anjos inesperados

Rio acima, a chuva refrescante não caiu. Susan havia se deitado e adormecido, transpirando ligeiramente. Ficou agradecida quando começou a cochilar com o rosto enfiado num velho travesseiro macio. Não era nenhuma racional fanática, mas coisas demais haviam tomado de assalto sua mente naquele dia. Esperava que o sono aliviasse um pouco a ansiedade e reduzisse o girar massacrante dos pensamentos obsessivos. Não tinha idéia de quando adormecera, nem de quando o sonho começara.

Seu nome era Suze. Ela tinha sete anos de idade e estava fugindo de casa. O motivo estava esquecido, mas estava revoltada além de sua capacidade de tolerância.

Seu pai provavelmente lhe dera umas palmadas e, sendo um pai adorado que jamais levantara a mão para ela, ficara chocada, como se ela fosse um animal e não mais sua filha. Estava fugindo do conhecimento de que, a seus olhos, ele nunca mais seria um benigno deus do lar.

Eles moravam perto de uma grande extensão de terras ainda virgens, daquelas com mata bem fechada. Havia saído pela janela e seguido para o seu esconderijo verdejante, correndo, com as lágrimas ainda molhando seu rosto. Tinha sido advertida repetidamente para não ir até lá — todo verão havia rumores a respeito de ursos que desciam das colinas —, mas nada era mais assustador do que o choque da traição. De qualquer maneira, seus instintos a induziam a correr para exteriorizar a raiva. Ela arremeteu-se contra arbustos e trepadeiras, espalhando água ao passar por riachos rasos, seguindo sem rumo, se afastando de casa, demasiado concentrada até para chorar depois de um tempo.

À medida que a escuridão começou a cair, estava suficientemente cansada para sentir-se melhor, de modo que resolveu voltar. Levou quase uma hora para perceber que estava perdida e que não conseguia mais ver nem o bosque que a rodeava. Correr para longe de casa havia sido uma espécie de salvação, mas isso aconteceu tarde demais para fazer-lhe algum bem. Estava vagando perdida na escuridão total e ninguém sabia que estava ali. Seus pais sabiam apenas que não estava em seu quarto, que havia desobedecido mais uma vez, mas isso não importava porque eles nunca a encontrariam.

— Quero ir para casa — sussurrou Suze, testando as súplicas do pânico. Esses tipos de súplicas não funcionam, a menos que haja alguém para ouvi-las. O bosque, que parecera tão manso à luz do dia, estranhamente começou a adquirir vida, como se monstros, semi-recordados, ali se alimentassem. Ela podia ouvir coisas rastejando sob a vegetação e quando sentou, tremendo de frio, uma coruja desceu num vôo rasante e lançou-se sobre alguma coisa que guinchou e lutou a três metros de onde ela estava.

Choramingando descontroladamente, ela engatinhou de volta para o arbusto frondoso onde havia se escondido antes e se enroscou, encolhendo-se tanto quanto podia. Não havia diferença entre estar sozinha e não ser amada. Era uma lógica de criança e era absolutamente clara: como ninguém viera procurá-la, ninguém nunca mais a amaria.

Susan observou a si mesma, a criança que ela havia sido, passando por um parto. Estava dando à luz a um novo sentimento, o desespero paralisante que só os adultos imaginam-se capazes de sentir.

— Suzy? Suze? — chamou uma voz de homem.

De repente sentiu uma luz forte iluminando seu rosto. Ela hesitou um segundo antes de engatinhar para fora de seu esconderijo, ainda era muito pequena para ter medo de alguém que soubesse seu nome. Manteve os olhos na luz e assim que ele a viu em meio ao emaranhado do arbusto, o estranho apagou a luz para não ofuscá-la.

A lua havia nascido e ela pôde ver o estranho mesmo sem a luz. Não era ninguém que conhecesse, mas caminhou confiante para ele, que se abaixou para pegá-la no colo. Aninhou-se em seu ombro, toda a tristeza anterior esquecida.

Quando acordou, estava em sua própria cama, vestindo seu pijama dos Flintstones favorito. Era dia de escola e, enquanto se apressava para se aprontar a tempo de pegar o ônibus, ficou esperando que sua mãe mencionasse o fato de como havia fugido. Se o pai ralhasse com ela, jurou que iria suportar o castigo sem reclamar.

Mas o café da manhã foi o ritual tranqüilo de hábito. Nenhum dos dois mencionou o incidente. Passaram-se vários dias antes que Susan percebesse que nunca o fariam e outros mais antes que a estranheza e a importância do acontecimento fossem realmente compreendidas por ela. Não teve outra briga séria com seu pai até estar em plena adolescência e a essa altura já estava crescida mesmo em sua raiva, já havia amadurecido o bastante para usá-la como uma arma a ser dominada, como uma faca que se lança. E uma pergunta essencial nunca havia lhe ocorrido.

Durante todos aqueles anos, por que nunca havia perguntado quem era o estranho que a salvara?

A Voz do Anjo

As crianças querem amor e proteção, e vocês continuam a querer essas coisas de Deus. Os anjos têm a incumbência de protegê-los. (O amor faz parte de nossa natureza, de maneira que não precisamos dessa incumbência.) Não podemos protegê-los nos materializando e lutando por vocês. Nós os protegemos por meio de nossa influência sobre suas mentes. Quando são aconselhados a "ouvir seus anjos bons", é para seus próprios pensamentos e sentimentos que devem se voltar.

A influência dos anjos não pede que vocês sejam bons. O bem é uma escolha baseada na moralidade de vocês. Nós estamos além da moralidade. Pedimos que tenham percepção, que estejam despertos e, quanto mais percepção tiverem, mais fácil será para que o bem se manifeste. E é assim que o amor e a verdade se manifestam também. Essas não são qualidades que vocês possam lutar para conquistar. O esforço torna a vida dura e tensa e onde há tensão, como pode o amor existir? O amor é delicado do mesmo modo que o é a verdade. Se se esforçarem para amar alguém de quem realmente não gostem, a vibração errada é enviada. Como estão sintonizados para o nível sutil (mesmo quando, racionalmente, nem sequer acreditem nesse mundo), podem perceber quanto de amor, verdade ou confiança estão presentes.

Protegemos vocês aguçando seus sentidos sutis. O que chamam de "instinto visceral" é muito grosseiro, embora se possa confiar nele. Um sentimento sutil não é grosseiro. Permite que vocês tomem decisões cruciais antes que qualquer perigo ou crise apareçam. A verdadeira certeza sobre quem vocês são é o melhor sinal de que estão sintonizados. Ninguém precisa ser religioso para ter percepção, para estar desperto. Quanto mais despertos e perceptivos estiverem, mais rapidamente reconhecerão nossa existência e mais fácil será pedirem nossa ajuda.

Anjos da guarda com freqüência são retratados com uma espada, como se lutássemos como guerreiros por vocês. A espada, contudo, é um símbolo; ela representa atenção aguçada. Quando a espada de suas mentes estiver afiada, saberão o que fazer e quando em qualquer situação. Que proteção melhor poderiam desejar? Nosso desejo mais profundo é dissipar a estagnação de suas mentes e afiar o gume de sua atenção.

Quando Susan desceu novamente, teve uma premonição de algo ruim acontecendo. Avistou luzes piscando e saiu para a varanda na frente da casa. A luz do entardecer penetrava através da cerca alta de alfenas que protegia a propriedade dos Aulden. Michael estava na escada, vestindo calças de cor cáqui e uma camisa esporte. O rosto dele tinha a expressão rígida, característica de quando estava com muita raiva. Um movimento vindo do interior da casa fez com que ela percebesse que havia homens andando lá dentro, revirando até os cantos escuros.

— O que está acontecendo? — A pergunta de Susan soou com um tom de casualidade forçada. Michael se virou, dando as costas para um homem em trajes civis com quem estava falando.

— Nada de mais — respondeu ele no mesmo tom. — Peabody e Sherman estão revistando a casa em busca de noivas assassinadas... e aqui temos o detetive Disney que quer conversar conosco.

Ela examinou o homem de meia-idade, vestindo um terno amarrotado, que a cumprimentou com um movimento formal de cabeça. Com um gesto fatigado, ele mostrou o distintivo de ouro por um instante, antes de tornar a guardá-lo.

— Sou o tenente Disney, do Departamento do Xerife do Condado de Columbia. É Susan Aulden? — Então Michael não estava sendo sarcástico.

— Sou — respondeu ela.

— Se incomodaria em me dizer onde estava ainda há pouco?

— Por quê?

— Pode nos relatar onde estava o seu marido hoje, durante o dia? — Disney prosseguiu no mesmo tom breve e seco.

— Talvez, se primeiro me disser do que se trata — rebateu Susan.

— Conhece uma mulher chamada Carol Hardin? — insistiu o detetive. Susan fez que não, sacudindo a cabeça, mas Michael hesitou por um segundo.

— Ela é uma de minhas pacientes. É diabética, tem de tomar insulina. Aconteceu alguma coisa com ela?

— Você poderia nos dizer o que aconteceu — respondeu Disney, ironicamente, com falsa seriedade. — Foi encontrada morta duas horas atrás.

— De coma induzido por falta de insulina? Ou tomou uma dose excessiva do medicamento? — Michael começou a enumerar as prováveis causas de morte. Pessoas que sofrem de diabetes prolongada são excepcionalmente vulneráveis a derrames e a ataques de coração. Ela poderia ter se esquecido de tomar a insulina e tido acidose diabética, e morrido por causa disso.

Disney ignorou Susan e se concentrou em Michael.

— Onde estava hoje entre meio-dia e, aproximadamente, duas horas da tarde?

— Na cadeia, ou acabando de sair de lá. O senhor já não sabia disso? — Michael sabia para onde aquela conversa estava se encaminhando, mas resolveu arriscar a possibilidade de que a polícia estivesse apenas procurando obter informações. — Está me dizendo que acredita que eu esteja envolvido na morte de Carol Hardin? Como eu já disse, ela era apenas uma paciente.

— Gostaria de prestar um depoimento a respeito dela, doutor?

— Não. O senhor não tem a obrigação de presumir que eu seja inocente de qualquer crime, especialmente de um a respeito do qual não tenha me informado, até que eu seja julgado e condenado?

— O senhor fala como um advogado — disse Disney em tom mal-humorado. — Por acaso a frase "o anjo está perto" significa alguma coisa para o senhor?

— Não.

— Por que não pára de incomodar meu marido fazendo perguntas idiotas? — interveio Susan em tom duro. Michael havia subido os degraus da varanda e posto a mão no braço dela. Os músculos ficaram rígidos sob o toque da mão dele.

— Basicamente está dizendo que Carol Hardin foi morta, é isso?

O detetive fez uma advertência a Michael.

— Desça até aqui e fique afastado da casa ou serei obrigado a algemá-lo.

Mas a mente de Susan estava distante de tudo aquilo. Só conseguia sentir uma sensação, o aperto da mão de Michael em seu braço, e aquele toque não era o dele. De repente teve certeza daquilo, da mesma forma que se sentia segura de tudo o mais.

Nesse momento dois patrulheiros saíram da casa. O patrulheiro Sherman encarou Michael.

— Creio que temos tudo de que precisamos — disse para Disney. O patrulheiro segurava um grande saco plástico de lixo com as iniciais D.X.C.C. estampadas em tinta amarela borrada num dos lados. O detetive balançou a cabeça e voltou a concentrar sua atenção em Michael.

— Carol Hardin foi morta pouco depois do almoço ou por volta desse horário. Receio que teremos de levá-lo para ser interrogado, doutor.

Susan depois se perguntaria se o sonho com sua infância ou se a visitinha de Rakhel tinham sido uma preparação para aquele momento, pois, a despeito da nova ameaça pairando sobre a cabeça de Michael, sentia-se estranhamente distante. Parada no degrau superior da escada, observando do alto os três policiais sob a luz mortiça do crepúsculo, não conseguia afastar a certeza de que eles eram irreais. Muitas pessoas relatam esse tipo de sentimentos em situações de crise. Passageiros em acidentes de avião sofrem de choque retardado e de todo tipo de sintomas pós-traumáticos, contudo, no momento da violência do impacto propriamente dito, podem relatar sentimentos de completo desligamento, como se o evento estivesse acontecendo com outra pessoa.

Mas Susan estava mergulhando mais profundamente em si mesma do que isso. Era como se tivesse se retirado para uma ilha intocada pela cena que estava observando. Era uma ilha no mar da tranqüilidade e a calma acariciava seu rosto como o frescor da asa de um pássaro. Se não tivesse continuado a ouvir o som leve de um pulsar em seu ouvido, poderia não ter se dado ao trabalho de se conectar com nada fora de si mesma.

De muito longe, ouviu Michael perguntar:

— Vocês têm um mandado de busca para revistar minha casa? E é melhor que tenham um outro se pretendem me levar preso.

Disney apresentou dois documentos dobrados que tirou do bolso do paletó.

— Pode ler isto se quiser, mas são autênticos, não precisa se preocupar.

Michael sacudiu a cabeça. Observando-o de costas, Susan não podia ver a expressão de seu rosto, mas sentiu uma onda de desânimo vindo em sua direção; era mais evidente até que se ele tivesse dito as palavras: *Não adianta*. Seu marido continuou discutindo, sem muita convicção, com o detetive. No último minuto antes que o levassem embora, Susan se deu conta, com absoluta clareza, de que tudo estava errado.

Sem dizer uma palavra, deu meia-volta e tornou a entrar em casa. Sabia que ninguém a seguiria. A polícia havia revirado tudo pelo avesso. Ela pisou em papéis espalhados, gavetas reviradas, uma pilha de roupas tirada do armário do vestíbulo — nada disso a afetava, estava apenas registrando sob a forma de imagens no fundo da retina. Interiormente ainda estava tranqüila, exceto que somado à calma fria havia uma pequena semente de outro sentimento. Quando as pessoas sonham, o fluxo de imagens se move por conta própria; não estamos no controle e, normalmente, as fortes emoções de medo e terror, das quais queremos escapar com todo o nosso ser, nos dominam. Mas, às vezes, há um pequeno ponto de percepção que não se entrega ao sonho e, enquanto ele existe, fixo como o brilho de um diamante em meio às imagens de sonho fluindo, estamos no controle. Esse ponto é o acesso à força, embora seja muito fraco e, no dia-a-dia, raramente seja tocado.

Susan estava bem ali, tocando nele e não permitindo que se apagasse.

O minúsculo ponto de força parecia incrivelmente cheio de vitalidade; era a coisa mais viva em seu íntimo, a despeito do fato de ele se manter absolutamente imóvel. Ela se dava conta de que a qualquer momento o controle poderia ser perdido — com a explosão de uma gargalhada, um grito de puro entusiasmo, um soluço de alívio pelo fato de que depois de todo aquele tempo — um tempo medido mais em séculos de que em anos — ela havia encontrado aquela coisa infinitesimal mais uma vez. Pois em meio a tudo o mais de que ela agora estava certa, aquilo também era uma certeza.

Chegando aos fundos da casa, ela avistou a porta da cozinha e seguiu naquela direção, sem andar mecanicamente como um robô, mas também sem pausas e sem interromper o ritmo de seus passos. Seu objetivo era o velho celeiro com telhado de zinco nos fundos do terreno, convertido em garagem antes que eles viessem morar ali. Susan teve um ligeiro temor de que o gato, cochilando na varanda, numa daquelas longas e habituais sonecas de gatos velhos, acordasse e saltasse em cima dela, mas essa sensação de medo durou apenas um segundo. O que fez essa sensação se dissipar foi sua percepção, muito nova e ao mesmo tempo muito antiga, de que aquilo não era um transe; ela não estava na iminência de acordar. Contudo, o que era, exatamente, não sabia dizer, não ainda. A experiência toda era demasiado nova.

Saindo da casa, tinha de percorrer pouco mais de nove metros para chegar até a porta aberta do celeiro, onde seu velho jipe cinzento, veterano de muitas viagens pelo deserto no Oriente Médio, estava à sombra. Inesperadamente, os últimos nove metros foram incrivelmente difíceis de atravessar porque Susan se arriscou a olhar para cima. O dossel do céu havia adquirido um tom azul mais profundo, raiado de laranja e cinza, tingido pelos últimos raios de sol. Não foi a cor que a fez parar, subitamente, onde estava, mas algo incrível e inesperado. O céu não estava mais achatado; subia nas alturas, afastando-se de seus olhos, suave e profundo, como se estivesse puxando-a em direção a um ponto que desaparecia longe, muito longe. O corpo de Susan permaneceu congelado no meio de uma passada, mas sua visão, como se puxada por uma força irresistível, foi sugada para dentro da beleza viva do céu. O processo não levou muito tempo. O sentido de tempo também foi sugado para fora dela, como se segundos e minutos tivessem se encaixado e se afastado, silenciosamente, pelo espaço.

Por que o canto de sereia do céu não a aprisionou para sempre, seria um mistério. Involuntariamente, seus olhos se voltaram, de relance, para o chão sob seus pés e, naquele instante, ela começou a andar novamente. Chegou até o jipe, entrou nele e deu partida no motor. Dando marcha à ré, manobrou contornando a casa, seguindo pela estradinha estreita, semi-encoberta por uma cerca alta de lilases. Não poderia ver o jardim na frente da casa até chegar ao fim dessa aléia. Uma ligeira dúvida tentou nascer em sua mente; Susan teve vontade de rir e a afastou rapidamente.

Fazendo a curva, viu que o trecho que faltava, talvez uns

trinta metros até chegar à estrada principal, estava desimpedido. Os carros do departamento do xerife que haviam bloqueado a passagem, estavam estacionados na grama. Ela sentiu-se tomada por um forte entusiasmo ao ver isso, mas tentou controlá-lo. Michael estava cercado pelo detetive e pelos dois patrulheiros. Eles o tinham virado de costas e estavam se preparando para colocar algemas em suas mãos. A cabeça de Michael estava abaixada.

Susan passou com o carro pelo grupo, sem parar. Ninguém olhou para ela ou sequer reparou no jipe. Havia uma quietude em seu íntimo que o mundo exterior parecia acompanhar. Nenhuma brisa, apenas a luz fraca que caía e o grupo de homens, ninguém se movendo. Seria ela a rainha bandida resgatando seu amante dos vilões? Não, as coisas não funcionavam assim. Sem perder tempo com gestos inúteis, Susan pisou de leve no acelerador e ouviu o cascalho sendo pressionado pelos pneus, enquanto o carro ia descendo em direção à estrada. A mulher de Lot havia olhado para trás e se transformado num pilar de sal. Susan decidiu nem tentar espiar pelo espelho retrovisor. Entrou na estrada principal e resistiu ao impulso de acelerar. Cinco segundos, dez segundos, trinta segundos. Ninguém a seguiu.

Sem deixar o Vale Hudson, dirigindo pelas estradas secundárias, o verdadeiro Michael encontrou um motel decadente, com chalés de madeira, há muito tempo esquecido depois que a rodovia fora aberta três quilômetros mais adiante. Não havia ninguém no balcão da recepção, mas depois que ele tocou a campainha algumas vezes, uma mulher desleixada saiu da frente da televisão, na sala nos fundos, e o registrou. As camas eram moles e úmidas, como maçãs há muito caídas da árvore e vergavam-se de maneira assustadora, mas aquilo não tinha importância. O ponto minúsculo de atenção que mantivera Michael preso ao momento presente se evaporou, com um "vuupt" quase audível. À medida que uma cortina descia sobre sua consciência, por um segundo, seus olhos foram ofuscados por uma rajada de fagulhas brancas e então tudo se apagou. Ele era novamente um homem comum, abandonando sua esposa e sua casa por algum motivo a respeito do qual era demasiado difícil refletir.

Ele se cobriu com uma manta furada, comida por traças, e adormeceu vestido. Um sono misericordioso teria durado pelo menos oito horas; Michael acordou sobressaltado após duas horas de sono, então saiu do chalé para caminhar. Ainda se sentia tenso e queria sentir nas narinas o aroma do bosque de cicutas em vez do cheiro enjoativo de mofo do quarto.

— Meus parabéns. — A voz veio de algum ponto atrás dele, assim que encontrou uma trilha, atrás do chalé, fechada por pedaços de casca de árvore postos para curtir. Michael deu meia-volta.

— Por quê? Por ser idiota a ponto de cair numa armadilha?

Presumia que a voz pertencesse a Rakhel, de modo que ver seu vulto pequenino emergir dos arbustos de cicutas, sem preâmbulos ou explicações, não o chocou. Ele não a via há quase dois anos, desde que lutara por ele e a seu lado na Síria. Seria inútil perguntar onde estivera. Pessoas como ela não lidam com termos do tipo onde, quando, como, ou por quê. Simplesmente estava de volta novamente, com sua estranha persona, uma mistura de Gandalf e Golda Meir.

— Está me dizendo que fiz alguma coisa boa? Se me perguntasse, eu diria que estou aos tropeções como um cego idiota — disse Michael.

— Não, você viu uma oportunidade de não ser apanhado, de não acreditar no assassinato de Marvell e escapou, isso é espantoso.

— Não fiz nada. Eu rachei, e então meu outro eu tirou o time.

— Não faça piadas. Vocês dois estavam misturados, mas sempre foram separados. Nunca ouviu falar na parte boa e na parte ruim de si mesmo? Estou falando com a parte boa.

— De modo que para você é simples assim?

Rakhel deu de ombros.

— Não é só para mim. *É* simples assim. Creia-me, se você tivesse sentido até a mais pequena culpa escondida com relação a isso, nunca teria saído.

Não era a primeira vez que Michael ouvia aqueles argumentos estranhos — Rakhel estava sempre virando pelo avesso sua maneira habitual de pensar —, mas sua incompreensão deve ter sido evidente. Rakhel disse em tom impaciente:

— Eu lhe dei parabéns porque você viu uma saída para moldar a sua realidade e a aproveitou. Isso é o que chamamos de passar por um teste. É como saltar passando por um buraco numa rede. O teste é encontrar o buraco, *nu*? A realidade comum é muito convincente. Conheço pessoas que acreditam nela muito depois de deixarem de acreditar em serrar uma mulher na metade. Essa crença as hipnotiza, mas a realidade tem buracos. Ninguém procura por eles, ou muito poucos procuram, e então o que acontece? A mesma coisa de sempre... e todo mundo continua aprisionado.

— Então a morte de Marvell não era apenas uma armação? — perguntou Michael.

— Não, você entrou de olhos bem abertos. Você é uma daquelas raras pessoas. Tem sempre um impulso de sair.

— Fantástico. E você teve de chegar a esses extremos só para me mostrar isso?

— Eu? Ainda não determinamos quem ou o que é responsável por esses eventos, não é? — perguntou ela.

De repente Michael se deu conta de que estava profundamente assustado e paranóico; queria explodir de uma maneira que seu íntimo não lhe permitiria.

— Sou como uma peça sendo empurrada em seu tabuleiro de jogo cósmico de xadrez chinês — retrucou com uma calma enganadora.

— Dá realmente essa impressão — admitiu Rakhel. — Me dê uma chance para que eu possa demonstrar minha simpatia?

— Não se incomode.

— Sua escolha de começar a participar é voluntária, você sabe disso — observou Rakhel.

— E o que significa isso?

— Você não se considerava pronto para ser testado, por isso precisava de um empurrão. Aquela cena adorável no escritório de Marvell funcionou. Você saltou fora de uma situação impossível e ao fazê-lo saltou para fora de si mesmo.

— Isso não pode acontecer.

— Vai argumentar? Aconteceu. Posso lhe explicar como mais adiante, quando tivermos mais tempo. Digamos apenas que, por ora, a parte de você que não podia saltar está envolvida com a velha situação. Foi ele que prenderam.

Sem perceberem, não estavam mais parados discutindo cara a cara, mas tinham começado a caminhar entrando na floresta escura de cicutas. Michael sentiu um súbito aperto no peito quando pensou em Susan.

Rakhel levantou a mão.

— Espere — advertiu.

— Para quê?

— Estou sentindo que você quer brigar mesmo comigo. Tente adiar sua raiva se puder.

— Talvez você a mereça. Alguma vez já pensou nisso? — perguntou ele.

— Por que motivo, por que vim mostrar a verdade a você? — rebateu Rakhel. — Não está mantendo um distanciamento agora, está reagindo a eventos que sabe que não são reais.

A mente dele começou a formar imagens de sua esposa com *aquele homem*. Para o inferno com o distanciamento.

— A irrealidade pode ferir — protestou Michael. — E quando fere, as pessoas reagem... eu reajo. Estou com vontade de explodir e quase a ponto de arrebentar qualquer um que esteja no caminho. — Michael cerrou o punho, mas não adiantava. Sua raiva justificada lhe soava vazia; não conseguia esquentar a cabeça por mais que quisesse. Rakhel o observou cuidadosamente, como se estivesse vendo outra criatura dentro do corpo de Michael ou atrás dele.

— Obrigada — disse ela, em tom suave. — Assim está melhor. Você se sente ofendido pela irrealidade e isso é inútil. Chegará um dia em que se sentir ofendido não será mais uma reação tão automática. É um desperdício de energia que você usa para se proteger.

— Por que preciso me proteger?

— Porque todas as pessoas pensam que precisam se proteger. Vocês todos andam pelo chão, sentindo-o sólido, debaixo de seus pés, contudo, no íntimo, há uma outra imagem que os persegue: estão suspensos no meio do ar sem nada em volta. Vocês flutuam sem cair, mas a qualquer instante podem despencar, pois sentem que não há nada sustentando-os. De modo que, para sufocar esse medo, criam um sentido de apoio. Querem alguém para abraçá-los e amá-los, querem fantasias de dinheiro e prazer ou até mesmo se dão ao trabalho de acumular dinheiro e poder. Anseiam por status e vão dormir à noite sonhando em acordar no topo. Tudo para que se sintam amparados por alguma coisa fora de si mesmos. Esse também é o motivo pelo qual você quer ficar com raiva de mim. Não estou tirando seu apoio, mas você acha que estou.

Michael sentia-se ligeiramente atordoado. A sensação que sentia era como se Rakhel o estivesse levando para um mundo que se esquecia de colocar sinais indicando as fronteiras, de modo que você nunca sabia exatamente quando havia deixado a terra firme para trás. Aquele era o mundo que sempre o intrigara, de maneira que não podia dizer que estivesse sendo seqüestrado. Contudo, de repente ansiou apenas por ser normal de novo, e não queria perder Susan.

— Talvez eu queira esquecer você e outros que são como você — disse em tom brusco.

— Ah! Então agora sou uma fada má e você é um príncipe perdido que estou carregando de volta para o reino das fadas? — Rakhel fungou. — Você não foi forçado a me esquecer, nem a se lembrar de mim. Deixá-lo entregue a si mesmo foi a maneira mais gentil de tratá-lo. — Esse último comentário foi dito num tom quase meloso. Rakhel estava fazendo um esforço para ser diplomática, Michael não achava que combinasse muito com ela.

— Então, se a polícia decidir que sou eu que eles querem — perguntou —, você virá me salvar e vou poder voltar para casa novamente?

— Ninguém pode salvar ninguém, meu querido, mas não é isso que está querendo dizer, é? Você quer saber como parar toda essa história esquisita. E quer salvar sua mulher, não é? Creia-me, muitos já sacrificaram a vida em situações semelhantes, ficando enredados ao tentarem salvar alguém que não podiam conceber deixar para trás.

— Pare com isso. Você fica me enchendo os ouvidos de enigmas e não está levantando nem um dedo para ajudar as pessoas inocentes.

Rakhel fez que não sacudindo a cabeça.

— Absolutamente não se trata disso.

— Então diga-me de que se trata — exigiu ele.

— Venho tentando fazer isso. Creia-me, não houve um momento em que eu não tenha tentado lhe contar tudo. — Rakhel fixou o olhar no infinito além do bosque. Aquele vazio parecia falar com ela.

— Continue o que estava fazendo — disse ela. — Você precisa analisar novamente a mente de Rhineford Marvell.

— Não vou voltar à casa dele — declarou Michael. — Tenho certeza de que a esta altura estará cercada por um cordão de isolamento, com a entrada impedida para estranhos, mas se não estiver, o que mais espera que eu descubra?

Rakhel sacudiu a cabeça.

— Não, não volte lá. A trilha segue mais adiante; por enquanto ninguém sabe por que você está envolvido na obsessão de Marvell, mas a morte dele foi atribuída a você, de modo que isso significa que você precisa de alguma coisa relacionada a ela. Lógica curiosa, não? Mas é a única lógica de que dispomos.

Michael olhou fixamente para o chão, deprimido, de repente sentiu que uma onda de exaustão iria derrubá-lo. Rakhel partiu sem que ele percebesse, talvez embrenhando-se no bosque, talvez voltando para o lugar de onde viera. Se aquilo era o reino das fadas, as outras fadas deveriam ser realmente muito assustadoras.

Susan acordou no motel com a cabeça pesada e uma sensação de enjôo. Ela se levantou, foi andando devagar até o banheiro e parou olhando para a pia rachada. Passou água no rosto — a água saiu da torneira fria como gelo. Quando se levantou, uma onda de náusea se espalhou subindo do estômago até se instalar em sua garganta. Ela resmungou praguejando para o espelho.

O que está acontecendo comigo?

Seu maravilhoso senso de lucidez havia desaparecido durante a noite, deixando para trás um estranho resíduo tóxico. A experiência de passar pela privação da realidade comum tinha desfechado um golpe profundo em algum lugar de seu corpo, deixando-a mareada. Não se sentia mais motivada.

Aquele era um momento crítico. Poderia ter-se afogado na irrealidade, simplesmente se permitindo entrar em colapso. Mas quando foi até a janela, o coração de Susan teve um sobressalto. Viu um Saab preto no estacionamento de terra batida. Será que já estava quando ela parou no velho motel de chalés de madeira, depois da meia-noite? Não conseguia se lembrar. Mas isso não era importante, não é? Tinha de ser Michael. Não havia outra escolha. Michael estava lá porque ela precisava estar com ele; do contrário piraria.

Susan vestiu os jeans e a camiseta fina de algodão, amarrando o suéter em volta da cintura. Enquanto ia saindo, o ar ainda estava frio como na noite anterior, mas o sol de verão já havia aquecido o Saab preto quando ela passou os dedos pelo painel de uma das portas. Continuou andando, dirigindo-se para o chalé principal que servia como área de recepção e salão de refeições. Sua autoconfiança fraquejou quando chegou à porta — com a mão na maçaneta, por um instante, teve a impressão de que tudo aquilo era totalmente louco.

Mas, de qualquer modo, entrou e virou à esquerda sem responder ao alegre "Bom-dia, senhorita" do funcionário no balcão e chegou ao salão de refeições.

Michael levantou os olhos de seu prato de ovos com bacon. Inicialmente o rosto dele se manteve inexpressivo; apenas balançou a cabeça ligeiramente para que ela se aproximasse. Agora o coração de Susan estava na garganta, mas não hesitaria, não quando estava tão perto. Sentou-se numa cadeira bamba, com encosto de corda, defronte a ele.

— Bem — disse Michael, se permitindo um largo sorriso, que depois se alargou mais ainda. — Bem-vinda ao país das maravilhas.

A Voz do Anjo

Se a dúvida nos mantém a distância, o que faz com que nos aproximemos é igualmente simples. Vocês não precisam procurar os anjos, devem apenas olhar para si próprios. Ver a si próprios na luz. Isso nos chamará. Não temos outra substância exceto a luz de Deus e vocês também não. Não há diferença entre vocês e tudo relacionado ao mundo espiritual exceto uma minúscula alteração na luz. O fato de que seus corpos pareçam ser sólidos não é importante.

Imaginem que estão sentados numa sala com um relógio de pêndulo tiquetaqueando. Estão lendo um livro e, de repente, se dão conta de que não ouviram o relógio. Certamente o som chegou até vocês. O ar vibrando provocou uma resposta em seus tímpanos e eles por sua vez enviaram sinais para o cérebro. Tudo estava em seu devido lugar mecanicamente, contudo não ouviram o relógio. Isso aconteceu porque a mente não estava ligada. E no entanto esse fato em si também não é suficiente. Até que a alma perceba alguma coisa, essa coisa não existe. Mente, cérebro, corpo, o mundo exterior tudo isso serve à alma. A luz deve ser enviada ao mundo para que ele seja real.

Os anjos ajudam a enviar essas mensagens e as trazem à sua atenção. Somos como o relógio que não se ouve. Vocês podem caminhar por esta terra com a certeza de que não existimos, mas a falha está em vocês. Ainda não estão ligados a nós. Para estarem ligados, precisam se decidir definitivamente a receber as mensagens da alma e em seguida devem consagrar o coração a senti-las.

Todos os dias sugerimos o significado oculto dos eventos. Um relógio pode ser ouvido uma vez que estejam sintonizados com o mundo físico, mas nós só somos ouvidos quando vocês vêem além do mundo físico. Fazer isso não é um procedimento misterioso. Em vez disso, comecem pelas outras coisas simples, mas invisíveis, que sabem que existem: a beleza, a verdade, o amor. Mantenham-nas diante de si e resistam às sombras escuras que as escondem. Saibam que ninguém é vítima, que todas as pessoas caminham em meio a uma miragem de eventos que existem apenas para trazer sua atenção de volta para a luz. Ninguém é excluído da graça de Deus, pois uma vez que toda pessoa é luz e apenas luz, como poderia alguém ser excluído? A despeito de todo o Seu poder, Deus não poderia fazer isso e não quer fazer. O jogo é muito mais sutil, um jogo de esconde-esconde. Vocês estão escondidos de sua própria luz, logo, fica parecendo que Deus está Se escondendo de vocês. Sigam todas as pistas, permaneçam fiéis a apenas uma intenção — trazer cada vez mais luz a sua consciência —, e o resultado será inevitável. Vocês nos verão e a luz que a tudo envolve, à qual servimos.

Pouco tempo depois eles estavam no jipe de Susan, entrando na estrada principal, quando Michael contou tudo a ela. Para Susam foi difícil ouvir. Uma sensação de estranhamento volta e meia se apoderava dela, como uma náusea matinal, em momentos inesperados. Não tinha comido nada no hotel e sentira-se enjoada ao ver Michael cortar com o garfo os ovos fritos malpassados.

— Então existe um outro você que ficou para trás? — exclamou Susan. — Que coisa estranha. Existe outra de mim?

— Não, não creio que exista — respondeu Michael.

— Mas se você conseguiu se separar daquela maneira, como sabe que é real?

— Não sei explicar. Creia-me, me sinto eu mesmo, só que aconteceu essa coisa estranha. Isso me tirou de uma armadilha em que eu deveria ter caído. Agora preciso apenas descobrir por que a armadilha foi montada e por quem. — Michael olhou para sua mulher com compreensão. — Suze, é difícil, mas você acaba meio que se habituando.

— Tem certeza? — perguntou Susan.

Michael a deixou sozinha com seu estado de confusão, enquanto consultava um mapa, mantendo os olhos na estrada. Ela teria de se adaptar à sua própria maneira. Algum instinto dissera a ele que parasse naquele motel rústico. Não sabia por que o escolhera, mas aquilo não era importante.

— Rakhel apareceu de novo ontem à noite — disse Michael.

— Ela acha que nós devemos seguir adiante.

— Foi essa a palavra que ela usou, *nós*? Querendo dizer quantos de nós? — perguntou Susan.

— Creio que se referia somente a você e a mim. Mas ela tem o hábito de aparecer de repente — disse Michael.

— Eu já percebi. Como se entrasse passando pela parede. Assustadora, mas simpática. Ou será que ela estava escondida no banco de trás?

Michael pegou a mão de Susan e viu que seu punho estava cerrado.

— Querida, você fez uma coisa incrível — disse baixinho.

— Rakhel disse que nós escapulimos. Disse que encontramos um buraco na realidade e que saltamos fora através dele.

Michael parou de falar, perguntando a si mesmo se Susan sentia-se da mesma forma que ele. Achou constrangedor, logo que se conheceram, se abrir para falar sobre quanto a amava. Tinham passado um bocado de tempo se defendendo, fugindo do assunto e falando bobagens, evitando a questão, não dando importância a seus sentimentos vulneráveis, finalmente começando a falar de amor depois de terem esgotado tudo. Mas aquele novo aspecto, a fome espiritual que ele mantivera escondida até de si mesmo, era muito mais difícil. Você pode presumir que uma outra pessoa queira ser amada. Se você tiver coragem, pode até revelar que tem a mesma necessidade e então estará a caminho de realizá-la. Mas será que alguém pode presumir que outra pessoa queira escapar de uma armadilha que o mundo inteiro diz não ser uma armadilha?

— Se fracassarmos nisso, o que acontece? — perguntou Susan.

— Não sei. Não sei nem como vai ser o próximo minuto.

— Ah, Michael — exclamou ela —, por que não podemos apenas ter um ao outro? O que fizemos de errado?

— Nada. Fizemos uma coisa incrivelmente correta. Você realmente foi incrível ontem — repetiu ele, apertando a mão dela.

— Então deve ter passado o efeito, porque me sinto péssima hoje. — Ela riu e por um instante quase chorou. Aquele desabafo era um bom sinal. Sua reação de defesa natural era se fechar em si mesma.

— Marvell nos deixou mais algumas pistas, nomes que encontrei em seu fichário — disse Michael. — Acho que devemos parar de pensar nisso como um assassinato misterioso, porque não é.

— Eu sei que você tem razão, mas pelo menos era algo em que me apoiar — respondeu Susan, sua voz ficando menos angustiada. — Eu ficava tentando imaginar como fazer o juiz acreditar em sua inocência, mas isso é absurdo. É como tentar se defender num sonho.

— Concordo. Isso pode não ser um assassinato misterioso, mas ainda é um mistério. E talvez solucionar o mistério seja incrivelmente importante. É por isso que não podemos sair dessa situação, pelo menos não por enquanto.

— Estamos num labirinto — observou Susan.

— É exatamente isso. Estamos num labirinto.

Enquanto mantinha os olhos na estrada Michael teve de conter um suspiro de alívio. Quase contara a Susan sobre seu sonho da noite anterior. Estava se agarrando na capota de um carro que seguia a toda velocidade para um despenhadeiro. Era muito mais assustador do que qualquer coisa que jamais sentira antes, e ele arrebentava as unhas fazendo força para se segurar na superfície reluzente. Repetidas vezes o carro capotava despencando pelo despenhadeiro. Ele gritava para a motorista parar, mas ela não parava. Era Rakhel, que fingia não ouvi-lo, por mais alto que ele gritasse e que não conseguia parar de rir, não importando quantas vezes eles despencassem para a morte.

A despeito de estarem exilados da vida normal, os Aulden ainda tinham o equivalente, nos dias de hoje, à total liberdade: três cartões de crédito gold e um jipe. Duas horas depois estavam atravessando a ponte da rua 59, em seguida tomaram a saída norte para o Harlem. Susan olhou em volta. Nova York é uma cidade de imigrantes, e enquanto a observava, as calçadas lhe mostraram um mundo de povos. Tinha trabalhado com muitos deles na África e no Oriente Médio ou no sul da Ásia há muito tempo, quando começara a ver a si mesma como uma pessoa que ajudava os pobres. Assim que Michael entrou na avenida Amsterdã, a mistura de rostos se tornou mais escura, mas ainda tinha a sensação, talvez equivocada, de que sabia onde estava.

— Está procurando? — perguntou Michael. Ela assentiu e depois apontou. O velho prédio de tijolos não tinha campanário, parecendo mais com um arsenal reformado do que qualquer outra coisa, com suas pequenas torres nos quatro cantos do telhado. Ela conferiu o endereço numa das fichas de Marvell que ele tirou do bolso.

— Deve ser esse o lugar — disse.

Ninguém nunca imagina que uma igreja tenha uma porta dos fundos. Eles entraram pela frente, misturando-se com alguns membros da congregação, todos negros e em sua maioria mulheres usando vestidos de verão estampados de flores e chapéu. O cartaz do lado de fora dizia: MINISTÉRIO MIRACULOSO DO CRISTO SAGRADO, e os degraus da escada eram de cimento rachado, recentemente emendado formando um ziguezague irregular. Michael presumiu, a julgar pelos bancos parcialmente ocupados no espaço grande e sombrio, com teto abobadado, que o serviço religioso da noite logo começaria. Olhou de relance para uma fileira de cadeiras de rodas e um grande caixote de papelão com muletas.

— Vamos — disse, puxando o braço de Susan. Rostos sem expressão e olhares indiferentes os seguiram à medida que subiam pela nave central. Uma porta de vaivém, à esquerda do altar, dava para o corredor que levava às salas paroquiais. Michael seguiu adiante, dando de cara com um homem grandalhão, muito alto, paramentado de púrpura.

— O reverendo Gideon... nós precisamos falar com ele — disse Michael.

— Todo mundo precisa falar com ele, mas no momento não é possível — disse o homem que deveria ser algum tipo de diácono, embora tivesse o físico de um guarda-costas. Sua voz tinha um leve sotaque jamaicano.

— Fomos enviados aqui; estamos cumprindo uma espécie

de missão — argumentou Michael. O homem com os paramentos cor de púrpura exibiu uma expressão de ceticismo; pareceu ponderar se deveria convencer Michael a ir embora ou simplesmente botá-lo para fora imediatamente. Enquanto bloqueava a passagem deles, várias mulheres negras de chapéu passavam pelos cantos, sorrindo e cumprimentando-o com a cabeça. Ele retribuía os cumprimentos balançando a cabeça e levando alguns segundos para dar atenção a uma mulher que trazia um menino pequeno pela mão. O menino vestia um terno preto, os olhos arregalados muito solenes. Michael ficou surpreendido quando o menino se manifestou, puxando a mão da mãe fazendo-a parar.

— Por que vocês estão aqui? — perguntou o menino.

— Estou cuidando disso — disse o diácono. E pegou Michael pela manga e se preparou para agarrar Susan com a outra mão. O garotinho levantou um dedo. O tráfego pareceu parar no corredor enquanto ele esperava pela resposta.

— Estamos aqui para ver alguém — disse Susan.

O garotinho balançou a cabeça e disse:

— Aqui só tem uma pessoa que é alguém.

Por algum motivo esse comentário fez o homenzarrão dar uma grande gargalhada.

— Sim senhor, o Senhor seja louvado — concordou com entusiasmo. Sem dizer uma palavra o menino se afastou, ainda segurando a mãe pela mão. O homenzarrão esfregou as mãos e olhou para Michael e Susan com uma gentileza repentina. — Vocês estão convidados a assistir a nosso serviço e depois veremos o que podemos fazer. Está bem? — Antes que pudessem responder, ele passou rapidamente pelas portas de vaivém e entrou na igreja.

O serviço parecia tirado de um documentário sobre o doutrinamento nos serviços religiosos. O diácono — tinham acertado com relação a isso — animava o público que havia enchido a igreja em quinze minutos. Uma senhora idosa usando um véu branco tocava vigorosamente um grande órgão e, embora todos os presentes sem dúvida tivessem assistido ao mesmo ritual milhares de vezes antes, eles pareciam apreciar imensamente a repetição de todos os refrões familiares. Enquanto o diácono os exortava a responder, gritando:

— Estou certo? Vocês sabem que estou. Quem vai salvar vocês, digam agora!

A multidão exclamava:

— Sim, sim, Jesus, meu Jesus!

Susan e Michael sentaram num canto à esquerda, perto do fundo da igreja. Fazia calor ali uma vez que o entusiasmo da platéia não dava sinais de acabar, Susan começou a ficar sonolenta.

Em algum momento seus olhos piscaram e se abriram; ela ficou surpreendida ao ver, no púlpito, o garotinho que estivera no corredor. Ainda vestia o solene terno preto. Estava inclinado para o microfone e falando num tom suave, mas alto e agudo.

— Doutor Jesus tem um milagre para vocês! — Com um gesto teatral, ele apontou para os bancos da igreja com uma das mãos pequeninas e levantou um pacote de Pão Maravilha, bem alto, com a outra. Susan esfregou os olhos para afastar o sono e olhou de novo.

— O que eu tenho aqui é bom para vocês — disse o menino com fervor. — Para que é bom? Vocês querem saber?

— *Queremos sim* — gritou a multidão de volta. — É isso mesmo!

O menino se inclinou para a frente como se tivesse um vendaval pelas costas e entoou as seguintes palavras em sílabas longas, lentamente pronunciadas.

— Dee... pressão, ooh... pressão, su... pressão e rêe... pressão. Vocês não precisam sofrer. Doutor Jesus tem um milagre para vocês!

— É ele quem estamos procurando? — sussurrou Susan. Michael assentiu, os olhos fixos no palco.

O garotinho rasgou a ponta da embalagem de Pão Maravilha e jogou no chão. Aquilo devia ser um sinal, porque o órgão jorrou um hino marcial e as pessoas começaram a se encaminhar para o púlpito. Várias estavam em cadeiras de rodas, outras usavam muletas; crianças visivelmente doentes, os rostos abatidos e cansados, foram carregadas nos braços das mães. O garotinho pegou seu microfone e andou até a frente da plataforma elevada onde ficava o púlpito, parando sob um estreito foco de luz branca.

Comparando com a primeira e rápida visão que tivera, Susan agora podia ver o menino muito melhor. A pele dele era cor de ouro amarelo carregado e os cabelos, cortados curtos, cor de chocolate ao leite. Ao estender as mãos para tocar os doentes, abotoaduras de ouro apareciam nos punhos de sua camisa, tinha aberto bem o colarinho, como alguém preparado para um trabalho duro. À medida que as pessoas se aproximavam, ele arrancava um pedaço de pão e o colocava em suas bocas, depois encostava a mão diretamente, com a palma bem aberta, sobre suas testas.

Esse pequeno gesto tinha um efeito espantoso. Aqueles que podiam andar desmaiavam e caíam para trás, precisando ser carregados nos braços por um parente ou acompanhante. Fileiras deles haviam se reunido com antecedência, uma vez que todo mundo já havia assistido à cena antes. Outras vítimas, em cadeiras de rodas, estremeciam e tombavam para a frente. Havia gritos fracos ou altos; as lágrimas jorravam copiosamente e muitos não conseguiam deixar o palco sem beijar a mão do garotinho. Ele sorria e balançava a cabeça, sussurrando alguma coisa para cada um.

Susan nunca tinha visto aquele tipo de performance pessoalmente. O menino pregador parecia perfeitamente controlado e calmo, descendo do palco e circulando entre os membros de sua congregação com a confiança experiente de um adulto. Tinha começado a cantar um *gospel*, que foi acompanhado por vozes vindas de todas as direções até que o ar ficou cheio de gritos, cantorias, sons e exclamações de êxtase.

— Não deveríamos sair daqui? — perguntou Susan falando alto no ouvido de Michael.

— Não, ele faz parte do labirinto. Vamos ver o que acontece — respondeu Michael. Ela se recostou no banco, meio hipnotizada, mas meio enojada. Aquele tipo de espetáculo era grotesco e estranho demais para ela. Seus olhos viram aleijados jogarem fora suas muletas, soluçando incontrolavelmente, e dois outros levantarem-se de suas cadeiras de rodas. Tudo aquilo se registrava como um sonho dentro de outro sonho que estava sendo obrigada a viver; sua única alternativa era deixar de prestar atenção, sair de sintonia. Mas tinha de admitir que enquanto o menino sorridente, que em momento algum parava de cantar, ia se movendo em meio à multidão de fiéis, uma atmosfera de serenidade e bem-estar crescia entre as paredes do templo.

— Isso é tudo — disse o menino, finalmente, com simplicidade. Ele se afastou, enquanto o diácono assumia o posto no microfone e, com habilidade, começava a conduzir a congregação lentamente em direção à porta.

— Vocês cuidem apenas de manter as contribuições! E lembrem-se, o Ministério Miraculoso aceita tíquetes de alimentação *e* dinheiro.

Depois, a igreja vazia ficou abafada quando um interruptor estalou e a luz do refletor foi apagada. Na semi-escuridão, esperando que os retardatários saíssem, Michael e Susan refizeram o caminho até as portas de vaivém. Ninguém impediu a passagem deles dessa vez. Bateram à porta no fim do corredor.

— Pode entrar — a voz grave do diácono chamou-os, e quando entraram na pequena sala paroquial, Susan se deu conta de que as três pessoas ali dentro, o diácono, a mãe e o pequeno pregador, eram uma família. Estavam todos vestidos com roupas comuns, prontos para sair.

— Reverendo Gideon? — disse Michael. O diácono apontou para o garotinho.

— Poderia estar se referindo a mim, mas acho que está querendo falar com o pequeno Gideon — disse ele.

Susan percebeu que havia se enganado com relação ao fato de a mulher ser a mãe do menino, porque o pequeno Gideon disse:

— Papai, poderia levar a Srta. Leeann até o carro? Eu preciso falar com essas pessoas.

O diácono começou a obedecer automaticamente. A mulher, que estava usando muitas jóias e um vestido vermelho cuja bainha se podia ver sob o casaco, protestou.

— Podemos ficar, docinho.

— Deus diz que seu lugar não é aqui, Srta. Leeann.

A mulher de vestido vermelho saiu da sala pisando duro, sem disfarçar seu mau humor, seguida pelo pai. Michael perguntou a si mesmo se o pequeno Gideon estaria prestes a fazer alguma coisa extravagante, mas o menino olhou para eles calmamente com seus grandes olhos castanhos. Os adultos que o cercavam poderiam ser impostores, mas era difícil acreditar, vendo aqueles olhos, que ele estivesse envolvido.

— Como você faz aquelas coisas? — perguntou Michael. Parecia não haver sentido em começar por outra questão.

— Não sou eu que faço. São os anjos que fazem — respondeu o pequeno Gideon. — Vocês não são do Juizado de Menores, são?

Michael sacudiu a cabeça.

— Eles criam problemas para você? — perguntou Susan.

— Eles não gostam de meu pai — disse o menino. — Eu rezo para eles, mas só de vez em quando.

— Podemos lhe fazer uma pergunta sobre anjos? — perguntou Michael. O pequeno Gideon balançou a cabeça concordando. — Eles estão sempre presentes quando você precisa deles? — O menino assentiu novamente. — E eles falam com você?

— Depende. Eu rezo antes de cada serviço. Eles vêm e me mostram em quem eu devo tocar. Todo mundo quer ser tocado, mas a escolha não é minha. Eu só toco aqueles que eles me mostram.

— OK — disse Michael. Ele se ajoelhou e olhou o menino nos olhos. — Como você aprendeu sobre a existência de anjos?

— Eu sempre soube dos anjos — disse o menino. — Quando era pequeno e morava com minha avó, ela sempre me dizia que os anjos estavam por toda parte, observando tudo que nós fazíamos. E eu os via e falava com eles e eles me respondiam. Quando minha avó ficou muito doente, pedi a eles um remédio para ela, e eles puseram a luz em mim para que eu pudesse fazer com que ela se sentisse melhor. Depois que ela foi morar no céu, eles disseram que eu deveria usar a luz para ajudar outras pessoas. — O tom de voz dele parecia sincero; não havia qualquer insinuação de que estivesse tentando convencê-los.

— Então o que você faria se alguém viesse procurá-lo e dissesse que também queria falar com seus anjos? — perguntou Michael.

— Está querendo dizer aquele homem que esteve aqui? Falei com ele e tentei ajudar, porque disse a ele que não saberia fazer os anjos falarem com ele.

— Então alguém veio procurar você para isso?
O pequeno Gideon olhou fixo para o chão.
— Não acho que ele esteja mais aqui.
— Quer dizer vivo? — perguntou Michael.
O lábio do menino começou a tremer.
— Doutor Jesus não tinha nenhum milagre para ele.
— Esse homem que veio procurar você... por que ele o escolheu, você sabe? — perguntou Susan.
— Ele disse que ia encontrar um anjo, mas então alguma coisa aconteceu, não sei o quê. Eu sou apenas uma criança. — O pequeno Gideon olhou inocentemente para Susan que se perguntou se ele estaria contando toda a verdade.
— Você é um menino muito especial — disse ela. O pequeno Gideon se levantou e houve outra mudança nele.
— Acho que é melhor a senhora ir embora agora, Dona Madame — ele disse bruscamente. — Eu tenho que falar com o Seu Moço aqui. — Susan ficou espantadíssima. Ele a estava dispensando tão casualmente como fizera com a Srta. Leeann. Ela lançou um olhar para Michael, que concordou balançando a cabeça.
— Vejo você no carro — disse ela.
Depois que Susan saiu, o pequeno Gideon tirou o paletó do terno preto.
— Sente-se — ordenou. Sua voz soou tão segura como quando estava falando ao microfone no palco.
— Por quê? — perguntou Michael. Sentia um impulso de recuar, como se estivesse diante de um cachorro que balançasse o rabo, mas rosnasse ao mesmo tempo.
— Eles acabaram de me dizer que alguma coisa está prestes a acontecer. — Os olhos do garotinho tinham se aguçado; ele parecia ver a apreensão de Michael muito claramente. Naquele instante bateram à porta e Michael quase pulou de susto. O menino parecia muito calmo. — Pode entrar — disse.
Uma das mulheres da congregação com um vestido estampado de flores abriu a porta cuidadosamente, parecia ser muito tímida.
— Reverendo Gideon, sei que já é muito tarde — disse em tom hesitante.
O menino sacudiu a cabeça.

— Não tem problema, eu já vi seu rosto. Pode trazer ela aqui. — Ele acenou como se já dando uma bênção e a mulher de vestido florido empurrou "ela", uma senhora idosa numa cadeira de rodas, para dentro. A senhora parecia muito fraca mas alerta. Michael pôde ver imediatamente que tinha uma das pernas atrofiada, talvez de poliomielite, embora ambas as pernas estivessem cobertas por uma manta.

De algum lugar o pequeno Gideon tirou uma fatia do Pão Maravilha. Ele fez um gesto na direção da mulher aleijada.

— Guardei isto para você — declarou. As duas mulheres balbuciaram um obrigada em voz baixa, meio temeroso. Estavam tão fascinadas pelo garotinho que mal pareciam reparar que Michael estava na sala.

— Ela é sua mãe, não é? — o garoto perguntou à mulher de vestido florido. — Jesus disse que eu esperasse por Yolanda... é você? — A senhora mal podia conter as lágrimas enquanto assentia, e murmurou:

— Abençoado seja Jesus.

— Pode vir até aqui, pode fazer isso para mim? — O pequeno Gideon apontou para uma mesa no meio do aposento, uma mesa comprida com suportes de cavalete, que estava cheia de pilhas de vestes, copos de papelão e velhas embalagens do McDonald. Ele os empurrou para fora da mesa e sorriu. — Suba aqui, está bem? Eu sei que não é fácil, mas Jesus quer que faça isso e você pode, OK?

Confusa, mas obedientemente, a mulher mais jovem ajudou a mãe a se levantar. Quando a manta foi retirada, Michael viu que a perna esquerda dela era mais curta que a direita. Por causa da saia comprida que a senhora usava, não podia avaliar clinicamente o que havia de errado. A senhora sentou-se com dificuldade na beira da mesa e então se virou; com a ajuda da filha, deitou-se de barriga para cima. Estava nervosa e não sabia onde pôr os braços, decidindo cruzá-los sobre o peito, fazendo com que Michael concluísse que tinha assistido a muitos velórios de caixão aberto.

— Isso mesmo, está indo muito bem — disse o menino. Ele ergueu o pedaço de pão acima dela. — Jesus abençoou este pão e quer que faça a comunhão com ele. — Arrancou um pequeno círculo do meio da fatia e o levou até os lábios dela. A senhora aceitou o pedaço e o engoliu. Como antes, quando tivera a multidão sob o controle de suas mãos, o pequeno Gideon começou a cantar, mas dessa vez baixinho, inventando a letra à medida que cantava.

— O salvador está aqui, sim, Ele está, Ele vai levar embora seu sofrimento, o milagre é Dele.

Com um movimento rápido e seguro, o menino tocou com a palma aberta da mão a testa da senhora. O corpo dela estremeceu e ela arquejou em voz alta. As pernas tremeram depois que um espasmo sacudiu seu corpo e, enquanto Michael observava, a perna mais curta se esticou e se alongou. Como os pés dela estavam virados para ele, viu este movimento sem qualquer sombra de dúvida.

— Pode se levantar para mim, minha boa mãezinha? — A voz do pequeno Gideon soou persuasiva e, embora parecesse estar com medo, a senhora sentou, girou as pernas sobre a beira da mesa e então se levantou. Ela parecia estranhamente distante, o rosto vago. O menino foi até junto da porta e estendeu os braços abertos.

— Agora, ouça bem, Jesus quer que você corra para mim — disse ele.

A senhora ficou imóvel, sem ousar se mover. A filha tinha coberto o rosto com as mãos e estava chorando baixinho.

— Corra! Agora! — gritou o menino. Como se galvanizada por um choque, a senhora deu um passo, quase caindo. Tentou se equilibrar, as mãos segurando o ar, então uma mão invisível a empurrou pelas costas. Ela correu para o menino, cobrindo a distância entre eles em quatro passadas largas. Quando viu o que havia feito, suas mãos voaram em direção à boca.

O Senhor Seja Louvado!

As palavras deviam ter saído da garganta das duas mulheres e do garoto, mas Michael teve a impressão de ouvi-las em sua mente, não exatamente como palavras, mas como uma série de notas musicais. A cena pareceu congelar-se diante dele e só então foi que se deu conta de que estivera demasiado tenso para respirar — o ar entrou rapidamente em seus pulmões num suspiro alto, quebrando o encanto. Seu corpo queria se levantar de um salto, mas ele se obrigou a permanecer na cadeira, observando as mulheres chorando, que estavam se abraçando e saltando. Elas estavam demasiado maravilhadas e assustadas para abraçar o pequeno Gideon, mas a senhora beijou o alto da cabeça dele em êxtase. Era a primeira vez em sua vida que Michael presenciava verdadeira exultação. O rosto do menino estava resplandecente, mas ele não disse mais nada, apenas esperava para ver o que acontecia. Passaram-se cinco minutos antes que as mulheres fossem embora, fazendo reverências junto à porta, enquanto se retiravam. O pequeno Gideon manteve os olhos cravados nelas até irem embora. Então encarou Michael.

— Os anjos fizeram aquilo. Você os viu? — Michael sacudiu a cabeça e o garotinho deu de ombros. — Eles disseram que você podia ver e não estão enganados. — Ao ver que Michael continuou calado, sem ter o que dizer, o pequeno Gideon pegou o casaco. — É melhor eu ir embora, meu pai está esperando no carro — disse.

— Quer que eu o acompanhe? — perguntou Michael. Já vestido em seu paletó preto, o pequeno Gideon mais uma vez parecia um educadíssimo aluno de escola de catecismo.

— Não, é melhor você ficar um pouco — disse o menino em tom pensativo. — Eles nunca se enganam. — Sem qualquer aviso levantou a mão e, como Michael estava apenas começando a se levantar da cadeira, a palma da mão fresca e macia tocou sua testa. *Não toque em mim*, pensou. *Não preciso de você.*

O menino leu sua mente.

— Não faz mal. Doutor Jesus deve ter alguma outra coisa em mente — ele disse. Michael percebeu que tinha se encolhido ao cair de volta na cadeira.

— Não precisa se preocupar pois os anjos não vão machucar você — disse o menino.

Michael não ouviu mais nada, nem percebeu quando o pequeno Gideon saiu da sala, deixando a porta balançar às suas costas... Alguma coisa muito mais importante havia começado. Ele podia ouvir um zumbido nos ouvidos, como um enxame de abelhas e sentiu uma cólica acompanhada de náusea no estômago, que, de repente, se tornou tão forte que o obrigou a se dobrar para a frente.

Michael se levantou cambaleando, tentando gritar por socorro, mas mal conseguia respirar. Era como se uma mão forte o estivesse empurrando pela nuca. Caiu de joelhos. O zumbido tornou-se quase inaudível, então adquiriu a forma de palavras.

— Ajude-o.

E dessa vez faça direito.

Estava novamente no escritório de Marvell, ajoelhado ao lado do corpo do escritor. Por algum motivo aquilo não o chocou. O corpo estava caído com o rosto virado para cima, como antes e quando conseguiu se controlar e olhar em volta, Michael reconheceu o lugar onde estava.

— Fique parado — instruiu. — Pode me ouvir? Apenas fique parado. — Ele sabia que era a sua voz dizendo aquelas palavras, mas as estava ouvindo como se viessem de longe. Podia sentir suas mãos fazendo força contra o peito de Marvell, pressionando em ritmo regular e com força logo acima do esterno.

Por que estava tentando reanimar um homem morto?

De repente houve um estalo, o som de peças se encaixando no lugar e ele não teve mais quaisquer pensamentos exceto salvar seu vizinho.

— Já ligou para o 911? — perguntou em tom urgente, pressionando com mais força o peito de Marvell, soltando, contando silenciosamente e pressionando de novo. O perigo era que pudesse fraturar uma costela mas, se não conseguisse ouvir um batimento de coração em alguns segundos, correria esse risco.

Beth estava parada na soleira da porta, aflita, mas tentando se controlar.

— Já, já liguei sim. Eles disseram que estamos muito longe no campo para mandar a ambulância do hospital, mas iam chamar o serviço de emergência do condado.

— Ótimo. — Michael cobriu a boca de Marvell com as mãos em concha e aplicou-lhe um minuto de respiração boca a boca. Quando encostou a orelha no peito do homem, ouviu o som de um *tum-tum* fraco, mas regular. *Ele vai escapar.* Exatamente naquele momento o ritmo fraco pareceu sumir, mas Michael sentiu uma explosão de confiança, uma convicção inabalável que o fez levantar o punho no ar. Ele o desceu com uma forte pancada e ouviu o estalo de um osso quebrando. O impacto fez o corpo de Marvell saltar ligeiramente do tapete. Funcionou, quando Michael ouviu de novo, o coração estava batendo mais alto e mais forte.

— Ah, meu Deus — gemeu Beth, assustada com a violência da pancada.

— Não, está tudo bem — disse Michael. — Está batendo de novo. Acho que conseguiremos segurar até a ambulância chegar.

— Não consigo acreditar — disse Beth. A voz dela denotava choque e alívio. — Tem certeza?

Michael assentiu, mas manteve a atenção concentrada em Marvell.

— Pode me ouvir? Pisque os olhos se souber que estou aqui. — Michael falava alto como se o outro homem fosse surdo ou estivesse muito longe. Houve um ligeiro movimento e ele percebeu o leve tremor de um músculo nas pálpebras de Marvell. — Apenas pisque duas vezes, senhor. Quero saber se está nos ouvindo.

Então seguiu-se um gemido e os olhos de Marvell se abriram. Ele estava vivo, mas não parecia estar plenamente consciente. Michael ouviu Beth dar um soluço angustiado. Levantou-se e a segurou impedindo-a de correr para Marvell.

— Não vamos mexer nele agora, certo? — disse em tom gentil.

— Estou aqui, querido. Trouxe um médico — ela falou com esforço, resistindo ao impulso de correr para o lado dele.

— Poderá nos ajudar mais se for lá fora para avisar a ambulância — disse Michael em tom persuasivo. — Ainda está bastante escuro e reparei que é difícil ver sua caixa de correspondência. — Beth hesitou, sem se mover. — Precisa ir — insistiu Michael, mas ela continuou imóvel.

— Eu tenho de ficar aqui — insistiu a mulher. Michael a segurou pelos ombros e começou a levá-la em direção à porta.

— Você está quase em estado de choque e normalmente eu

a faria se deitar, mas não temos tempo para isso — explicou. Cada minuto era importante e ele não podia deixar Marvell.
— Você não compreende — disse Beth. — Não estou quase em estado de choque, não tanto quanto você. — Ela era ágil e forte; com um movimento rápido esquivou-se dele. Michael deu um passo para trás. O rosto de Beth se modificou; seus olhos não estavam mais confusos, não eram mais os olhos inquietos de uma mulher sofrendo, angustiada, temendo pela vida de seu marido. Mas o que diziam eles?
— Você já esteve aqui antes — disse Beth. — Ouça com cuidado. Vai ser difícil para você se lembrar, mas ouça com cuidado. Tudo isso que está acontecendo está relacionado com você. É você quem controla os acontecimentos. Você é o ponto central em torno do qual os eventos irão girar. Ao voltar aqui, você deu um passo enorme, mas ainda não tem força suficiente para continuar. Olhe para ele.

A voz dela soava muito clara e forte, e Michael percebeu que aquela era a Beth verdadeira. Olhou para Marvell que estava pálido, um fio de sangue escorrendo de sua boca. O corpo não tinha nenhuma semelhança com o homem que ele acabara de ressuscitar. Michael ficou sem palavras.

— Consegue compreender o que está acontecendo? — perguntou Beth.

— Não.

— Ah, mas em algum nível compreende. Todos nós compreendemos. Nunca há apenas um evento. Tudo acontece repetidamente, uma vez após a outra, em um nível depois do outro. A coisa importante, tem de se lembrar disso, é qual a versão que escolhemos tornar real. Você compreende? Você é o único que pode escolher qual é a versão que vai ficar e então todas as outras desaparecerão na luz de Deus.

Michael olhou fixamente para ela e seu coração começou a bater disparado.

E dessa vez faça direito.

Michael sacudiu a cabeça como um lutador de boxe que acabou de levar um murro. Sentia-se numa posição extremamente instável. Inconscientemente examinou o aposento. Estava mal iluminado e não tinha nada de excepcional. Livros em prateleiras cobriam as paredes, havia papéis empilhados na escrivaninha de Marvell. Ele provavelmente estava sentado no computador quando teve o ataque cardíaco porque o monitor estava ligado. Apenas uma coisa era estranha — uma grande vela de cera, do tipo usado em missa, estava acesa junto do computador.

— Não olhe para lá. Doutor, doutor! — a voz de Beth soava muito insistente. Por que não deveria olhar para a vela? Fazia com que se lembrasse de alguma coisa, um lampejo de um outro aposento que estava cheio de velas. Era isso. O estranho era que havia poucas velas. Poucas?

Beth pôs as mãos nos lados de seu rosto, tentando virar a cabeça de Michael na direção dela. Ele se sentia estranho e vazio. Beth o sacudiu ligeiramente.

— Está tudo bem, não se preocupe. Dessa vez não foi ruim. Foi muito melhor do que da última vez. Então, na verdade, não foi tão mal, não acha?

— Hein?

Michael teve a impressão de que podia ouvir o zumbido em sua cabeça de novo. Olhou atentamente para Beth, cujo rosto, agora, estava muito próximo do seu. Ela tinha olhos realmente notáveis, pensou. De forma alguma eram os olhos de uma vítima em pânico. Devia ser uma das almas puras.

Então a cólica em seu estômago voltou, com força duplicada, e ele teve de se dobrar para a frente para não vomitar. Quando conseguiu se levantar, estava sentado na cadeira da sala paroquial do pequeno Gideon, arquejando. Marvell, Beth e todo o resto da outra cena tinham desaparecido. Michael engoliu um soluço de frustração; sentiu o suor frio sob a camisa, como se estivesse transpirando terror e fracasso.

Será que aquilo havia chegado a ser fazer direito?

De repente, quis fugir daquele lugar. Passou correndo pelas portas de vaivém, a mente concentrada em Susan, esperando que ela estivesse bem. Qualquer que fosse o significado de sua viagem no tempo, de volta à morte de Marvell, aquilo teria de esperar.

A Voz do Anjo

Vocês compreenderão os anjos quando compreenderem sua própria versão da realidade e isso depende das vibrações. Tudo na natureza tem uma marca absolutamente particular, e cada marca é constituída de uma vibração única. Uma rocha não é um raio de luar. Uma árvore não é um raio elétrico de tempestade. No mundo de vocês a separação entre matéria e energia é cuidadosamente observada, mas na ordem natural, as vibrações formam uma corrente contínua, um arco, um arco-íris de criação movendo-se das coisas mais delicadas para as mais grosseiras na existência.

Os anjos fazem com que quaisquer divisões rígidas pareçam absurdas. Nós nos movemos fluidamente através de todas as linhas, montados no arco-íris. Por vezes aparecemos em sonhos, às vezes nos mostramos em plena luz do dia. Podemos emitir um brilho celestial ou um perfume de santidade — ou absolutamente nada. Quer sejamos sólidos ou pareçamos sê-lo é pura conjetura, uma vez que poucos visionários afirmam terem tido a ousadia de se inclinar para tocar um anjo.

Se anjos podem aparecer como matéria ou energia conforme desejarem, o que dizer de vocês? Talvez possam entrar em nosso mundo também. Mas para que isso aconteça, teriam de ver a si mesmos como seres de luz. Isso é possível? O mistério da evolução humana nem de longe foi solucionado. De fato, a evolução propriamente dita mal começou. Ninguém pode prever para onde o espírito humano irá no futuro. Vocês são capazes de criar asas, mas do mesmo modo são capazes de flertar com a extinção. A luz os espera, mas não os comanda. Se a luz for seu destino, terão de responder cada uma de suas sugestões aqui e agora. Isso significa abandonarem, pouco a pouco, a fidelidade às ilusões que os afastam da luz.

Para ajudá-los a se conhecerem, Deus envia muitas mensagens, contudo, de longe, a mais importante é a seguinte:

Libertem-se do medo. O medo é poderoso, mas não se origina da luz. O medo nasceu da separação, e para se curarem da separação devem parar de dar ouvidos ao medo. Os anjos devotam a maior parte de seu tempo tentando dissolver o medo. O grande salto evolutivo do homem depende disso.

5
DIDI

Ted Lazar estava sentado no chão de concreto da casamata, com um travesseiro nas costas, de maneira a poder se apoiar contra a parede e com um cobertor dobrado no chão. Olhou para a luz que se mantinha pairando, ainda protegida pelo escudo de suas paredes de vidro. Não havia se modificado desde que tinham tirado as fotografias. Ted Lazar havia perdido a noção de tempo, mas presumia que fosse mais de meia-noite. A luminosidade pulsante que emanava da captura tornara-se familiar para ele. Seus olhos não conseguiam torná-la mais lenta e sua mente não conseguia decodificar suas vibrações, mas ele havia se habituado com seus... estados de espírito.

Aquelas eram realmente as únicas palavras adequadas. A luz parecia estar passando em revista a condição humana, usando Lazar para se sentir triste e alegre, radiante ou desolada, esperançosa e desesperada. Essas alterações se passavam rapidamente como pancadas de chuva de verão e, por vezes, se sobrepunham. Lazar tinha a impressão de estar olhando para o interior de uma máquina de secar roupa, à medida que fragmentos de camisas e cuecas, fronhas e roupas de baixo passavam rapidamente num amontoado de cores. Cada peça de roupa lavada estava ali, mas tudo passava rápido demais para que pudesse fazer algum sentido. A luz estava repassando as emoções humanas desse modo. Lazar estava fascinado.

— Superlegal — murmurou. — Por favor, não pare, benzinho.

Lazar sabia que o exército estava pronto para agir caso ele

jamais revelasse o quanto a luz estava se tornando humana. Mas não havia dúvida com relação a isso. Lazar não estava observando um fenômeno como um pedaço de meteorito caído do céu e sim como uma mulher. O jogo de segredos funcionava para os dois lados e Lazar conhecia um dos segredos deles. Stillano havia recebido ordens para destruir a captura. Não imediatamente, porque o mundo poderia deixar de obter e aproveitar suas aplicações de defesa. Mas se Lazar e Simon não produzissem resultados operacionais concretos, os militares não teriam escolha exceto "apagar" a luz; aquilo não podia continuar sendo mantido em segredo e haveria riscos demais, se compartilhassem a captura com o resto do mundo, de que alguém poderia decifrá-la antes deles e criar uma superarma com ela.

— Poderia reduzir a velocidade de sua vibração? Desse jeito, está começando a me deixar um pouquinho louco — disse ele em voz alta. A captura aparentemente não o ouviu, porque a vibração, entrando em sua cabeça, permaneceu intensa e ofuscante.

— OK, mudemos de assunto. Sabe que eles estão pensando em acabar com você, certo? A mentalidade militar, e estou usando o termo em seu sentido mais amplo, não acha graça quando é posta em estado de pânico. É só uma questão de tempo para que eles descubram como dar fim a você. Então a dama vai virar poeira. Incluiu essa possibilidade em seus cálculos? — Depois de três dias projetando imagens mentais para a luz, tentando familiarizá-la com a maneira como o cérebro humano funcionava, Lazar ainda não tinha idéia se estava causando alguma impressão. Nem sequer sabia com certeza se ela estava ouvindo.

— Talvez você não seja muito inteligente — observou Lazar. — Talvez seja uma boneca com belas pernas e uma cantada barata. — Como se confirmasse isso (ou talvez debochando do comentário?), a luz piscou muito ligeiramente. O coração dele bateu mais forte, aquele era o primeiro sinal de compreensão que percebia por parte da captura. Ele se levantou.

— Garotas burras parecem gostar de mim — disse em voz alta. — Por acaso é isso? Tem estado esperando para me dizer que gosta de mim? Você é tímida? — Sem hesitar a luz piscou novamente. Lazar ficou excitado.

— Então, você é do tipo que vai para a cama logo no primeiro encontro? — Uma pausa prolongada. Ele havia abusado da sorte; a luz não deu sinal de resposta. — Só estava tentando ver se você tinha senso de humor — disse ele. — Isso é legal, certo? — Nenhuma resposta. Lazar começou a andar de um lado para outro. Que poderia dizer para manter contato? — Vou querer lhe fazer uma porção de perguntas — afirmou, pensando em voz alta. — Mas precisamos começar de maneira simples. Se eu perguntar alguma coisa, quero que pisque uma vez para dizer sim e duas vezes para dizer não. Pode fazer isso?

Ele esperou, mas a luz não piscou.

— Isso é inaceitável? — perguntou. Mais uma vez nenhuma piscada. — Merda. Puxa, desculpe — disse. — Já entendi. Você teria de piscar para responder isso e ainda não concordou em piscar, certo? — A luz se manteve do mesmo jeito, um brilho branco-azulado constante.

— Espere um pouco, deixe eu pensar um pouco mais. — Lazar colocou seu intelecto para trabalhar. Nunca havia se imaginado como a primeira pessoa a falar com uma forma de vida alienígena, menos ainda a fazer piadas de mau gosto para ela. Por que ela teria escolhido aquele momento para se comunicar? Teria ela feito alguma espécie de descoberta importante, alcançando esse objetivo através de sua mente débil e confusa (se comparada com a dela), e finalmente encontrado a tecla certa?

Quanto mais pensava naquilo, menos provável lhe parecia. O nível de vibrações da luz era mais alto que ondas de rádio e capaz de receber um número desconhecido de freqüências ao mesmo tempo. O que deixava implícito que a velocidade de "pensamento" dela — se é que de alguma forma pensava — era incrivelmente rápida.

Se ela fazia com que Einstein parecesse uma lâmpada fraca, então sua capacidade de entrar na mente de Lazar deveria ser uma questão de minutos, não dias. De modo que ele presumia que ela tivesse compreendido o significado de seus pensamentos há muito tempo.

— Agora acho que entendi — disse ele. — Fui eu quem fiz a descoberta importante. É isso, certo?

Uma piscada.

Por mais minúscula que tivesse sido aquela mudança, Lazar quase deu um pulo, saltando no ar.

— Tinha de ser eu, não tinha? Quem poderia vir aqui e ensinar alguma coisa a você? Você poderia nem se importar com *este lugar*. Aposto que pode ler a mente de todo mundo nesta base inteira, todas ao mesmo tempo.

Uma piscada.

É claro. Aquela era a única possibilidade que fazia sentido. Ela vibrava numa velocidade tão elevada que seria natural absorver uma centena de mentes ao mesmo tempo.

— O motivo por que você precisa ter cuidado conosco é que explodiria nossas mentes. Este é o seu problema. — De repente, Lazar desejou que Simon não fosse tão careta e empertigado. Bem que ajudaria ter outra mente semi-esclarecida por perto. Não importava, era melhor esquecer isso.

— Deixe-me entender isso direito, OK? Sou basicamente uma espécie de pensador com um fusível. Tenho de seguir do pensamento A para o pensamento B e então para o pensamento C, mas quando você olha para mim, você os vê todos ao mesmo tempo. Talvez eu me lembre de um aniversário meu, quando tinha cinco anos, mas você se lembra de todos os meus aniversários, na verdade, de todas as minhas memórias. Das boas, das más e das despropositadas. Pára!

Aquele "pára" não era um ponto final para mostrar que ele estava impressionado. Lazar tinha alcançado um insight absolutamente novo, surpreendente e que o reduzia à total humildade.

— Você já me conhece, não é? — A luz não piscou, mas de qualquer modo, ele conseguiu entender o que ela quis dizer. *Eu conheço você melhor do que você conhece a si mesmo.*

Pela primeira vez ele desejou poder protegê-la. O mais profundo instinto humano, o desejo de ser verdadeiramente compreendido, estava sendo realizado — exatamente no momento errado.

— Ótimo — resmungou Lazar, em tom sombrio. — Agora eles com certeza vão detonar você. — Ele se deixou cair no chão de concreto, sentindo-se, de repente, exausto, quase à beira das lágrimas. Era inútil pensar que sua conclusão estivesse errada.

Ela o conhecia. Ela o conhecia completamente. Era isso que ela estava esperando, que alguém chegasse àquela conclusão. Aqueles dois soldados não haviam compreendido, mas devem ter tido um vislumbre, porque a luz os fizera sentir medo de Deus ou alguma outra coisa relacionada a Deus.

Lazar era mais durão que eles. Quando ela o viu pela primeira vez, fazendo-o voar pelos ares até o outro lado da casamata, aquilo provavelmente era apenas um tapinha de amor. Mesmo assim, ele levara quase uma semana para compreender o que ela estava fazendo. E agora ele sabia.

— Temos de dar um jeito de tirar você daqui — balbuciou Lazar.

A luz, quando ele levantou os olhos para ela, simplesmente ficou pairando ali. Não respondeu e talvez nem tivesse piscado de fato para ele. Não, ela tinha piscado. Maravilhado, Lazar compreendeu que todas aquelas ligeiras piscadas tinham dado início à onda de maremoto de atividade mental que agora o engolia.

Ela era Einstein, Freud, Leonardo da Vinci e Buda, todos ao mesmo tempo, multiplicados por mil.

— Eu vou salvar você — sussurrou. — Posso estar maluco ao pensar que você me ouve, mas eles estão ainda mais malucos ao pensar em matar você. Ajude-me, está bem? Isto é importante. Precisamos de um plano.

Suas próprias palavras o surpreenderam. Era a primeira vez em sua vida que ousava manifestar coragem ou sentir a proximidade do estado de graça. Era uma sensação estranha. Ele se levantou de um salto.

— Pegue suas roupas de viagem, querida. Vamos dar o fora daqui! Isto é, se você quiser. E não agüento mais falar com você sem que tenha um nome, de modo que vamos chamar você de...
— Por um momento a mente dele ficou vazia. — Didi! Que tal esse nome? Não sei de onde ele saiu, mas estive errado ao pensar que sabia de onde vinha qualquer coisa. Portanto, Didi, vamos cair fora, agora!

Lazar tinha ficado zonzo, inebriado de excitação. Sabia que estava falando demais, dizendo coisas sem nexo, mas enquanto rodopiava como um dervixe bêbado, não percebeu o último piscar da luz. Ela sabia, desde o primeiro momento, o que ele estava pensando, mas havia dúvida no coração dele. Aquilo tinha exigido tempo e uma importante descoberta. Não conhecê-la, querer descobrir seus segredos ou até mesmo protegê-la. Aquela última piscadela era para dizer-lhe que era o primeiro ser humano a enviar-lhe o mais leve sinal de amor.

A Voz do Anjo

Vamos falar sobre o Inimigo.

Os seres humanos acham difícil pensar no mal em termos abstratos, portanto atribuem-lhe uma face humana. Satã é a face humana do mal cósmico. Ninguém o conheceu, contudo ele é necessário devido à maneira de pensar de vocês. Na maioria dos casos o mal está longe de ser cósmico. Ao contrário, ele está enraizado no egoísmo, na desobediência e na rebelião — esses são impulsos aprendidos na infância. Vocês podem dar roupagem adulta a esses impulsos e torná-los mais perigosos através da violência da guerra e de armas, mas para nós eles não são complexos. Uma criança que se sente absolutamente amada e querida não crescerá abraçando valores como esses. Quando o mundo não transmitir mais medo e ódio de uma geração para outra, esse tipo de mal será erradicado tão completamente quanto a varíola.

Muito mais profundamente enraizado é o sentido de vocês de que são maus por natureza. Esse tipo de mal é chamado de demoníaco ou pecaminoso. Vocês com freqüência atribuem sua origem a algum tipo de perda da divina graça; em muitos de seus mitos existe um Paraíso lendário na terra que foi perdido, porque não conseguiram controlar seu ego inferior. Mas, no entanto, o Éden não existe em nenhum lugar exceto em suas mentes e, se superarem seu sentimento de culpa, o Éden é agora. Se têm que insistir que são pecadores porque são imperfeitos, então por que não se esforçar para descobrir o que significa ser perfeito, uma vez que Deus só vê perfeição?

A perfeição se refere simplesmente à inteireza. Quando vocês têm um "mau" pensamento e dele geram violência, ou quando cometem atos que resultam em culpa e vergonha, seu impulso natural é afastar esses atos da memória. Ele se torna um fragmento de vocês que não querem que os outros vejam, para o qual nem mesmo vocês conseguem olhar. Contudo, esses fragmentos nunca desaparecem. O pensamento é energia e a energia não pode ser criada nem destruída. As partes "más" de vocês se escondem, entretanto, continuam perambulando por seu inconsciente quando querem. Quando surge uma oportunidade, se a pressão da velha energia for bastante forte, o mal irromperá para a luz do dia. Surtos repentinos de violência aparecerão nos ambientes mais pacíficos; impulsos sombrios, que lhes pareciam totalmente desconhecidos, virão reclamar seu direito inato. Eles nasceram na mente de vocês e seu direito inato é receber a atenção de vocês.

Se derem atenção a eles da maneira correta, então o mal se dissipa. A maneira correta significa assumir a responsabilidade e admitir seus impulsos, por mais vergonhosos que sejam, para estarem reconciliados e em unidade consigo mesmos. A expiação de um pecado significa, basicamente, a reparação da sua própria unidade. Deus não quer que sofram pela vergonha e culpa mantidas em segredo. Se as trouxerem plenamente para a luz, Ele tirará esse fardo de vocês. Essa é outra tarefa para os anjos, pois se nos pedirem, podemos transformar qualquer energia, removendo seu ferrão de vergonha e culpa, substituindo-o por luz.

O único tipo de mal a respeito do qual não falamos, portanto, é comparativamente pequeno, é o mal cósmico. O mal cósmico não tem nada a ver com a violência ou o crime. Ele é meramente a força de destruição. A vida precisa se renovar e, nesse processo, o velho entra em decadência para dar lugar ao novo. Não se pode ter um único pensamento novo sem abandonar o velho. Mas se vincularem essa força natural de destruição ao medo, farão com que se torne magnética e seja atraída para vocês. Toda energia funciona segundo o princípio simples de que cada qual busca seu semelhante, e no plano sutil das energias destrutivas isso se concentrou em formas maiores.

Isso é como poeira cósmica que se concentra formando estrelas e galáxias. A intensidade incandescente de uma estrela nasceu da poeira fria que vagou inofensivamente pelo espaço durante bilhões de anos. O mal cósmico — no sentido da força condensada de destruição — também se acumulou e cresceu a partir de minúsculas sementes. Vocês acrescentam novas sementes a esse mal "satânico" a cada pensamento negativo, e nenhuma pessoa sozinha tem poder para aniquilar essa imensa escuridão. Mesmo assim, a solução para o mal cósmico é relativamente simples: vocês têm apenas de parar de torná-lo magnético e atraí-lo para si próprios. Se viverem na luz, o mal não terá nenhum interesse por vocês. Mais uma vez os anjos estão aqui para ajudar, pois nossa luz é muito mais forte do que a de vocês, e se nos magnetizarem atraindo-nos na sua direção, então acrescentaremos muito mais intensidade de luz para protegê-los.

Se examinarem todos esses níveis de mal, por mais diferentes que sejam, encontrarão uma coisa que eles têm em comum: todos existem na percepção de vocês. O único inimigo de vocês é interno. Portanto, quando buscam Deus interiormente, adquirem a percepção para derrotar todo o mal. Essa é a maneira comprovada de derrotar a escuridão.

— Trate de descer aqui, imediatamente! — berrou Marty Carter ao telefone preso na parede, muito embora o fato de berrar não fosse transmitir a mensagem mais rápido para ninguém. Ele olhou para as paredes grossas de vidro que agora tinham um aspecto escuro e opaco. — E arranque o general Stillano da cama. Temos um problema gravíssimo de segurança. Chame-o agora!

Trinta segundos depois ele ouviu o som dos primeiros alarmes distantes, disparando em algum lugar na base. Na escuridão da casamata podia ver uma forma se aproximando. Carter se orgulhava de pensar como policial e ocorreu-lhe que a primeira pessoa a chegar a uma cena de crime, principalmente por "acidente", é quase sempre o melhor suspeito. Só que dessa vez, à medida que o vulto se aproximava, ele viu que pertencia à pessoa mais insignificante do grupo deles, o ajudante-de-ordens, coronel Burke.

— Coronel — disse. — O passarinho fugiu da gaiola. — Normalmente, Burke teria perguntado por que estava tão escuro na casamata, uma vez que um equipamento de vigilância vinte e quatro horas havia sido instalado. Mas agora a escuridão tinha um significado mais assustador.

— Não pode simplesmente ter ido embora — comentou Burke, pasmo, sem fazer rodeios.

— É nisso que se resume a sua resposta? — retrucou Carter de modo cortante. — Trate de trazer aqui alguém que saiba pensar.

Burke continuou olhando fixo. Onde a luz flutuante deveria estar, o palco central, bem no meio do fio de retículo dos feixes direcionais de altíssima tecnologia e detetores de som, havia um vazio.

— Como? — perguntou Burke.

— Duvido que alguém a tenha visto sair num conversível — declarou Carter. — Lembre-se, pode ter derretido as paredes. Vamos examinar as câmeras de segurança. Enquanto isso, poderíamos ter alguma chance de pegá-la de volta se entrássemos em alerta vermelho em todos os níveis de segurança.

Burke recuperou a iniciativa e entrou em contato com o general que estava a caminho. Carter foi se encaminhando devagar para a jaula vazia, sentindo-se contrariado. Não podia deixar de pensar que os militares haviam posto tudo a perder. A mentalidade lenta deles jamais poderia compreender quando uma situação precisava ser resolvida numa questão de horas em vez de semanas. Tinham se demorado demais, desnecessariamente, com a luz, observando em vez de fazer, testando em vez de obrigar o fenômeno a reagir.

Tudo aquilo iria mudar, se Carter tivesse uma segunda oportunidade.

Quando Stillano apareceu, seu rosto parecia uma máscara rígida, inexpressiva, mas Carter tinha certeza de que estava extremamente temeroso. Aquilo era um serviço malfeito, um grave erro envolvendo a descoberta mais significativa do século, e a decisão de Stillano de manter à distância o mundo científico, exceto por dois gênios idiotas isolados — excêntricos e hostis entre si —, parecia terrível a posteriori. O general seria fritado diante de uma corte marcial.

— O que está querendo dizer? Que diabo, quem deu permissão a eles para fazerem isso? — Carter podia ouvir Stillano berrando ao telefone celular. Aproximou-se dele e tentou obter sua atenção, mas Stillano deu-lhe as costas e continuou falando.

— Foi há mais de uma hora atrás? Merda, e ninguém verificou para ver se o passe era autêntico?

Carter percebeu que aquela conversa devia se referir a Simon e a Lazar. Puxou o ombro de Stillano.

— Que carro eles levaram? Dê-me o número de licença da placa — disse nervosamente. Ao mesmo tempo Carter puxou seu telefone celular e ligou para Virgínia. O general, olhando por sobre o ombro com uma careta de desdém, evidentemente não queria abrir mão de sua autoridade, mas o bom senso disse-lhe que não havia sentido em cavar ainda mais sua própria cova.

— Foi numa daquelas porcarias brancas, são todas iguais — resmungou Stillano. Ele berrou uma ordem e poucos minutos depois Carter obteve o número da placa do Buick sedã branco que havia deixado a base. Tinha saído pelo Portão G, no setor sul, o que indicava uma rota seguindo para o sul. Para o México? Em menos de uma hora os carros de radiopatrulha das rodovias estaduais do Novo México e do Arizona, bem como o departamento do xerife local seriam alertados. Carter havia protegido sua retaguarda e tomado os procedimentos corretos. Contudo, isso não dissipou seu desespero. O que a polícia do Novo México costumava capturar, bandidos mexicanos?

— Tem alguma idéia de por que eles fugiram? — perguntou a Stillano. O general sacudiu a cabeça negativamente.

Carter apontou para a jaula vazia.

— Deviam ter conhecimento disso.

Stillano concordou sombriamente.

— Foi muito imediato para ser coincidência, mas, diabos, quem sabe o que eles levaram?

— Devem ter descoberto como libertar essa coisa e nos esconderam a informação — interveio Burke. — Para mim isso é crime. Chamaria até mesmo de quase traição.

— Acha mesmo? — retrucou Carter em tom sarcástico. — Que acusações vamos apresentar contra eles, de roubar uma árvore de Natal? — Ele se afastou rapidamente para cumprir sua própria missão. Era possível que ele próprio ainda estivesse sob o comando de autoridades militares, mas a autoridade desse comando havia fugido da gaiola junto com a captura e, se jamais fosse acusado de insubordinação ou lá de que diabo fosse, Carter tinha certeza de que sua estratégia para a recaptura pareceria muito melhor do que a que estava deixando para trás.

Simon estivera cochilando em seu terminal uma hora antes. Levantou a cabeça, sem se dar conta de que havia dormido sobre o teclado. Lançou um olhar rápido para o relógio e se surpreendeu ao descobrir como era tarde. Não se sentia em segurança e era mais do que o desconforto, compreensível para qualquer pessoa obsessiva com limpeza, por estar desalinhado. Seu paletó cinza axadrezado estava pendurado no encosto da cadeira e o colete estava desabotoado. Os cabelos louros sujos tinham o aspecto de que estivera repetidamente passando os dedos neles e, de fato, estivera. Havia até usado a mesma camisa três dias seguidos. Todos os meticulosos hábitos e rituais de sua vida tinham sido postos em desordem pela imperiosa necessidade do Exército em *saber*. Decidiu que deveria considerar a possibilidade de uma aposentadoria precoce, assim que conseguisse escapar deles.

Lançou um olhar para a estação de trabalho de Lazar. O computador estava repetindo infindáveis piruetas de Doom, mas não ouvia nenhum dos velhos discos do Aerosmith que geralmente empesteavam a atmosfera. Isto significava que Lazar devia ter ido embora. Essa suposição demonstrou estar errada quando Simon sentiu o cano de uma arma encostar contra a sua nuca.

— Preciso de você, Watson, venha cá — ouviu Lazar dizer.
— Você voltou. O que está acontecendo? — perguntou Simon. Ele sentiu a ponta dura do cano da arma ser pressionada com mais força contra sua cabeça.
— Eu disse que preciso de você, o que significa, trate de se levantar. Temos de ir. — Lazar parecia calmo e poderia passar por normal.
Simon refletiu que aquilo poderia ser sua idéia pervertida de uma brincadeira. Mas se levantou cautelosamente e perguntou:
— Posso me virar?
— Pode.
Não era brincadeira. Lazar estava vestindo jeans e sua camiseta favorita antiguerra, dos anos 60, cujos dizeres (criados pelo próprio Lazar) eram: FAÇAM NENÉNS, NÃO GUERRA — um pequeno aborrecimento que ele apreciava infligir aos zangões militares. Seus olhos tinham uma expressão divertida e distante, algo que não era nada de novo. Que parte teria rachado cedendo à pressão?, Simon perguntou a si mesmo.
— Que fazemos agora? — perguntou.
— Vamos embora. — Lazar acenou com o cano curto da pistola. Simon começou a andar em direção à porta. Levou algum tempo, mas se deu conta de que estava com muito medo.
— Não sei se consigo andar. Acho que vou vomitar — disse, esperando que soasse razoável.
— Não em cima de mim, por favor — disse Lazar. Vai estragar a beca. — Ele deixou Simon abrir a porta. O pequeno corredor além do quarto deles estava vazio e sem sentinelas. A porta externa se abria para uma área do deserto nos limites da base. Aquela área também estava vazia exceto por um Buick branco com janelas de vidro fumê parado na estrada de terra batida com vestígios de asfalto rachado, abandonado depois da Segunda Guerra Mundial.
Simon parou.
— Creio que no cinema se costuma dizer que agora vamos dar uma volta de carro. Mas eu não vou. — Ele sentiu crescer uma onda de ressentimento que superou seu medo naquele momento. E um momento foi tudo que ele teve, porque Lazar

levantou a arma e a enfiou em sua orelha. O medo voltou mais forte que nunca.

— Apenas trate de entrar. Eles sabem que nos detestamos. Mas se interrogarem você, ou vai entregar o jogo vergonhosamente como um derrotado ou então vão enfiá-lo na prisão com uma acusação de conspiração da qual jamais vai conseguir escapar.

Simon deu a volta até o lado do passageiro e entrou. Em poucos segundos Lazar estava atrás do volante; eles seguiram para a estrada principal de acesso que contornava a instalação militar. O carro fez a curva em direção ao sul.

Lazar colocou a arma no colo; parecia estar muito bem-humorado.

— Creio que no *cinema* também seria de praxe você dizer que eu nunca conseguirei me dar bem nesta fuga — comentou. Prosseguiram em silêncio, passando por uma série de portões até chegarem ao G. O carro parou.

— Preciso que você fique absolutamente calado durante os próximos minutos — instruiu Lazar cuidadosamente. — Se os guardas lhe fizerem perguntas de rotina, dê respostas de rotina. É claro que não vai poder fazer isso muito bem a menos que esteja um pouco menos assustado, certo? — Simon assentiu. — OK, então deixe-me tranqüilizá-lo com relação ao fato de que não vou matá-lo. Não estou maluco. Você é apenas uma necessidade tática, entendeu?

— O que significa isso? — perguntou Simon, sentindo-se um pouco menos aterrorizado.

— Tome, beba isto e segure a garrafa. — Lazar lhe entregou uma garrafa de água Evian, que Simon bebeu agradecido. Estava com a garganta incrivelmente seca.

— Quando digo que você é uma necessidade, significa que calculei minhas probabilidades de conseguir sair sozinho, sem que a segurança proceda a uma segunda verificação, cheguei à conclusão de que dois podem escapar com mais facilidade que um.

Simon não respondeu, mas o carro já estava em movimento de novo. Eles se aproximaram de uma guarita branca que ficava em posição protegida atrás de portões gradeados e alarmes a laser. Simon viu Lazar enfiar a pistola sob a perna. A cerca de trinta metros do portão, Lazar começou a buzinar. Ao se aproximarem do jovem policial do exército, todo o comportamento dele mudara.

— Sou o dr. Lazar, por que o primeiro portão não está aberto para nós? Isso quer dizer que vamos ter de esperar? Meu Deus. — De má vontade entregou uma pilha de papéis e seu crachá de identificação ao guarda, que começou a examiná-los.

— Você já tem uma cópia e deveria ter lido isso duas horas atrás — disse Lazar.

O jovem guarda acendeu a lanterna e examinou o interior do carro, varrendo-o rapidamente. O feixe de luz se deteve sobre o rosto de Simon por um décimo de segundo, se tanto.

— Não recebi nenhuma cópia disto, senhor — disse o guarda. Sua voz soou hesitante.

— Cristo, isso provavelmente significa que também não recebeu o passe do general — disse Lazar.

— O general, senhor?

— Ele está bem atrás de mim. Devemos sair da base o mais discretamente possível.

— Vou ter de ligar para verificar isso.

Lazar apontou o dedo para a pilha de documentos.

— Como pode ver, esses documentos são urgentes e confidencias para os olhos do general Stillano. Ele é o único para quem você pode ligar e ele está a caminho. Tente ligar para o carro dele. O número é este. Rasgue depois de usá-lo.

Nervosamente o guarda pegou um pedaço de papel da mão de Lazar e correu de volta para a guarita. Podiam vê-lo conferenciando com um outro cabo, então um deles pegou um telefone e discou. Simon pensou que seu coração fosse parar. Estava pasmo com a mudança na atitude de Lazar que, num desempenho excepcional, fazia o papel de uma pessoa com autoridade. Alguns minutos depois o segundo guarda se aproximou. Ele tornou a vasculhar o interior do carro com a lanterna.

— Então — perguntou Lazar.

— Havia uma mensagem, senhor. Dizia que ele estaria aqui às 23 horas.

— Certo, então deixe-nos passar. Vamos parar para esperar a um quilômetro e meio daqui. A essa distância tenho autorização para entrar em contato com ele.

Depois de um segundo de hesitação, o cabo bateu continência e fez sinal para a guarita. Simon viu os portões duplos começarem a se abrir. O cabo recuou, se afastando do carro.

— Não esqueceu alguma coisa? — perguntou Lazar. Ele apontou para Simon. — Compare a identidade dele com a que está na ordem de comando. — O cabo se dirigiu apressado para o lado do passageiro enquanto Simon baixava a janela. Pegou a carteira e a entregou.

O guarda a devolveu e bateu continência.

— Tudo certo, senhor, desculpe o atraso.

— Ora, isso é o exército, não é? — observou Lazar mostrando a primeira sombra de um sorriso de compreensão.

— Sim, senhor. — O sentinela parecia encabulado. Lazar tratou de dirigir passando rapidamente pelos portões, como se estivesse com pressa. *Coisa que, é claro, estava*, pensou Simon.

— Imagino que não vá querer me contar como você falsificou a voz de Stillano na mensagem?

— Não é nada que possa me gabar. Ele tem nos mandado mensagens de voz por correio eletrônico que podem ser armazenadas em disquete, certo? Logo, qual é a grande dificuldade de editar e selecionar o que se precisa? Tive apenas que digitalizar para tirar as emendas muito evidentes.

— E o número do telefone do carro dele?

— Falso. Dei a eles o número de seu telefone. Vai ser um bocado divertido quando descobrirem, hein?

Simon amaldiçoou a si mesmo. Lazar o incriminara de tal modo que nem se deu ao trabalho de tornar a puxar a arma para ele. Fazia frio no deserto — a temperatura normalmente variava em mais de trinta graus, a cada vinte e quatro horas — e sob a luz do luar estava estranha e assustadoramente claro. Simon tremeu de frio e começou a se sentir exausto. O carro parou quando estavam a cerca de oitocentos metros da base.

— Muito bem — disse Lazar, saltando rapidamente. Ele levou a arma consigo e, por um instante aterrador, Simon pensou que estivesse dando a volta no carro para atirar nele e abandonar seu corpo. Em vez disso, foi até o porta-mala e o abriu. Houve um movimento. Lazar voltou e abriu a porta de Simon.

— Ouça, se apenas me deixar ir agora... — balbuciou Simon, a voz trêmula. A imagem de seu corpo jogado numa vala voltou num lampejo. Só então foi que ele viu a garota. Ela usava um vestido fino de algodão azul-claro e nenhuma jóia. A luz do luar era muito fraca para poder distinguir suas feições, mas seus cabelos eram claros como o vestido.

— Vamos lá, homem, salte e deixe-a entrar — Lazar fez um gesto para que Simon saltasse. Em silêncio, sem olhar para ele, a garota entrou no banco de trás, então Lazar balançou a cabeça para Simon que tornou a entrar no carro.

— Seja gentil — advertiu Lazar. — Esta é Didi. Ela não é minha namorada e você não precisa dizer oi.

— Você não conseguiria arrumar uma namorada — retrucou Simon.

Por algum motivo aquela provocação adolescente pareceu divertir muito Lazar. Alguns minutos depois eles estavam novamente seguindo pela estrada, que se estendia diante deles vazia como a meia-noite. Ninguém falou durante vários minutos até que Lazar abriu a janela, pegou a pistola e a atirou longe no deserto.

— Por essa você não esperava, hein? — comentou sorrindo.

— Pare o carro, pare este maldito carro! — gritou Simon.

— Por quê? Porque você me viu jogar longe a arma? Não tem importância. Você também violou a segurança, de modo que eles provavelmente estão atrás de você.

Simon estava quase explodindo.

— Eu vou pegar você. Ninguém jamais vai suspeitar de mim depois que ouvirem a minha versão da história. Você é completamente louco. Ficou inteiramente pirado das idéias e qualquer um com um pingo de bom senso sem dúvida estaria esperando que isso acontecesse há muito tempo.

— Você acha mesmo? O que aconteceu com seu belo vocabulário? Posso até ouvir você se preparando para dizer uma palavra realmente suculenta como *ignobilmente* ou *salafrário*. Alguma coisa bem escolhida no departamento verbal sem dúvida porá a corda em volta de meu pescoço.

Lazar lançou um olhar rápido pelo espelho retrovisor para a passageira. A garota, que parecia ter cerca de vinte anos, estava enroscada no banco de trás, em silêncio, os olhos baixos, examinando o piso do carro. Era muito tímida ou estava muito assustada. Simon pouco se importava com ela ou de onde teria vindo.

— Eu disse para parar o carro! — Ele bateu a mão com força no painel, que, sendo de vinil estofado, emitiu apenas um ruído fraco.

Lazar fez que não, sacudindo a cabeça.

— Ponha seu cérebro para funcionar. Você pode estar cheio de adrenalina, no momento, mas não tem físico para me enfrentar, posso lhe dar uma bela surra na hora em que quiser. Quando foi a última vez que esteve numa academia de ginástica, se é que alguma vez já esteve em alguma? Para começar, quem lhe garante que eu não tenho um porrete no bolso? Quer acordar na mala deste carro para passar algumas horas, ou dias, em alguma estrada secundária onde o tráfego de lagartos é maior que o de automóveis? Em segundo lugar, eu me dei ao trabalho de deixar algumas pistas apontando para você. Como, por exemplo, a falsificação daquelas ordens de serviço que, por acaso, estão em seu disco rígido. E depois temos a questão do registro da arma que foi falsificado em seu nome, umas coisas legais desse tipo.

— Você não vai escapar impune com isso — advertiu Simon.

— E que diabo quer dizer isso, mais *cinema*? Você não tem a menor idéia de com que estou querendo escapar.

Simon se recostou no banco, pensando. Até o momento estavam apenas dando um passeio num carro roubado. Era contra os regulamentos, mas os documentos falsificados apontavam todos para ele, e além disso Lazar havia jogado fora a arma que provaria seqüestro ou assalto à mão armada. Simon realmente tinha muito pouca escolha, exceto esperar para ver qual era o plano maluco que estava sendo executado. Ele suspirou e olhou pela janela, para o deserto que tanto detestava, com ou sem luar.

— Posso ouvir seu cérebro funcionando — comentou Lazar em tom frio. — Já estava mais do que na hora. Se você se comportar eu seria capaz até de devolver sua carteira.

Simon não lhe deu a satisfação de passar a mão no bolso de trás. Em vez disso, tirou a tampa da garrafa de Evian e tomou um gole, decidindo por enquanto não dizer mais nada a seu ridículo torturador.

Alguns minutos depois, Simon adormeceu de pura tensão. Lazar não tinha mais ninguém para atormentar e teve de encarar o fato de que estava quase tão assustado quanto seu parceiro. Não queria pensar em Didi, nem na maneira como ela havia aparecido. Nada sobrenatural. Lazar estava seguindo pelo corredor, a caminho de seu quarto, quando, de repente, simplesmente a encontrara bem ali, depois da curva do corredor, cheio de instalações de metal e lâmpadas sem luminárias no teto.

Nenhum dos dois tinha falado. Lazar imediatamente soubera quem era ela e o que aquilo significava. O fato de não ter sofrido um ataque nervoso o surpreendeu. Mas ela tinha a aparência de uma garota bonita com quem ele poderia ter saído em suas fantasias. Não havia nenhum halo em volta de sua cabeça loura, nem saiu de seus lábios qualquer comentário como *Deus me enviou*. Olhou para ele calmamente, como se para dizer: *Queria me ajudar a fugir? Aqui está sua oportunidade.*

O resto havia se seguido como Lazar tinha descrito. Só que agora, na completa escuridão do deserto, começou a se sentir inquieto. Mais do que inquieto — apavorado. Quase saiu da estrada quando Didi se inclinou para a frente e bateu de leve no ombro dele.

— Ah, meu Deus, não faça isso! — exclamou, mas sua atenção já se voltara rapidamente para a esquerda. Naquela direção Lazar viu luzes. Ela deve tê-las visto também, um tremular de fogueiras espalhadas e, bem no meio, uma luz maior.

— Pare — disse Didi.

Lazar freou imediatamente. Virou para trás e olhou para ela. Didi manteve os olhos fixos nas luzes tremulantes.

— Você quer sair, certo? — perguntou Lazar.

— Nós. — Ao mesmo tempo que falava, Didi gesticulou em direção à porta do motorista. Lazar a abriu e ajudou a garota de corpo esguio a saltar. Pouco depois ela se afastou em direção à luz e Lazar sabia que devia segui-la.

O terreno poderia ter sido traiçoeiro à noite, cortado por leitos secos de rios ou desníveis repentinos, mas seguiram caminhando sem problemas. A camada superior do solo, que nunca havia sido perturbada por intrusões humanas, estalava ligeiramente à medida que seus sapatos trituravam a crosta leve de depósitos minerais. As fogueiras pareciam estar muito distantes do carro, mas Lazar e a garota se aproximaram rapidamente.

Aonde estamos indo?, queria sussurrar.

Lendo a mente dele, ela apontou para mais adiante à esquerda.

OK, pensou Lazar, *podemos conversar enquanto penso*. Ele esperava que ela não estivesse examinando as partes embaraçosas de sua mente. Ela deve ter lido isso também, porque sua cabeça se virou para ele, e Lazar não precisava ver no escuro para saber que Didi estava sorrindo.

O que há mais adiante à esquerda? ele perguntou. Nenhuma resposta chegou à sua mente. *Isso vai ser telepatia de mão única?* Também não veio nenhuma resposta para essa pergunta.

Então finalmente veio alguma coisa, porque Didi falou de novo:

— Pessoas, não muitas. Família.

— Então você vai falar de vez em quando? — sussurrou Lazar.

— Aprendendo — disse Didi. Não havia ocorrido a Lazar que ela tivesse de aprender qualquer coisa. Ele arquivou a questão para futura referência.

Lazar percebeu que estavam se aproximando discretamente de um acampamento de navajos que haviam se afastado da reserva. Não havia cabanas típicas de toras de madeira e barro, nem habitações de tijolo cru à vista. O acampamento consistia em algumas fogueiras espalhadas e uma maior no meio, com uma dúzia de picapes estacionados em círculo. Agora já estavam quase perto o suficiente para ver vultos e ouvir sons. Cânticos, na verdade — nas notas musicais baixas das mulheres seguido de um som mais choroso e gutural dos homens.

De repente, o anjo levantou a mão, pedindo a Lazar que

ficasse completamente imóvel. (Seria somente uns dois dias depois, quando estava comendo uma torrada no balcão de uma lanchonete na estrada, que Lazar se daria conta de que aquele fora o primeiro momento em que, de fato, se permitira pensar na palavra *anjo*.) Didi parecia estar ouvindo com muita atenção o cântico e Lazar presumiu que pudesse compreender o que dizia. Uma dança cerimonial estava sendo executada, com chocalhos e dançarinos batendo os pés lentamente; ele percebeu isso mais do que viu. Lazar permitiu que os ritmos desconhecidos, mas misteriosos, o tocassem.

— Venha.

Com um pequeno gesto Didi o conduziu para a esquerda. Dessa vez o terreno começou a se tornar mais íngreme. Rochas começaram a bater contra os velhos e finos Nikes de Lazar, alguma coisa apareceu indistintamente acima deles, algo volumoso, mais negro que o céu. Era um monte isolado ou planalto escarpado e, sem perguntar se ele tinha condições de acompanhá-la, a garota começou a subir.

— Não sei se consigo fazer isso — resmungou Lazar. Precisou cerrar os dentes e de toda a sua atenção para não tropeçar e, quando a subida se tornou mais íngreme, ficou feliz pelo fato de não poder ver o que estava lá embaixo. Detritos e pedrinhas voavam sob seus pés constantemente. De repente, pensou na palavra *avalanche* e se viu levando uma pancada no crânio com um pedaço de arenito que o faria despencar aos trancos pelo espaço. Imediatamente ouviu Didi rindo dentro de sua mente.

Você acha engraçado? Este é o programa mais esquisito que já fiz com uma garota, pensou sem se importar se ela leu sua mente ou não.

Finalmente a trilha se estreitou e precisaram subir se apoiando com as mãos, e Lazar poderia ter ficado bem apavorado, mas depois de meia hora chegaram ao cume. Só Deus sabia como Lazar havia conseguido, porque depois que a lua desceu tornou-se impossível enxergar qualquer coisa.

Bom exercício, ele ouviu em sua mente.

Os dois andaram até a beira do platô, e agora, bem longe, lá embaixo, o grupo do acampamento podia ser visto com facilidade. Vinte navajos em trajes cerimoniais estavam sentados em torno de uma fogueira. Os cânticos tinham chegado ao fim. A luz alaranjada do fogo fazia com que o deserto rochoso parecesse brilhar com uma luz interna. Lazar não conhecia nada a respeito de coisas sagradas, mas era evidente que aquele era um momento sagrado.

Em que foi que me meti?

Num daqueles momentos repentinos de intuição acompanhada pelo pânico que soldados em combate experimentam quando ouvem o zunido de um morteiro imediatamente antes de serem mortos por ele, Lazar sentiu a presença da morte. Estava no ar e era o que Didi viera procurar. Por uma fração de segundo ele teve a idéia maluca de que ela ia atirá-lo do penhasco, como em algum antiqüíssimo sacrifício tolteca. Então viu o bebê.

A menos de três metros de distância, o bebê estava equilibrado na beirada do platô. Tinha cabelos e olhos negros e, à luz da fogueira, seu corpo nu parecia reluzente, como se fosse algo novo em folha. Didi sorriu para o bebê e ele se levantou nas pontas dos pés. Com um gorgolejo, começou a rodopiar. A cena inteira não fazia nenhum sentido. O bebê não podia ter mais de um ano de idade — parecia um bonequinho navajo que adquirira vida —, e bebês dessa idade não ficam de pé, menos ainda sabem rodopiar.

Lazar estava tentando fazer aquela cena se encaixar em sua versão de realidade aceitável. No instante seguinte, contudo, o bebê estava girando na ponta do polegar, como um dervixe em miniatura, e de sua garganta vinham sons de felicidade total. O corpo pequenino tornou-se leve e, lentamente, começou a se elevar do chão, não a pairar, mas a continuar se elevando, ainda rodopiando em êxtase.

Puxa. Que inveja.

Didi levantou as duas mãos, com as palmas viradas para cima. Era isso que parecia estar levantando o bebê, que inclinou a cabeça para trás.

Santo Deus, agora vou ver um bando deles, pensou Lazar. Tinha certeza de que mais anjos estavam sendo convocados, que poderiam até já estar ali. Foi um momento incrivelmente constrangedor, porque Lazar tinha apenas a mais tosca das idéias do que deveria fazer. Fazer uma reverência, venerar, falar línguas, fazer o sinal-da-cruz? Nunca havia feito uma única dessas coisas (nem sequer era católico), mas no ar havia tamanha carga de energia que sua mente continuava tentando encontrar uma resposta religiosa.

Não se importe comigo. Vou tentar não pensar. Estava sendo sincero, sentindo que era melhor ser tão pequeno e invisível quanto fosse possível.

Depois de um momento o bebê desapareceu, embora Didi continuasse olhando para o alto por mais algum tempo.

— Ele estava morrendo? — perguntou Lazar em voz alta.

Didi sacudiu a cabeça. Em sua mente Lazar ouviu: *Ele fez a passagem esta manhã. Queria ficar perto de sua mãe. Os dois estavam muito tristes. Quando me viu, sentiu-se pronto para ir e isso o deixou feliz.*

Lazar comentou:

— Puxa, se aquilo é felicidade, devo estar realmente deprimido, pois nunca estive, nem remotamente, perto de estar feliz daquele jeito em minha vida. — Era um pensamento a respeito do qual valia a pena refletir, mas não teve oportunidade de explorá-lo porque as fogueiras lá embaixo estavam começando a se apagar. O círculo de famílias se desfez em fragmentos, cada um seguindo para sua picape. Com ou sem visões angelicais, Lazar teve um bocado de dificuldade para fazer o caminho de volta, descendo do platô sem quebrar o pescoço.

Não me importo se você não me ajudar, pensou, mas pelo menos não me deixe ficar obcecado com aquela maldita palavra, avalanche.

Lazar ouviu a risada de Didi na escuridão.

Quando saiu cambaleando da igreja no Harlem, Michael quase entrou em pânico, porque Susan não estava no jipe. Começou a procurá-la olhando em volta. Alguns jovens negros mal-encarados, parados na esquina, do outro lado da rua, lhe lançaram longos olhares hostis; mais adiante viu um flanelinha dando seu golpe de limpar pára-brisas nos carros que paravam no sinal. Nada daquilo o tocava. Aquela rua, aquelas pessoas, aquelas coisas poderiam estar em outro planeta.

Quando Susan apareceu, dobrando a esquina vindo dos fundos da igreja, estava praticamente correndo.

— Entre no carro, Marvell nos deixou uma outra pista — declarou ela.

— Como? Não estamos com o fichário Rolodex aqui. — Michael entrou no lado do passageiro e a deixou dirigir. Ela arrancou, fazendo a curva quase apenas em duas rodas, e seguiu rapidamente pela avenida Amsterdã.

— Liguei de um telefone público para ver se alguém havia deixado recados para você — explicou Susan. — Jack Temple deixou dois, mas o mais importante é o seguinte: Marvell passou algum tempo num hospital psiquiátrico. Ele mesmo se internou.

— Quando foi isso?

— Pouco antes de morrer. Passou cerca de uma semana lá, então saiu. Isso pode ter sido muito recentemente, talvez até na semana passada. E não deve ter querido que ninguém soubesse, porque escolheu um hospital particular, fora da cidade. — Susan dirigia com velocidade e atenção, avançando sinais fechados quando podia, desviando de táxis lentos e caminhões de entrega estacionados em fila dupla.

— Qual é o nome do lugar?

— Hospital Mount Aerie. Já ouviu falar dele?

— Vagamente, é possível.

— Acho que também é uma clínica de desintoxicação de luxo, para celebridades querendo parar de beber. — Sua voz estava alegre e confiante. Sempre que as pistas os levavam por caminhos comuns, em direção a alguma coisa que Susan pudesse solucionar ou pelo menos compreender, seu nível de energia se elevava dramaticamente. Michael adiou contar a ela o que havia acontecido com o pequeno Gideon. Voltar ao passado já era bastante estranho, mas por que tinha sido uma outra *versão* do passado?

Descobriram que Mount Aerie ficava em Westchester, era um conjunto de bangalôs que poderia ter sido uma comunidade de veraneio. Não havia portões, nem cercas altas. Eles pararam num pequeno estacionamento escondido sob um bosque de velhos olmos.

— Um lugar perfeito para nós — comentou Susan, saltando do carro.

— Boa parte do mundo concordaria com você — disse Michael. Passando pelas portas pesadas de madeira do bangalô principal, encontraram as primeiras indicações do que Mount Aerie de fato era: atrás de um balcão de recepção protegido por uma vidraça, havia duas enfermeiras e mais para o lado, um guarda.

— Em que posso ajudá-los? — perguntou a enfermeira no microfone.

Susan não hesitou.

— Estou aqui para me internar.

— Como disse? — A enfermeira chegou mais perto do vidro, olhando atentamente para eles. Michael não sabia o que Susan pretendia, mas seguiu sua deixa.

— Ela está falando de mim. Estou aqui para internar minha esposa — disse ele. A enfermeira ficou parada um segundo, então apanhou a pilha de folhas de formulário presa a uma prancheta.

— O horário de admissão já está encerrado por hoje — disse, folheando e examinando as fichas lentamente. — Qual é o sobrenome?

— Aulden — Michael respondeu rapidamente. — Houve uma longa pausa enquanto a enfermeira franzia o cenho. Ele tentou não olhar para o guarda. — Não se preocupe, vai ficar tudo bem — disse para Susan em tom confortador. Ambos prenderam a respiração. Qualquer que fosse o estranho poder que haviam adquirido de influenciar a realidade, alterando-a de maneira a se adequar a seus desejos, este era o teste.

— Ah, sim. Susan Aulden? — perguntou a enfermeira. Susan concordou, balançando a cabeça. Uma onda de excitação se apoderou de seu corpo. Ela tentou suprimi-la, depois se perguntou se talvez uma mulher maluca não pareceria mais maluca se demonstrasse excitação.

Uma campainha soou e eles foram conduzidos a um pequeno consultório que parecia uma sala de estar. Não havia trancas reforçadas nas portas. O único médico de plantão era um residente, que tratou Michael com deferência depois de saber que também era médico.

— Sua esposa já foi admitida antes, correto? — perguntou

o residente, consultando uma ficha que havia sido retirada dos arquivos. Michael decidiu arriscar no diagnóstico.

— Exato, ela vem sofrendo de crises recorrentes de depressão e pode ter havido um surto esquizofrênico agudo quando tinha vinte e poucos anos. Não existem registros confiáveis a respeito disso.

— Humm. — O residente escreveu algumas anotações rápidas na ficha, virou uma outra página e olhou para Susan com uma expressão de simpatia. — E o que aconteceu recentemente? Mais pensamentos suicidas? Foi por causa disso que esteve aqui em janeiro passado, certo?

Susan assentiu.

— Não me sinto segura, atualmente, ficando em casa — disse. Era surpreendente a naturalidade com que toda aquela charada estava se desdobrando, como se eles pudessem improvisar qualquer coisa que, de repente, se tornava realidade. Ou será que todo mundo já acreditava que fosse verdade antes?

— Há um bilhete aqui do médico responsável avisando que poderia chegar tarde — disse o residente. — O dr. Bruson queria que se internasse para ficar em observação durante o fim de semana. — Susan assentiu novamente; de repente se deu conta de que dentro de alguns minutos ficaria totalmente sozinha. Lançou um olhar ansioso para Michael.

— Posso vir visitá-la esta noite e depois voltar amanhã de manhã? — perguntou Michael.

— É claro. — O residente sorriu para Susan. — Não há motivo para ficar ansiosa. Vamos cuidar muito bem da senhora. — Pelo tom forçado das palavras dele Susan soube que devia estar bem mal na opinião dele. Ela retribuiu o sorriso, agradecida.

Designaram para Susan o terceiro chalé nos fundos, uma pequena estrutura rústica, escondida no bosque, cujo interior parecia-se com uma pequena taverna no campo. Os olhos dela examinaram a mobília de vime, os cobertores artesanais de retalhos e as tapeçarias na parede, então se detiveram nas duas camas idênticas.

— Não se preocupe — disse a enfermeira. — Terá o chalé só para você durante algumas horas. Sua companheira de quarto foi jantar.

Susan mordeu o lábio; não havia contado com o que quer que significasse "companheira de quarto" em hospitais psiquiátricos para gente rica. Mas uma vez que não havia cadeado na porta, presumiu que aquele fosse o setor de segurança mínima. Teria Marvell ficado num chalé semelhante ou será que tinha sido trancado numas das áreas de maior segurança por onde haviam passado ao longo do caminho?

— Eu gostaria de ficar com minha mulher até a outra paciente chegar — disse Michael. A enfermeira sorriu e foi embora, deixando uma pilha de toalhas limpas e uma camisola de hospital sobre a cama.

— Bem, conseguimos entrar — comentou Susan depois que a porta se fechou. — Agora temos de descobrir por quê.

Michael sentou na cama vazia defronte à dela.

— Minha impressão é de que Marvell estava ficando muito estressado perto do fim. Achava que havia feito a grande descoberta de sua vida. Veja seu último bilhete: *O anjo está perto*. Ele estava na expectativa de um encontro. Mas então começou a perder o controle, entrou em pânico e acabou aqui.

— Talvez. Mas ele poderia ter vindo até aqui para se encontrar com alguém. Poderia ter recebido instruções, do mesmo modo que nós.

— É possível. Nesse caso pode ser que você consiga identificar quem é esse contato.

Susan assentiu. Começou a tirar os jeans e vestir a camisola azul deixada sobre a cama. Michael deu o laço nas tiras da camisola às suas costas, nenhum dos dois dizendo mais nada, então ele beijou-lhe a nuca.

— Talvez eu pudesse ser seu companheiro de quarto — disse ele, de repente se dando conta de que não ficavam juntos, a sós, havia muitos dias. Ela se virou e o beijou, deixando os lábios se demorarem sobre os dele.

— Eu não sei onde estamos — observou Susan. — E a coisa assustadora é que estou me habituando com isso.

— Essa é a minha garota. — Eles se deitaram juntos na cama, abraçando-se levemente. Aquele não era um lugar que inspirasse sensualidade e não sentiam nenhuma inclinação para o sexo, mas a estranheza da situação se desvaneceu. Aproveitaram o momento para encontrar refúgio na proximidade física; o calor de cada toque fazendo o efeito de um bálsamo sobre os choques e as feridas ocultas.

— Você não vai sentir medo de ficar aqui? — sussurrou Michael.

— Vamos ver. Parei de apostar em mim mesma já há algum tempo. — Susan não queria mais pensar, de modo que apagou a luz, ficando deitada no escuro e acariciando o rosto dele. O tempo se dissolveu devagar; aos poucos viram-se relaxar, passando suavemente para uma espécie de esquecimento. Se aquilo significava exercer o desprendimento, não tinham mais medo disso. A liberdade ainda não era um lar para eles, mas também não era mais uma terra de ninguém.

— Pode parar de ficar procurando por patrulhas da polícia estadual — disse Lazar para Simon, mantendo os olhos na estrada adiante. O carro seguia rapidamente pela estrada asfaltada, como se Lazar jamais tivesse ouvido falar no conceito de limites de velocidade. — Não vamos encontrar nenhuma. — O dia estava quase amanhecendo, e Simon já havia acordado há uma hora. Endireitou-se no assento, sentindo as costas doloridas e manteve os olhos afastados de Lazar e da garota atrás dele.

— Como sabe? Você tem privilégios junto à polícia para seqüestrar pessoas quando quiser? — perguntou Simon, sem fazer nenhum esforço para esconder seu desprezo.

— Porque o Novo México é um estado rural e estou evitando todas as estradas principais. Eles não têm dinheiro para pôr patrulheiros por aqui — disse Lazar. — Além disso, você e eu precisamos conversar. Estamos numa situação um bocado delicada, não concorda, meu velho? — Àquela altura Simon já deveria estar imune às provocações infantis de Lazar, que apenas pareciam tornar-se cada vez mais irritantes.

— Não estaríamos em nenhum tipo de situação se me deixasse ir embora — declarou Simon.

— Ora, me dê uma folga por um segundo. Você é realmente um chato, mas é melhor um chato conhecido que um desconhecido, certo? — Lazar olhou de relance pelo espelho retrovisor. Didi não havia dormido, aparentemente nem sequer havia mudado de posição durante a noite, depois que tinham voltado para o carro. Estava sentada em silêncio, em calma absoluta. Quando a observou, ela sorriu. — Estou levando você apenas para servir de testemunha. Este é o único motivo pelo qual você está aqui — explicou Lazar.

— Pode dizer isso aos meus advogados.

— Eu direi, se precisar. Mas você ainda não compreendeu nada. Esta jovem no banco de trás é a nossa captura.

— Deus do céu, você a seqüestrou também? — exclamou Simon.

— Simon, eu disse a nossa "captura". Aquela que os militares trouxeram para a base, sob a forma de um grande pedaço de luz laser.

— Quê?! — A cabeça de Simon virou bruscamente e ele ficou encarando Didi, olhando muito atentamente. Ela não retribuiu o olhar, seus olhos percorriam o deserto à medida que ia clareando sob a luz pálida e dourada do amanhecer.

Lazar manteve os olhos fixos à frente.

— Foi nisso que se transformou. Ela precisava de uma forma e escolheu essa. Eu a ajudei. — Ele sorriu discretamente no seu íntimo. Aquela última afirmação era apenas um leve exagero. Lazar havia enviado várias imagens para a luz. Didi se parecia muitíssimo com alguém de sua vida, não uma irmã ou uma antiga namorada, mas uma jovem atraente que tinha visto de longe, apenas por um breve instante, pelo canto do olho, atravessando o campus na universidade. Ela tinha desaparecido, mas jamais se esquecera de seu rosto e dera-lhe o nome fantasia de Didi.

— Vai ter alguma reação ou o quê? — perguntou Lazar, lançando um olhar rápido para Simon, que estava de queixo caído. — Dê uma olhada no ponteiro da velocidade antes de tentar saltar — continuou. — Qualquer coisa acima de cinqüenta quilômetros costuma ser fatal.

— Por favor, por favor reflita sobre o que está fazendo —

disse Simon, permitindo que uma nota de súplica surgisse em sua voz. — Você está muito doente.

Lazar deu uma gargalhada.

— Estou lhe fazendo um favor permitindo que participe nisso, sabe. Você simplesmente ainda não se deu conta. Estou lhe fazendo um favor porque você pode estar no ponto de impacto para uma experiência realmente única. Acha que alguma coisa semelhante a isso já foi observada antes? Stillano ia passar fogo nela, tenho certeza disso. De modo que era meu dever salvá-la.

Simon tentou evitar pensar em toda aquela insanidade. Por pura sorte, avistou um carro de radiopatrulha do xerife do condado quarenta metros mais adiante. Começou a se concentrar em maneiras de chamar a atenção quando chegassem mais perto.

— Caramba, mas você não desiste — disse Lazar. — Vou ficar atrás daquele policial até chegarmos a um posto de gasolina. Pare de desperdiçar sua energia. Você precisa raciocinar.

Simon se virou bruscamente no banco da frente e encarou Didi.

— Quem é você? Tem alguma idéia de como este homem é louco?

Ela olhou para ele sem sorrir e pareceu realmente prestar atenção nele pela primeira vez. O sol já estava alto o bastante permitindo que a luz refletisse em seus cabelos, fazendo com que brilhassem formando uma auréola luminosa em torno de sua cabeça. Ela afastou algumas mechas da face.

— *As agências de notícias agora confirmaram oficialmente, o presidente Kennedy morreu aproximadamente à uma e meia, hora de Dallas* — disse ela suavemente. — *Tudo fica melhor com Coca-Cola. Não é bom interferir com a Mãe Natureza.*

— Ótimo, então você a arrastou para o seu "alucinário"? — perguntou Simon com exasperação.

— Ela está experimentando a língua — explicou Lazar. — Absorveu uma porção de frases aleatoriamente de meu cérebro e agora tem de organizá-las.

Simon recostou-se encolhido no assento sem ter o que dizer.

— Aquilo era apenas uma amostra — acrescentou Lazar

alegremente. Virou a cabeça para o banco de trás. — Tem certeza de que está tudo bem com você? — perguntou.

— *Voe comigo, sou Sandy.* E *os olhos na cabeça dele faziam com que o mundo continuasse a girar* — disse Didi, falando cuidadosamente.

— De certo modo gostaria que ela tivesse captado um cérebro que não estivesse tão cheio de porcarias como o meu — comentou Lazar. — Acha que ainda existe algum?

— Acho que vocês dois vão ficar muito felizes em quartos acolchoados vizinhos — resmungou Simon.

Cumprindo sua promessa, Lazar se manteve a alguma distância atrás do carro do xerife e depois entrou num posto de gasolina decadente, levantando uma nuvem de poeira enquanto saía da estrada. Estacionou junto à bomba de gasolina para abastecer. O caixa dentro do posto acenou, mas não saiu.

— Muito bem, se alguém precisar ir ao banheiro, o lugar é aqui — anunciou Lazar. — Vou de que pagar lá dentro. E Simon, queridinho, não deixarei de manter meu corpo entre você e o caixa, de modo que não corra para ele, certo?

Depois que Lazar saltou do carro, Simon tornou a se virar para trás.

— Escute, esse sujeito por acaso drogou você, ele lhe deu alguma coisa?

O anjo se manteve calmo e imóvel.

— Caríssimo Simon, você tem estado muito presente em nossos pensamentos — disse ela falando com cuidado. Parecia saber que aquela havia sido uma frase coerente, pois seu rosto se iluminou.

— Que bom. Ótimo.

Num ataque de frustração e desagrado, Simon saltou do carro e seguiu para os banheiros. Tinha a noção de que talvez pudesse se trancar lá dentro, mas a porta ficava completamente aberta, dava para o corredor, e o ferrolho enferrujado estava pendurado, quase que solto. O interior fedia e Simon prendeu a respiração sem olhar para o vaso. Seria um maldito de um dia inteiro no carro a menos que pensasse em alguma coisa. Mas o quê? Quando estava saindo, Simon deu um chute furioso na porta do banheiro e a ouviu bater contra alguma coisa na parede do corredor. Sentiu o coração saltar no peito e espiou cautelosamente atrás da porta. Tinha batido num telefone público que não pudera ver antes, e quando Simon tirou o fone do gancho, Deus estava a seu lado, pois ouviu o sinal de discar.

Agora seu coração estava disparado. Dentro de dois minutos ou menos, Lazar viria atrás dele. Não podia permitir que o apanhasse. Mas se discasse 911, como poderia ter certeza de que logo falaria com alguém lá do outro lado? Lazar havia se assegurado de que não tivesse moedas nos bolsos. Numa fração de segundo Simon tomou sua decisão. Teria de usar o número ultra-secreto que a rigor jamais deveria usar e aceitar a culpa se o inferno desabasse em cima dele por causa disso. Será que tinha alguma outra escolha?

Lazar estava de pé junto ao carro quando ele dobrou a esquina, trinta segundos depois.

— A torneira está com vazamento? Ou você estava fazendo novos amigos? — perguntou Lazar, mas Simon pensou ter visto um brilho de desconfiança em seu olhar.

— Pode ir verificar se quiser. — Simon tornou a entrar no carro. Não sabia se estava sendo provocador ou tolo. Se Lazar de fato fosse lá verificar e visse aquele telefone público, reagiria drasticamente. Quanto a isso não havia dúvida. Porém em vez disso, tornou a entrar no carro e deu partida no motor.

Quando já estavam de volta na estrada há uns dez minutos, Lazar comentou:

— Você não fez nenhum comentário sobre o que eu lhe contei. Diga-me o que acha, como cientista.

— Quando eu disse que você estava louco? — perguntou Simon. — Esta é minha opinião como cientista. O resto sobre a captura e esta garota não merece comentário.

— Realmente acha isso? Qual era sua teoria sobre a captura? Tinha de ser animal, vegetal ou um mineral muito esperto. Não pode creditar-lhe percepção? Imagine um holograma consciente que pode assumir qualquer um de seus milhares de formas. É isso o que ela é.

— Pode continuar a falar, seu bobalhão — resmungou Simon.

— Então isso é tudo o que tem a dizer? — comentou Lazar.
— É uma pena, pois significa que vamos continuar juntos por mais algum tempo. Enquanto você aprende.

Seguiram rodando pela estrada durante a hora seguinte praticamente em silêncio. Lazar não sabia até que ponto Didi estava aprendendo a falar bem em inglês, mas caso precisasse de algo mais que ondas cerebrais ligou o rádio. A estação de notícias não apresentou boletins a respeito deles. Lazar não ficou surpreendido, dado o feroz esquema de segurança cercando a captura. O anjo murmurava baixinho para si mesmo enquanto o rádio falava. De repente ela bateu no ombro de Lazar.

— Que foi? — perguntou ele. — Está com fome? Precisamos parar?

— Não, meu amigo — respondeu a garota numa voz clara e segura. — Precisei de algum tempo, mas agora sei aonde precisamos ir. Podemos continuar de automóvel, da maneira habitual. A viagem vai valer a pena.

— Puxa, você está quase falando bem — comentou Lazar.
— Ainda parece que está passando por um tradutor russo, mas está ótimo. Diga-me para onde devo ir.

Simon manteve o rosto impassível enquanto a garota sussurrava instruções no ouvido de Lazar. Seu telefonema havia sido recebido, mas Simão não tinha contado com uma alteração de rota. Seria um bocado de falta de sorte sua se os helicópteros do exército não avistassem o carro quando afinal aparecessem.

— *Gloria in excelsis Deo* — disse a garota no banco de trás. Lazar acelerou o motor e seguiu para o norte.

O balcão infernal da lanchonete de petiscos mexicanos cheirava a gordura velha, carne de cabra e *chiles*. Na verdade era uma combinação maravilhosa se você esquecesse seus padrões habituais e admirasse todo o cenário — a vastidão do céu do Novo México que cobria, como uma abóbada, extensões infinitas de pinheiros e de terra vermelha.

Lazar respirou fundo.

— Deus, isso aqui não faz lembrar abril em Dorset? — perguntou, mas Simon o estava ignorando. Apesar de estar faminto, sua atenção estava concentrada em mordiscar pedacinhos suspeitos de seu grande burrito.

O balcão ficava ao ar livre, coberto por um caramanchão de treliça e por um toldo de lona para proteger contra o sol. Duas senhoras mexicanas vestidas de preto conversavam com um senhor idoso, falando em voz baixa num dos cantos.

Pelo menos Didi estava adorando aquilo. Lazar se perguntou se ela comeria, e ela comeu: um taco transbordando de recheio numa das mãos e uma Coca-Cola na outra.

— Puxa, mas como você se parece com uma típica amer-rricana, mocinha — disse em voz arrastada. Não conseguia deixar de tentar diverti-la, talvez por puro nervosismo, mas o brilho no olhar dela o fascinava, uma vez que nunca desaparecia. Didi fazia com que se sentisse engraçado e interessante o tempo todo, uma completa ilusão em que estava se viciando.

— Foi bem-feito aqui — disse Didi, percorrendo o deserto com o olhar. — Limpo e aberto. Fala de paz.

— Isso mesmo. — Lazar ainda podia detectar a recorrência um pouco artificial da linguagem traduzida nas coisas que ela dizia, mas aquilo o encantava. Acabaram de comer e a atenção dela foi atraída pela lojinha de presentes e lembranças improvisada num canto. Os velhos esteios da treliça estavam cheios de cabides e cobertos de colares de contas azul turquesa, camisas pretas navajos, calças jeans e uma variedade de bugigangas espalhafatosas que poderiam atrair o olhar de turistas de passagem, a caminho de Albuquerque.

— Venha até aqui — chamou Didi. Estava tirando algumas roupas dos cabides e examinando-as.

— Encontrou alguma coisa que lhe agradasse? — perguntou Lazar.

— Não, é para você. Você precisa ficar diferente. — Sem esperar sua reação, ela estendeu um par de jeans pré-desbotados, uma camiseta preta e um poncho vermelho berrante e laranja.

— Qualquer coisa, menos o poncho — disse Lazar, concordando. Ele entrou no carro e trocou de roupa, depois voltou para pagar às senhoras, que começaram cuidadosamente a preencher um recibo à mão. Mas Didi ainda não estava pronta para ir. Acenou para ele com uma tesoura na mão.

— Onde arranjou isso? — perguntou. Dois minutos depois ele estava agachado no meio-fio enquanto mechas de cabelo oleoso saíam voando ao vento.

— Eu só faria isso por Deus, sabe? — observou Lazar. Ela continuou cortando o cabelo por mais algum tempo, deixando-o nervoso, e quando Lazar correu para se olhar no espelho lateral do carro, estava com um verdadeiro e irreversível corte escovinha. A primeira visão que teve do corte de cabelo quase o deixou em pânico, então sentiu a respiração cálida e suave de Didi junto de sua orelha.

Ela está ficando interessada em mim, pensou assustado.

Ele gritou quando uma violenta picada o fez pular de dor. Levou a mão rapidamente até a orelha e quando olhou havia um pingo de sangue. Didi tinha furado sua orelha esquerda e agora estava cuidadosamente colocando uma pequena argola de prata.

— Isso dói muito — reclamou Lazar.

— Bebê chorão — disse ela. Mas tocou delicadamente o lobo da orelha dele com o dedo indicador, e a dor desapareceu.

Agora que a transformação estava completa, Lazar examinou seu reflexo no espelho. Ele havia se transformado na imagem perfeita do garotão charmoso, de dezessete anos de idade, daqueles anos mais infernais de seus tempos de colegial, quando ser charmoso era um sonho que ele jamais alcançaria.

— Como você sabia? — perguntou ele. — Não, pode esquecer essa pergunta, porque você sabe de tudo, tudo que eu algum dia pensei. A verdadeira pergunta é: por quê?

— É só um preparativo para a viagem — respondeu Didi, sorrindo com uma expressão misteriosa. De onde quer que ela tivesse feito surgir a tesoura, agora havia desaparecido. Lazar não perguntou sobre o brinco, nem como ela havia furado sua orelha. De volta ao carro ele ficou esperando pelo comentário crítico de Simon, mas seu parceiro não disse nada, exceto que meia hora depois Lazar teve certeza de ter ouvido um resmungo: *"sacaneando"*.

A Voz do Anjo

Quando os anjos recebem preces, quase sempre a que ouvimos é a seguinte: "Por favor, Deus, diga-me por que estou aqui. Qual é o propósito de minha vida?" A resposta é sempre a mesma e se aplica tão bem à sua vida quanto à menos importante ou à mais grandiosa vida já concebida.

O propósito da vida é a própria vida.

Isso se parece com uma resposta pouco esclarecedora, uma resposta que na verdade não se pode usar? Porém não é pouco esclarecedora, porque a vida contém um mistério. O mistério é que, entre todas as coisas, só a vida não precisa buscar significado fora de si mesma. Muitos de vocês acreditam que Deus aprova um tipo de vida e desaprova outro. Isso não é verdade, pois a vida em si já contém seu principal significado. É ouro puro. Deus ama a vida. Ele a criou para ser amada e, porque pôs tanto de Si mesmo nela, a vida não tem de pedir permissão a Deus para existir ou para valer a pena. A vida já é suficiente por si só. O propósito mais elevado de vocês não é fazer, sentir, realizar, se esforçar, lutar ou ter sucesso, e sim viver.

Como podemos compreender e usar essa verdade? Pensem em tornar-se mãe. A maternidade em si já envolve alegria, mas também consiste em muito mais. "Mãe" é uma energia universal. O universo passou pelo nascimento da mesma forma que um mosquito; uma sequóia tem mãe, do mesmo modo que um demônio. Ser mãe é algo muito próximo do impulso criativo de Deus. A energia de "mãe" representa a capacidade da vida de gerar mais de si mesma sem qualquer ajuda exterior. A questão de Deus que é sentida por todas as mães amorosas é imortal e suficiente em si mesma.

O mesmo vale para todos os aspectos da vida. O que dá significado ao amor? O próprio amor. O que dá significado à compaixão? A própria compaixão. Nós, anjos louvamos a Deus porque O vemos por inteiro e percebemos que somos parte Dele. De modo que é um círculo fechado. Quando louvamos a Deus, louvamos a nossa própria vida, nossa própria criação, nosso próprio ser. Contudo, Deus não pede esse louvor. Ele não o compra nem impõe qualquer ameaça sobre nós, se deixarmos de louvá-Lo. Ele nos criou livres — somos gotas no oceano cósmico da vida, da mesma forma que vocês.

Será que a vida adquire mais significado se você utilizá-la para se aprimorar?

Sim e não. Não se pode aprimorar a vida em seu aspecto universal, que é Deus. Contudo, como vocês vivem em estado de separação, sob a forma de um "eu" com sua vontade própria, podem se afastar muito da fonte, o que significa se afastar muito de si mesmo. Nesse caso podem aprimorar a vida ao saírem do estado de separação. Essa não é a tarefa de vocês; Deus não tomará nada de vocês se decidirem adiar conhecer a si mesmos. Esses adiamentos são sempre temporários. Por quê? Porque a vida em si é a única verdadeira e eterna fonte de felicidade. Vocês não têm nenhum motivo para se privarem permanentemente da felicidade. Vocês procuram encontrá-la no dinheiro, em status, em posses, em realizações, no sexo e em todos os prazeres. No entanto toda essa procura, na realidade, está enraizada numa única fome, a fome de vida por mais vida. Desse modo toda a criação se move na direção de Deus.

Se vocês nunca tiverem ouvido a palavra *Deus*, se ninguém lhes tiver ensinado nem a noção mais básica sobre religião, ainda assim a jornada de suas almas os levaria cada vez mais para perto de Deus. Vocês querem encontrar sua origem. Algumas pessoas percebem isso, outras não. A confusão é permitida, da mesma forma que a travessura de uma criança é permitida por uma mãe amorosa.

Assim como a vida é infinitamente valiosa, vocês também o são, qualquer que seja o caminho que escolham seguir.

Meia hora depois que Michael saiu do chalé em Mount Aerie, Susan adormeceu. Em nenhum momento a porta foi aberta; não ouviu nenhuma companheira de quarto entrar. Contudo, quando acordou, na manhã seguinte, sentiu que estava sendo observada por alguém. Susan se levantou na cama e se viu diante de uma mulher grandalhona e intimidadora, já vestida, sentada na cama oposta.

— Entrei com cuidado de maneira a não acordar você — disse a mulher. Ela tinha em torno de quarenta anos, os cabelos cortados bem curtos e o maxilar quadrado. Os olhos cinza-claro estavam cravados em Susan, que teve a sensação de estar se defrontando com uma policial ou diretora de presídio, num asilo de loucos. Ela demorou um momento para se recordar de onde estava. Sentou-se na beira da cama e estendeu a mão procurando o relógio de cabeceira que deveria estar sobre a mesinha, se estivesse em casa.

— São sete e meia. Vou sair agora. Tenho de trabalhar — disse sua companheira de quarto. Ela vestia um velho par de calças jeans e uma camisa de sarja. Susan se obrigou a despertar depressa.

— Espere, pelo menos deixe que eu diga meu nome — pediu.

— OK, mas guarde seu diagnóstico para mais tarde. Não preciso ouvi-lo. — A mulher estendeu a mão grandalhona e se apresentou como Claude. — Meus pais eram franceses. Esse é um nome de mulher, também — explicou.

— Posso ir tomar o café agora? — perguntou Susan.

Claude assentiu.

— Vá descendo pelo caminho principal. Há um prédio maior, você o encontrará. — Claude se levantou e saiu, deixando a porta aberta. Uma brisa fresca entrou, trazendo os aromas de resina de pinheiro e de uma cozinha distante. Enquanto se ocupava de sua rotina matinal, Susan se deu conta de que não sabia por que estava em Mount Aerie, uma vez que somente o propósito da vinda de Marvell àquele lugar poderia esclarecer isso. Michael estaria de volta às nove e meia; ela se perguntou se ele teria alguma coisa a relatar.

A sala de refeições, como todo o resto das instalações, era mais adequada a uma estação de veraneio que a um hospital. Pequenos grupos de pacientes estavam comendo sozinhos ou juntos. Susan se encaminhou para a fila onde o café estava sendo servido e reparou que seis ou sete enfermeiras e assistentes hospitalares estavam parados nas vizinhanças. Nenhum deles estava comendo. Os assistentes eram fortes e se mantinham vigilantes, os olhos percorrendo o salão. Ela aceitou um prato de panquecas de uma garçonete de rosto alegre e uma xícara de café. Os utensílios não eram de plástico, o que indicava muita confiança nos pacientes.

Escolheu uma cadeira num canto e começou a comer, sem realmente sentir o gosto de coisa alguma. Por mais normal que a cena parecesse, a imagem se despedaçava nos detalhes. Uma senhora idosa se balançava lentamente em sua cadeira e balbuciava para si mesma. Outra mulher mais jovem tinha um cabelo que parecia ter sido eriçado com um garfo.

Se Marvell havia precisado de um retiro, aquele era com certeza um bom lugar. Dinheiro para pagar sem dúvida não era problema para ele, pensou Susan. Mas não chegaria a lugar algum se não conseguisse se colocar no lugar dele. Muito poucas pessoas teriam o distanciamento necessário, ao verem-se diante da possibilidade de estarem sendo acometidas pela loucura, de entrar num automóvel e dirigir por três horas para se internar. Era mais provável que ele tivesse vindo ali por algum outro motivo. Talvez tivesse estado ali antes — ou, quem sabe, talvez sua esposa — e estivesse voltando ao cenário de alguma coisa que acontecera ali.

Algo que tivesse a ver com anjos? Os ingredientes simplesmente não faziam sentido. Justo naquele momento houve um distúrbio na extremidade oposta da sala de refeições. Um homem bastante jovem, com um rosto de falcão e olhos ferozes, ficou agitado e começou a derramar café quente sobre a própria cabeça. Dois assistentes hospitalares correram para controlá-lo. Susan descobriu que precisava sair dali e quando passou pela mulher idosa que resmungava sozinha, ouviu as palavras:

— Eu quero pilotar jatos, senhor. Eu quero pilotar jatos.

Conseguiu afastar aquela sensação de estranhamento fazendo uma caminhada pela propriedade. Moitas de velhas azaléias e de espinheiros alvares eram intercaladas com arvoredos escuros de pinheiros. Susan estava passeando preguiçosamente, tentando encontrar um canto com sol, quando sentiu alguém puxar-lhe a manga da camisa.

— O que você vai fazer com relação aos seis assassinos? — Virou-se e olhou; era a senhora idosa que estivera falando sozinha. — Eu sei quem é você — sussurrou em tom furioso. — Você é responsável. — Os dedos dela, magros mas fortes se cravaram no antebraço de Susan.

— Ouça, a senhora vai ter de me largar — disse Susan, afastando os dedos.

— A Agência me contou tudo a respeito de você — sussurrou a senhora.

— Tenho certeza de que contaram. Eles nunca guardam segredos. — Susan percebeu, tarde demais, que fingir concordar com uma psicótica não funcionava. Os olhos da senhora foram tomados, de repente, por um medo profundo. Os lábios tremeram e Susan viu imediatamente que ela mal sabia onde estava. Seu próprio medo se transformou em preocupação impotente.

— Não sei o que fazer pela senhora. Desculpe-me, mas diga-me o que devo fazer — pediu. O queixo da mulher caiu e ela ficou com o olhar fixo e vago. Naquele momento alguém saiu da escuridão do arvoredo. Era Claude, que pegou a velhinha no colo e a levantou como se fosse um bebê.

— Agora vamos embora, Sra. Blakeley, vamos tratar de voltar — disse. A velhinha passou os braços em volta do pescoço de Claude, como criança pequena. Susan esfregou o braço onde as unhas da mulher tinham se cravado.

— Obrigada — disse para Claude, que balançou a cabeça sem dar importância e se virou para ir.

— Apenas lembre-se de onde você está — disse.

— Você pode me ensinar, me explicar, onde estou? — perguntou Susan. — Eu preciso descobrir. — Não sabia por que aquelas palavras tinham saído, mas Claude lançou-lhe um olhar penetrante e apreciador, como se estivesse julgando um cãozinho de raça numa competição, então se afastou rapidamente. Pouco depois, Susan estava sozinha de novo.

Aquele incidente ocupou-lhe os pensamentos no caminho de volta até o chalé. Ainda levaria uma hora até que Michael aparecesse. Dez minutos depois, estava deitada na cama, quando Claude apareceu. Ela bloqueava a porta em suas roupas de trabalho e luvas sujas — aparentemente era jardineira —, e disse:

— Seu lugar não é aqui.

— Por quê?

— Você sabe por quê.

— Fico satisfeita por você estar melhor informada que meu médico — disse Susan, tendo dificuldade para sustentar o olhar furioso de Claude.

A outra mulher fungou.

— Você deveria deixar os jogos para os profissionais, querida. Esse é meu conselho.

— Quem são os profissionais... você? — Susan se levantou, não em sinal de desafio, mas porque jogos não faziam seu estilo. Ela precisava conhecer os fatos concretos, mesmo se fossem fatos sobre uma situação muito estranha.

Claude continuou a pressioná-la, encarando-a por mais algum tempo, antes de ceder um pouco.

— OK, se você insiste, vamos lá. — Claude balançou a cabeça, convidando Susan a segui-la. Só após saírem do chalé e estarem numa das trilhas em meio ao arvoredo voltou a falar.

— Normalmente eu não daria nenhuma atenção a você. Muitas outras pessoas já apareceram. Trabalho aqui meio como paciente, meio como funcionária. Isso economiza dinheiro.

— E isso lhe dá um bom disfarce — concluiu Susan, pensando em voz alta.

Claude deu uma gargalhada, e dessa vez havia alguma admiração em seu riso.

— Se acha que sim — retrucou. — O que estou querendo dizer é que vi que estava fingindo só de olhar para você dormindo. *Esta aqui não é maluca*, disse para mim mesma. Mas então pensei como foi que conseguiu ficar comigo, dividindo meu chalé? Você tinha de ser mais do que apenas uma intrusa casual.

— E o que concluiu? — perguntou Susan.

— Não concluí nada. Fiquei acordada a noite inteira e não

consegui descobrir onde você se encaixava. Se incomodaria de me contar? — pediu Claude.

— Primeiro você. Onde você se encaixa?

— Está bem. Muito justo. — Claude parou no meio de uma grande clareira sombreada de azaléias. — Sou uma espécie de ajudante. Vim para cá porque essas pessoas estão em dificuldades e precisam de alguém como eu. Evidentemente, tomo cuidado para não dar muito na vista. Você deve saber por que, imagino.

Susan não precisou refletir.

— Você saiu fora, exatamente como eu.

— Exato. Há um bocado de gente como nós aqui, mas se sou a única que você encontrou, provavelmente está surpreendida. — Claude se agachou no chão, tirando as luvas. Havia baixado a guarda e parecia estar pronta para ouvir o que Susan tivesse a dizer.

— Eu *estou* surpreendida — concordou Susan, sentando-se no tapete macio de agulhas de pinheiro que cobriam a clareira. Tinha a sensação de estar se encontrando com duendes em alguma antiqüíssima floresta celta. — Mas se somos do mesmo grupo, você deve saber por que encontrei você.

— Com certeza. Depois que você sai fora, nada é planejado, exceto pelo destino. Se acreditar nesse tipo de coisa. — Claude se recostou, se descontraindo mais um pouco. Um ponto pálido de luz do sol havia conseguido se esgueirar em meio à copa das árvores e pousara exatamente sobre seu rosto. Ela sorriu como se ele tivesse vindo atendendo a seu chamado. — Você não sabe a sorte que tem. Nem uma pessoa em um milhão consegue descobrir como sair fora, embora no fundo quase todo mundo queira isso.

Eu não queria, pensou Susan, mas imediatamente percebeu que aquilo poderia ser mentira. Tinha visto sofrimento suficiente para que pensamentos deste tipo não lhe fossem estranhos, só que nunca os levara a sério, ou seja, não ousara acreditar que alguém estivesse ouvindo.

— Minha história é realmente estranha — observou. — Como você disse, nada relacionado a ela foi planejado. Mas como ajuda as pessoas aqui?

— Você viu um pequeno exemplo. Posso lhe mostrar mais

se ficar por aqui. — Claude rolou deitando-se de lado para ficar de frente para Susan. — Contudo, não tenho a sensação de que vá ficar por aqui.

— Estou aqui por causa de um homem que morreu. O nome dele era Marvell. — As sobrancelhas de Claude se levantaram de espanto. Susan ficou contente ao ver que tinha capacidade para surpreendê-la, ainda que apenas por um segundo.

— Você é uma boa espiã — comentou Claude. — Ele esteve por aqui bisbilhotando. Disse que está morto? Eu mal o vi. Parecia bastante maluco para uma pessoa que não sabe que é maluca. Mas não veio para cá se internar. Estava tentando encontrar alguém.

— Isso foi mais ou menos o que imaginei. Quem? Um paciente?

— Sim e não. É mais uma espécie de fantasma. Venha, vou lhe mostrar. — Claude se levantou e, com uma brusquidão com a qual Susan estava começando a se habituar, seguiu por um dos muitos caminhos secundários que se abriam em direções diferentes logo adiante. Susan a seguiu até uma das cabanas mais afastadas. Antes de levá-la para dentro, Claude olhou em volta para se assegurar de que não estavam sendo observadas.

O interior do chalé estava escuro e Susan precisou de algum tempo até poder ver que havia alguém dormindo no quarto. Chegando mais perto, viu que era uma garota adolescente. Porém, não estava dormindo, estava presa com tiras largas de couro, as mãos amarradas a grades na cama com tiras de pano branco.

— Meu Deus — sussurrou Susan.

A garota estava acordada. Ela virou a cabeça e olhou com olhos vazios para as duas intrusas.

— Mary, sou eu. Você me conhece? — perguntou Claude, se inclinando sobre a cama e acariciando o cabelo úmido e desgrenhado da garota. Em resposta veio uma torrente de sílabas truncadas, pronunciadas rapidamente, de um fôlego só, antes que a garota arquejasse, inalasse profundamente e começasse a despejar aqueles sons sem sentido de novo.

— Ela está falando línguas estranhas? — perguntou Susan.

— Se com isso quer saber se Deus está falando através dela, a resposta é não — respondeu Claude. — Isso não é bom. Na verdade, não é nada bom. — A garota começou a se contorcer lutando contra as tiras que a prendiam, ainda falando coisas sem nexo. Contudo, seu rosto não estava contorcido; não tinha a aparência de uma psicótica atormentada.

— Este caso é bem estranho — prosseguiu Claude. — O nome dela é Mary McBride. Pode ser que tenha lido a respeito dela, há cerca de três anos, nos jornais. "A garota possuída por um anjo." Isso era o que diziam de maneira geral.

— Possuída? — Susan chegou mais perto da cama, mas Mary McBride não lhe deu nenhuma atenção.

— Exato, o caso se tornou uma causa célebre. Os pais a levaram aos padres pedindo um exorcismo. Naquele estágio ela estava ouvindo vozes celestiais e espontaneamente tendo visões. Estava sempre repetindo que queria estar com os anjos.

— Eu pensei que uma possessão sempre fosse maligna ou demoníaca.

— Por que haveria de ser? Se calhar de você se abrir da maneira certa, pode convidar qualquer coisa para entrar. — Claude andou pelo quarto fechando as cortinas; acendeu um abajur de pé para que pudessem continuar a enxergar.

— Está me dizendo que esta garota tem um anjo dentro dela? — perguntou Susan com incredulidade.

Claude fez que não com a cabeça.

— Ah, não, ela não teve essa sorte. Houve uma grande briga por causa do exorcismo e a imprensa descobriu. Os pais não suportaram a pressão, de modo que a trouxeram para cá, às escondidas. Espere um pouco. — Pedindo silêncio com um gesto, Claude se aproximou da cama e colocou as mãos nos dois lados das têmporas de Mary McBride. Imediatamente a garota parou de se contorcer e seu corpo tenso relaxou sob os lençóis.

— Muito bem, isso mesmo, muito bem — sussurrou Claude.

— É assim que você ajuda as pessoas? — perguntou Susan.

— Às vezes, mas neste caso estou apenas procurando acalmá-la. Eu disse que este era um caso estranho. Essa garota só está possuída de certa maneira, ela quer estar. Ela pensa que está em contato com criaturas celestiais, mas não está. Eles são apenas bons impostores.

— Eles?

— Seres astrais errantes, almas perdidas, entidades cobiçosas que não sabem mais para onde ir, de modo que atacam pessoas como Mary. Eles deveriam estar indo embora, mas ficam pairando em torno de nós como beberrões num bar que se recusam a ir embora mesmo depois da hora de fechar.

Susan havia se habituado com aquela mescla de palavreado irreverente e aparente seriedade com que Claude fazia as afirmações mais incríveis, mas sentia-se confusa.

— Como poderia uma coisa dessas acontecer? — perguntou.

Claude sacudiu a cabeça.

— Muita gente fica louca em nome de Deus, minha filha. Talvez você nunca tenha cruzado com eles, mas existem muitas maneiras de se perder entre o aqui e a vida do além, creia-me. Foi ela quem Marvell veio ver. Tinha lido a respeito dela nos tablóides, imagino.

— Porque ele esperava que realmente fosse um anjo? — perguntou Susan.

— Exato. Isso era uma espécie de obsessão para ele. Mas não foi só para falar com essa pobre menina. Olhe ali em cima.

— Claude apontou para um pequeno quadro emoldurado na parede em cima da cama. Susan se aproximou e, na luz fraca, viu um desenho a giz de uma mulher jovem num vestido azul-claro.

— Mary desenhou aquilo — explicou Claude. — Ela acredita que seja seu anjo. Imagino que Marvell tenha visto o desenho impresso em algum lugar. Como eu já disse houve um bocado de publicidade.

Mas Susan mal estava ouvindo. De repente, ocorreu-lhe que aquele desenho não havia simplesmente intrigado Marvell ou o atraído como uma mariposa é atraída pela chama. Aquele era o anjo de seu bilhete.

— O anjo está perto — murmurou Susan.

— Não está suficientemente perto. Isto é apenas um embuste. — Claude lançou um olhar para Susan. — Você disse que queria saber como ajudo as pessoas. Sente-se e veja. Não quero que você a assuste.

Susan obedeceu e se recolheu sentando-se numa velha poltrona estofada no canto. Quando o quarto ficou totalmente em silêncio, Claude rapidamente entrou em ação. Ela soltou as tiras de couro e de pano que prendiam a garota. Então levantou Mary McBride da cama, tomando-a nos braços, como uma mãe pegando um bebê para amamentá-lo. Colocou a cabeça da garota em seu coração; houve um longo e profundo suspiro, quase um gemido. A garota estremeceu uma vez e tentou se afastar.

— Mary? — sussurrou Claude, como se estivesse chamando alguém de muito longe.

A garota levantou a mão, levando-a à boca. Susan pensou que ela estivesse contendo um grito mas, quando a mão caiu, Mary estava sorrindo.

— Estou tão contente de ver você — disse ela.

— Eu também — respondeu Claude. — Sua mãe acabou de sair. Ela vai voltar daqui a pouco.

Mary balançou a cabeça e olhou em volta, percebendo a presença de Susan.

— Quem é essa?

— Uma amiga. Quando eles trouxeram você para cá hoje de manhã, queriam ter certeza de que não ficasse sozinha. De modo que estou aqui e minha amiga também. O nome dela é Susan. — Essa explicação pareceu satisfazer a garota; ela sorriu gentilmente e balançou a cabeça para Susan. Através do poder, qualquer que fosse sua natureza, que Claude usara para despertá-la, era evidente que ela acreditava ter chegado a Mount Aerie naquela manhã, em vez de três anos atrás.

— Eu estava vendo coisas tão bonitas — disse Mary em tom sonhador. — Eles estavam me mostrando o céu. Tenho de contar para o padre Patrick. Havia grandes castelos e portões. Você já esteve lá?

Claude fez que não, sacudindo a cabeça.

— Não. Você realmente acredita que esteve lá?

Mary McBride pareceu ficar confusa.

— Você não acredita em mim?

— Eu não disse isso. Você acredita nisso?

Susan viu a garota se encolher ligeiramente.

— Não devia me perguntar isso. Eles não iriam gostar de ouvir você falar assim.

— Por que não? Se tem tanta certeza, minhas dúvidas não teriam importância, não é? — Claude estava fixando um olhar penetrante na garota. — Acho que sabe que os anjos não levaram você para o céu, não sabe?

Uma forte agitação se apoderou do rosto de Mary McBride.

— A senhora me mostrou. Eu vi a senhora.

Claude sacudiu a cabeça negativamente.

— Eu acho que não. Pense com cuidado. Você viu a senhora, sim, mas uma outra pessoa levou você para o céu. Estou certa?

A garota sacudiu a cabeça violentamente.

— Não, isso está errado. Muito errado.

Claude não se abalou.

— Você precisa me ouvir, Mary. Já visitei você umas duas vezes e vou voltar. Não estou aqui para machucá-la. Por mais convencida que esteja sua mente, creio que ainda existe uma pequenina parte dentro de você que não está convencida. Tem estado lutando contra essa pequenina, minúscula dúvida. Você acha que ela é sua inimiga. Estou aqui para lhe dizer que não é. Ela é sua única amiga e enquanto não conseguir ver isso, ninguém vai deixá-la ir para casa. Está compreendendo?

Quando essa longa explicação chegou ao fim, a garota tremia violentamente, e Claude teve de segurá-la para impedir que se debatesse.

— Eles estão tentando levar você de volta, não estão? — perguntou Claude, mantendo o olhar fixo na garota.

— Eu quero ficar com a senhora — Mary McBride começou a chorar. As lágrimas lhe escorriam pelas faces, e tinha fechado os olhos mantendo-os bem apertados.

— Não vou impedir você. Pode ir para onde quiser, mas eu vou voltar. Tente se lembrar disso, está bem? — Claude colocou a garota de volta na cama e se levantou. O corpo de Mary McBride ficou estendido ali, absolutamente imóvel, em estado quase comatoso.

— Agora ela vai ficar profundamente mergulhada nesse estado de ausência — comentou Claude com pesar.

Susan se levantou e se aproximou da cama.

— Você não consegue mantê-la aqui?

— Só por uns instantes, às vezes mais. Não tenho meios de obrigar seus impostores a irem embora definitivamente, porque, como já disse, ela quer acreditar neles.

— Por quê?

— Quem sabe? As fantasias dela podem ser muito antigas, bem remotas, talvez anteriores a essa vida. Ela está enfeitiçada.

— Claude metodicamente começou a colocar e a reafivelar várias faixas e tiras para manter a garota presa à cama.

— Que coisa triste, lamentável — murmurou Susan. *Uma prisioneira do céu,* pensou melancolicamente.

— Não, não é lamentável. Ela está tendo exatamente o que ela quer, como todos nós. O que é lamentável é quando queremos o que nos faz mal — comentou Claude. Tornou a apontar para o quadro acima da cama. — Bem, essa é sua pista, se você precisar de uma.

Susan olhou para a figura daquela mulher esguia, vestida de azul.

— Mas o que eu posso descobrir a partir de uma alucinação? — perguntou.

— Não confunda a mensagem com o mensageiro — disse Claude com um tom de advertência na voz. — Marvell ficou tremendamente excitado quando viu isso. Saiu daqui às pressas, quase que em êxtase, eu diria.

— Tinha chegado mais perto de sua própria obsessão?

— Talvez. — Claude tornou a abrir as cortinas, apagou o abajur e rearrumou as coisas deixando-as como estavam antes. — Não faço julgamentos. A linha que separa os tolos dos santos, que distingue aqueles que enlouquecem por Deus dos que simplesmente enlouquecem, é muito fina. Claude pôs a mão no ombro de Susan, enquanto saíam do chalé. — A questão importante, em minha opinião, é em que lado você vai cair quando tudo isso acabar.

A Voz do Anjo

Aqueles que buscam são como ímãs. Não são exatamente suas preces que atendemos e sim seu anseio. Buscar é ansiar pela luz, e qualquer pedido por mais luz atrai os anjos. Qualquer pessoa pode nos chamar dessa maneira, mas muito poucas o fazem. Muitas preces são pedidos de ajuda e, embora Deus os ouça, os seres humanos são auto-suficientes. Se adquirem a luz necessária, poderão solucionar qualquer problema. Pois a luz é mais do que energia ou uma sensação de êxtase. A luz é inteligência; é poder. Deus e todo Seu reino são feitos de luz, e a partir dessa fonte primordial tudo no cosmos foi criado.

Quando valoriza a luz, ela trabalha por você. Pode-se mudar relacionamentos ao injetar luz neles. Conflitos podem ser solucionados se você enviar luz para aqueles que são seus opositores. As respostas para todas as questões profundas são enviadas através da luz, pois à medida que a luz enche a mente, ela cura aqueles sentimentos de isolamento e de falta de sentido que assaltam todo mundo que está em estado de separação.

Muitos lutam sozinhos desnecessariamente para solucionar os dilemas mais difíceis em suas vidas. O pensamento atormentado não pode trazer respostas e tampouco o sofrimento emocional, a ansiedade e a preocupação. Há muito tempo os seres humanos deveriam ter aprendido isso. Entretanto, em vez de recorrer à luz para ter clareza, vocês preferem vagar na escuridão criada por vocês próprios. Essa falta de percepção é a grande tragédia do mundo neste momento. Ela os condena a repetirem as mesmas soluções falsas, várias vezes, até o ponto em que as executam mecanicamente sem sequer acreditar nelas. Poucos atos esclarecidos podem ser realizados quando não há luz, quando a consciência está mergulhada em egoísmo, medo e isolamento. A família humana estará dispersada enquanto vocês não encontrarem o verdadeiro laço que une, que é a consciência compartilhada de estar com Deus.

A maior bênção que Deus pode conceder é a dádiva da luz. Ele encarrega seus anjos de entregar essa dádiva. Nós o fazemos intermitentemente, visitando e depois partindo. Mas como seria se viéssemos e ficássemos com vocês?

Eu sou o anjo que foi enviado para responder a esta questão. Chamem-me de anjo da bênção.

6
MARAVILHAS E MUITO MAIS

— Eu me casei com uma alienígena — resmungou Simon.

— O que você disse? — Lazar lançou um olhar duro para o companheiro. Haviam passado mais algumas horas no carro; agora estavam nos arredores de Albuquerque, onde o terreno verdejante das terras de aluvião ao longo das margens revelavam que o vale do Rio Grande estava próximo.

— Eu estava imaginando sua manchete nos tablóides — explicou Simon. — Ao lado do bezerro de três cabeças e do cruzamento de coelho com galinha, para que ela possa botar seus próprios ovos de Páscoa.

Estavam falando mais alto que a música que tocava no rádio, que Didi gostava de ouvir. Quando ela falava não era mais em pequenos pronunciamentos formais, mas raramente falava. De repente, Lazar freou no meio da estrada.

— Vá em frente, caia fora — disse. — Um bocado de caminhões passam nesta estrada. Um deles certamente lhe dará uma carona ou o atropelará. — Ele se inclinou sobre Simon e abriu sua porta. — Se você é tão estúpido que não consegue ver a importância incrível do que está acontecendo aqui, para que precisamos de você?

Simon não aceitou o convite.

— A única objeção que faço à sua história é à sua incredibilidade absoluta. Mas isso parece ter sido uma característica de todo esse negócio ridículo desde o princípio.

— E?

— E uma vez que minha tarefa era explicar esse fenômeno tão racionalmente quanto fosse possível — prosseguiu Simon —, posso dizer com segurança que estou fazendo meu trabalho. Não estou metido numa conspiração com você. Estou observando.

Lazar continuou irritado.

— Se essa é sua maneira de lavar a seco sua consciência, ótimo para você. Mas, mesmo em seus sonhos mais loucos, você realmente acredita que ela estava em melhor situação nas mãos do exército? — Como Simon não respondeu, Lazar fechou a porta e deu partida no carro, seguindo pela estrada novamente. O duelo verbal com Simon havia se tornado cansativo. Seria apenas uma questão de tempo para que ele os denunciasse à primeira autoridade pública que lhe desse alguma atenção. E Lazar, na verdade, não precisava mais de um cúmplice conspirador nem de um observador. Não tinha visto a luz pairando se transformar numa garota de vestido azul, mas sentia-se incrivelmente próximo de Didi. Ela era como uma nuvem de fantasia montada a partir de peças de seu inconsciente.

— Pode ficar, por enquanto — disse Lazar fazendo uma concessão a Simon. — Mas vamos resolver isso esta noite.

— E o que isso quer dizer?

— Quer dizer que vamos escolher uma história que você possa tornar pública e se você violar as regras que determinarmos, virei acabar com você quando estiver dormindo com um instrumento perfurante. *Capisce?*

Para ser completamente honesto, Lazar havia usado Simon como muleta. Estar sozinho com o anjo tinha parecido demasiado assustador lá na base. De qualquer maneira, os figurões do exército e da CIA também estavam num mato sem cachorro. Não havia nenhuma lei ou regulamento que se aplicasse ao seqüestro de um ser alienígena. Só que aquela não era mais a palavra certa para definir Didi. Ela era a primeira coisa absolutamente singular que Lazar jamais havia encontrado. Razão pela qual permitiria que ela controlasse tudo — para onde iriam, o que fariam — na medida do possível.

— Estamos quase chegando — disse, olhando pelo espelho retrovisor. — Ainda acha que estou elegante? Mesmo agora que minha orelha não está mais sangrando? É um bocado esquisito reviver meus sonhos de colegial. Agora estou quase desejando que não tivesse posto aqueles trapos com querosene sob a plataforma do ginásio antes do baile de formatura. — Didi sorriu. Ela tinha desejado ir até a cidade mais próxima. Ir para Albuquerque implicava expor o carro em estradas principais antes que Lazar tivesse a oportunidade de trocar as placas de licença num motel ou num posto de gasolina, mas deixara de se sentir paranóico com relação àquilo. Alguns carros de polícia tinham passado por eles, mas, até aquele momento, nenhum tinha prestado a menor atenção neles. Ou a patrulha rodoviária não havia verificado o número da placa, algo que parecia improvável, ou então o anjo tinha a capacidade de tornar os patrulheiros descuidados. Como saber?

O tráfego se tornou mais pesado à medida que a I-25 os conduzia para a cidade. Didi não demonstrou nenhum interesse pela gigantesca cavalgada de carros e caminhões, nem pelos motoristas, tocando as buzinas e olhando fixo para a frente. Lazar pegou a saída para a cidade velha, onde haveria turistas andando a pé. Era o que ela queria ver.

Assim que estacionaram o carro, foram caminhando até os arredores de uma praça pública que parecia um cruzamento entre o Velho México e uma grande avenida arborizada.

— É bonito — disse Didi com sincera admiração. Ela havia recebido uma súbita injeção de energia, parecendo saltar em direção à praça com pernas de gazela. Agora estava parada como se estivesse hipnotizada pela cena que se passava ao redor.

Observar Didi era desnorteante. Aos olhos de Lazar havia apenas gente comum passando em volta; aos olhos de Simon aquelas pessoas eram ainda menos que isso, gente mal-ajambrada, vestindo camisetas, com crianças e sem educação de nível superior. Uma mistura de latinos e pobres moradores de rua engrossava o fluxo de turistas, e algumas mulheres índias navajo vendiam jóias de prata vagabunda, acocoradas impassivelmente, sob um portal coberto. Mas a garota estava completamente maravilhada com o fato de poder ver todos eles.

— É diferente de seu planeta? — perguntou Simon, que já estava entediado antes de chegarem.
— O que foi? Por que isso a deixa tão encantada? — perguntou Lazar.
Ele teve a impressão de que as lágrimas marejavam dos olhos de Didi.
— Tenho de encontrar uma maneira de dizer a você. Me dê um minuto. Posso tentar fazer uma experiência? — ela perguntou a Lazar.
— Se quer minha permissão, tudo bem! Mas não precisa dela — respondeu ele.
— Então, vocês ficam aqui, só por via das dúvidas — disse ela.

Não esperando por aquela resposta, Lazar hesitou, mas balançou a cabeça concordando e ficou para trás, mantendo Simon a seu lado. Didi começou a andar em direção à aglomeração de gente. Havia um tráfego constante de turistas entrando e saindo das lojas de presentes; um grupo com jeito de jovens executivos *yuppies* recarregava "as baterias" tomando café com leite num bar; a garotada estava reunida encostada no monumento aos mortos de guerra, no centro da praça, o brilho do movimento rápido de skatistas indo e vindo, fazendo evoluções no restante da praça. A única coisa que fazia Didi se distinguir era o fato de que ela olhava bem nos olhos todas as pessoas por quem passava. Ela perambulou pela praça de maneira muito casual. Isso não levou mais que cinco minutos. Então, voltou ao ponto de partida e ficou olhando para os dois homens, com uma expressão de expectativa.

— Está me perguntando alguma coisa? — disse Simon.
— Eu acho que ela está — respondeu Lazar. — Percebeu alguma coisa enquanto ela estava andando?
— Não, e você?

Lazar parecia um pouco abalado.
— Enquanto ela estava andando, aconteceram coisas.
— Eu não vi nada — retrucou Simon.
— Você tinha de olhar com atenção. Ouviu tocar o sino daquela velha igreja de tijolo cru, ali na esquina? Começou exatamente quando ela passou diante da porta. A roseira, cerca de

dois metros mais adiante, tinha três flores abertas, mas depois que ela passou, eram cinco. Aquele casal perto do monumento? Eles estavam tendo uma discussão bastante acalorada, em voz alta, alguns minutos atrás. Agora estão se beijando.

— Você reparou em tudo isso? — perguntou Simon. Lazar confirmou com um movimento de cabeça. — Então é muito vulnerável à sugestão, meu amigo. — Mas Lazar não estava mais prestando atenção nele. Estava intensamente interessado em Didi, que lhes dera as costas e estava examinando a multidão.

— Aquilo foi um bocado impressionante — Lazar disse para ela. — Você fez todas aquelas coisas, mas ninguém percebeu. Era para terem percebido?

Didi olhou para ele, por sobre o ombro.

— Depende. Fique aqui.

Ela começou a dar uma segunda volta pela praça e dessa vez Simon se assegurou de acompanhá-la com olhos de falcão. Como antes, foi caminhando de maneira casual, mas ele não observou nenhuma das mudanças que Lazar havia afirmado ter visto. Poucos minutos depois ela voltou.

— Desta vez não funcionou — comentou Simon.

— Você acha? Mas você não percebe? — perguntou Lazar.

— Que foi desta vez?

— O silêncio. O nível geral de ruído se reduziu a pelo menos a metade por aqui. Não ouvi uma única buzina desde que ela saiu. E os garotos nos skates, nenhum deles esbarrou em ninguém na calçada. Incrível.

Simon teve de admitir que o ambiente parecia mais calmo nas vizinhanças. Mas isso poderia ser alguma coisa que lhe tivesse sido sugerida por Lazar, e atribuir o fato à garota era mais do que improvável.

— Eu vou ensiná-la a aprender — disse Lazar, pondo fim às objeções de Simon. — Ela está aumentando suas próprias potencialidades. Não está mais aprendendo. Agora está testando nossos limites.

Pela primeira vez o anjo concordou com as especulações dele.

— Sim — disse ela. — Eu preciso ter certeza. — E novamente começou a dar a volta na praça.

Dessa vez, Simon não precisou observar atentamente. À medida que ia passando pelas pessoas, a garota passava a mão de leve nelas, geralmente tocando a parte inferior da roupa, nunca diretamente a pele. Ela escolhia, por exemplo, um a cada três passantes, contudo, todos reagiam da mesma maneira. Explodiam numa gargalhada, ou no mínimo abriam um larguíssimo sorriso. Se ela tivesse tocado todo mundo, a aglomeração de gente na praça teria se transformado num caos maníaco, mas foi cuidadosa. Não havia um número elevado de pessoas explodindo de alegria a ponto de causar uma comoção, apenas o bastante para que nenhum observador pudesse duvidar que ela fosse a causa.

— Forte demais, não acha, garotão? — perguntou Lazar.

— Não me chame de garotão enquanto não tirar esse brinco ridículo — retrucou Simon, mas faltava à sua resposta o tom ácido habitual. Ele não disse nada quando a garota voltou e indicou que queria voltar para o carro.

— A experiência foi um sucesso? — perguntou Lazar, curioso.

— Foi.

— Então você é capaz de fazer com que as pessoas se sintam felizes pelo simples fato de tocar nelas.

— Hum-hum.

— É isso que vai fazer de agora em diante, andar por aí tornando as pessoas felizes?

— Não. Isso não faz parte do plano.

Lazar nunca tinha ouvido nada semelhante à palavra *plano* ser dita por ela, mas Didi parecia ter encerrado suas experiências por enquanto. Não falou mais nada quando chegaram ao carro, e Lazar precisava dormir e comer. Os movimentos deles haviam sido ditados por ela durante dois dias. Agora as funções normais humanas estavam começando a se fazer sentir. Uma vez que não lhe importava mais se Simon fugisse ou não, a vida poderia se tornar um pouco mais normal.

Encontraram um motel nas vizinhanças da rodovia interestadual. Houve um momento de constrangimento com relação a quantos quartos pedir, mas acabaram decidindo que Simon e Lazar ficariam cada um em um quarto, e que a garota permaneceria no carro. Isso foi a pedido dela e, uma vez que parecia não precisar dormir, Lazar não levantou objeções. Queria passar algum tempo sozinho para refletir a respeito das coisas. Tendo visto o que Didi podia fazer com um toque e sabendo que a luz fora capaz de pôr dois soldados em estado de histeria religiosa, Lazar não podia se considerar imune. Ela o estava mantendo calmo. E, provavelmente, Simon também, uma vez que seu menosprezo impertinente era uma reação igualmente anormal. A resposta simples não era fácil de imaginar, mas Lazar presumia que se enquadraria em algum lugar entre um entorpecimento próximo à paralisia e os gritos histéricos sem sentido.

Ele não conseguiu dormir de tanto pensar naquilo.

Às três da manhã o orvalho já havia embaçado totalmente as janelas do carro quando Lazar bateu nelas. Didi se mexeu lá dentro e baixou a janela de trás.

— Qual é o plano? — perguntou Lazar, de pé do lado de fora, de camiseta e cuecas. — Eu não consegui dormir e você disse que tinha um plano.

— Estava me referindo ao plano divino — respondeu ela calmamente. O vestido azul não estava amassado, nem suado; parecia limpo e fresco como seus cabelos lisos e arrumados, e suas feições francas e amistosas.

— E se eu não quiser fazer parte dele? Vou ter a alternativa de cair fora ou você vai continuar me arrastando por aí até confundir minhas idéias?

— Você não tem esta alternativa de cair fora. Está dizendo isso só para se proteger — observou Didi. — Não está com frio?

— Não. De que eu estaria me protegendo?

— De ser excluído, deixado de lado. Você tem medo de ter sido excluído do plano, de maneira que sua defesa é cair fora antes que isso aconteça. Desse modo, pelo menos, acredita que teve uma escolha, que estava no controle. — Aquele foi o discurso mais longo que ela fez desde que tinham se encontrado.

— Compreendo. — Lazar realmente compreendia e sabia que isso era novamente o efeito dela. — Imagino que você possa fazer com que eu me sinta da maneira como quiser, assustado, amnésico ou seja lá o que for. — Lazar disse isso de maneira explosiva, falando rápida e nervosamente, mas em tom de desafio.

Didi não reagiu a nada disso.

— Você está comigo. Não está correndo nenhum perigo. Ajudar você a não sentir medo foi necessário de início, mas ninguém está controlando você.

— Posso lhe dizer o que realmente há de errado com Deus? — perguntou Lazar.

— Eu já sei.

— Pensei muito a respeito disso, sabe.

— Abandono. Todo mundo acha a mesma coisa. — Didi parecia estar muito segura de si mesma, nem arrogante nem presunçosa. — Eles estão todos com medo de que Deus não exista ou de que caso Ele exista, os tenha abandonado. É uma situação de impasse.

— Certo, mas esta é a situação.

— Entre — disse Didi. — Vou lhe mostrar uma coisa.

Lazar entrou no banco do motorista e Didi se inclinou para a frente.

— Imagine alguma coisa que você tenha desejado profundamente e que não pôde ter. Não elabore nem invente alguma coisa nova neste momento. Apenas se lembre de um desejo.

Lazar fechou os olhos. Ela bateu de leve no ombro dele e quando ele abriu os olhos, havia uma pilha de fichas de cem dólares sobre o painel. Ele pegou a de cima — nela estava escrito — CAESAR'S PALACE.

— São de verdade?

— São. Elas realizaram um desejo seu, um desejo verdadeiro? — perguntou Didi.

— Claro, mas...

— Certo, essas coisinhas apareceram por causa de sua intenção. Eu ajudei a fazê-las aparecer neste exato momento, mas você deu início ao processo e recebeu seus frutos. Isso é o plano divino, explicado da maneira mais simples. — Didi assentiu com a cabeça, e Lazar puxou as fichas para o seu colo.

— Isso não me parece de maneira alguma com o plano divino — observou ele.

— Por que não? Por que você geralmente vivencia uma

porção de etapas entre a intenção e a realização? Tudo isso é encenação, não é o plano.

— E Deus não vê nenhum motivo para nos livrar dessa encenação? — perguntou Lazar.

— Nem por um minuto.

— Mas se você pode materializar estas fichas, então Ele poderia varrer para longe tudo o que existe de ruim com um simples gesto, certo?

— Não estamos falando de truques de mágica. O universo é uma máquina. Deus ordenou e calculou todas as moléculas. Dois átomos nos confins de uma galáxia giram juntos porque a vontade de Deus deseja que seja assim. Mas depois, Ele desejou uma única anomalia. Ele incluiu na máquina uma criatura que não tinha de obedecer à sua vontade. Essa criatura é o homem. Nem mesmo os anjos têm esse privilégio. Contudo, em momentos de escuridão, vocês se sentem abandonados e imploram para serem salvos. Deus sempre escuta essas preces, mas Sua salvação não é o que vocês imaginam. Ele nunca assumiria simplesmente o comando, pois fazê-lo seria privá-los do único privilégio verdadeiro concedido a vocês na Criação.

"O fim dos tempos de escuridão chega quando vocês compreendem sua própria vontade, que é parte da Vontade de Deus. A vontade faz parte do plano; a habilidade e engenhosidade de Deus é dar tudo a vocês, mas lhes permitindo realizar isso por conta própria. A ordenação invisível da vida é mecânica, mas seu processo e evolução contêm amor. É um mistério que uma máquina possa funcionar com tanta precisão e no entanto existir como um instrumento de graça."

— E onde você se encaixa nisso?

— Eu sou apenas parte do plano — disse Didi.

Aquelas noções estavam tendo um efeito profundo sobre Lazar, que já as ouvira mais de uma vez como explicações intelectuais, mas vindas de Didi faziam com que ele sentisse uma aflição no peito.

— O que é esta dor? — perguntou.

— Conflito. Você está aliviado por ouvir o que estou dizendo, mas está com medo de que não seja verdade. O medo e o amor lutam no coração de todo mundo, razão pela qual a encenação continua.

— Se você é parte do plano, então o que é esta viagem? Apenas uma brincadeira ou uma visita ao zoológico? — Lazar percebeu a expressão do rosto de Didi se entristecer e lamentou ter feito aquele último comentário.

— Você não tem idéia de quanto cada um de vocês é valioso. Minha descida é uma maneira de demonstrar isso, como Deus o deseja.

— A quem você vai demonstrar isso? — perguntou Lazar.

— Isso depende. — Depois de ter dito tanta coisa, Didi ficou em silêncio e Lazar teve a impressão de que ela não estava sendo enigmática, estava apenas pondo um ponto final àquela conversa. Mas um pensamento mais assustador acabara de lhe ocorrer.

— E Simon? Ele também é parte do plano, ou... Lazar deixou a pergunta pela metade.

— Ninguém controla Simon, tampouco — respondeu Didi.

Como se respondendo à deixa, Lazar escutou a voz de Simon do lado de fora do carro.

— É impossível dormir por aqui. Vocês complicaram tudo com essa fuga maluca para lugar nenhum e não vou mais continuar enquanto não me disser quem você é. Por favor, considere isso uma advertência que deve ser levada muito a sério.

— Deus, ele parece meu irmão gêmeo mau — gemeu Lazar.

— Não permita que esse pensamento se perca — disse Didi, que parecia ter uma infinita paciência. Ela baixou o vidro da janela e enfrentou Simon. Ele tinha saído do quarto completamente vestido.

— Pense antes de responder — disse Simon em tom severo. Ele fixou o olhar na garota, atrás de Lazar. Se ficou surpreendido ao ver Lazar de cueca, com uma pilha de fichas de cassino no colo, não demonstrou, sem dúvida porque sua mente estava concentrada em fazer seu discurso habitual.

— Você já sabe quem eu sou — disse Didi. — Se negar esse conhecimento, deve se manter em estado de negação. Eu não o perturbaria. Se quiser abandonar essa negação, você o fará. Tudo tem a sua hora. — A garota tornou a subir o vidro da janela; não estava mais visível no interior escuro do carro.

— Isso não é resposta — gritou Simon, batendo com o punho na capota do carro.

Lazar, de repente, sentiu frio e achou-se tolo sentado seminu, no estacionamento. Enquanto saltava rapidamente do carro, aquele sentimento se transformou em pura raiva.

— Cristo, Simon, olhe só o que você faz! Você levanta uma barreira atrás da outra. Você não acredita que esta seja nossa captura? OK, então ligue para Stillano e para aquele nojento do Carter! Pergunte a eles se não perderam a presa deles. Está disposto a fazer isso?

— Eu já fiz.

— Beleza. Que ótimo para você. Então pergunte a si mesmo por que eles não estão aqui para salvar sua pele.

Sem esperar pela resposta de Simon, Lazar voltou furioso para seu quarto. Estava agitado demais para dormir, mas deve ter adormecido, porque a coisa seguinte de que teve consciência foi do som de caminhões pesados no estacionamento e uma luz forte em seus olhos. Sem dúvida as tropas finalmente tinham aparecido.

Michael estava sentado na beira da cama de Susan em Mount Aerie. Tinha chegado às nove e meia trazendo provisões: produtos de higiene, toalhas, caixa de primeiros socorros, água mineral engarrafada e uma blusa branca para que ela pudesse ter uma muda de roupa. Examinando as sacolas, Susan sorriu ao ver a caixa de primeiros socorros.

— Está com medo de picadas de cobra?

— É meu fetiche de segurança. Tenha paciência comigo — disse Michael. Ele ouviu a água do chuveiro correndo enquanto ela se arrumava. — Você não acha que precisemos descobrir mais nada por aqui? — perguntou.

A água parou de correr e ela abriu a porta do banheiro enquanto se enxugava.

— Não, Marvell acreditava que a tal mocinha, Mary McBride,

estava em contato com anjos. Isso era o que ele queria para si mesmo, mas alguma coisa deu errado, imagino. O contato dele foi interrompido ou ele teve um colapso. De qualquer maneira, creio que ele assumiu o papel de messias fracassado.

Michael ficou pensativo.

— Eu daria um pouco mais de crédito a ele. Era um sujeito esperto, com conhecimentos e bastante equilibrado, até onde pude descobrir. Talvez estivesse recebendo mensagens que o deixassem em pânico, mas não percebo tendências messiânicas.

— Você é o médico — disse Susan. — Tem até a caixa de primeiros socorros para provar. — Ela sorriu, vestindo os jeans e a blusa nova que Michael tinha deixado estendida sobre a cama.

— Eu sou uma versão de um médico. O que você acha que o outro está fazendo agora?

— Não tenho a menor idéia. Sua amiga Rakhel não revelou esse segredo?

— Não. Só espero que meu duplo não esteja fazendo besteira com meus pacientes.

Susan franziu o nariz. Com a porta do chalé aberta eles podiam sentir os odores de floresta perfumando a noite, mas que agora estavam misturados com desinfetante, álcool e, talvez, o cheiro penetrante de eletrochoque.

— Você não pode se preocupar com *aquele homem* — argumentou ela. — Não mais a menor idéia de quais sejam as regras. Talvez ele seja um médico formado de verdade, talvez uma alucinação que vá desaparecer. Ou poderia ser seu *Doppelgänger* que adquiriu vida. Só Deus sabe.

— Eu preciso descobrir. Marvell não nos deixou outras pistas. A obsessão dele acaba aqui. — Michael tinha plena consciência de que o pequeno Gideon havia dado início a uma nova fase na estranha jornada deles. O fato de Michael ter voltado ao estúdio de Marvell e tê-lo visto vivo, ainda que apenas por um momento, acrescentava uma terceira versão aos eventos. Tudo aquilo teria de ser esclarecido de alguma maneira, e voltar a casa era a única forma de fazer isso.

A viagem para o norte levou três horas, o que os deixou na entrada para carros por volta de uma da tarde. Foi estranho fazer a curva e entrar, e Michael estava meio que na expectativa de ver a si mesmo saindo para a varanda com uma arma na mão. Contudo, a garagem nos fundos da casa estava vazia, o que significava que o Saab, abandonado vários dias antes diante do motel, não tinha duas vidas. Susan estacionou o jipe e se virou para ele.

— Tem certeza de que é isso o que quer fazer? Ainda está solto sob fiança, sabe, e talvez esteja sendo procurado para responder a acusações a respeito de Carol Hardin.

— Eu sei. Mas não creio que a intenção seja que nos mantenhamos afastados daqui permanentemente. Você não quer saber que versão da morte de Marvell vai ser a verdadeira?

— Poderia haver uma versão ainda pior para você — advertiu Susan.

A advertência subiu pelas costas de Michael com um arrepio. Não tinha nenhuma garantia de que pudesse dar conta da próxima reviravolta naquela busca. Tendo escapado uma vez, não estaria sendo tolo em voltar para a armadilha por livre e espontânea vontade?

A porta dos fundos da casa estava aberta como Susan havia deixado. A casa estava escura e parecia vazia. Michael entrou primeiro, cautelosamente, então acenou para que Susan o seguisse. A despeito do calor do verão a cozinha parecia uma caverna fria.

— Acha que ele foi embora? — perguntou Susan.

— Não fale ainda. Deixe eu dar uma olhada na casa.

Foi um alívio ver Rakhel esperando por ele na penumbra da sala de jantar. Ela estava sentada na ponta da mesa comprida de carvalho, as pernas balançando, como uma colegial esperando pelos meninos.

— Você voltou — comentou ela.

— Voltei, e você não está surpreendida — retrucou Michael. Rakhel sacudiu a cabeça com uma sombra de desaprovação.

— Acha que eu não sigo você?

— Certo, então deve saber que vi Marvell de novo. Ele não estava nem perto de estar morto desta vez.

— Sim. É estranho mas é verdade. Você está começando a se habituar com as coisas, o que é bom. — Rakhel o observou atentamente. — Por que está tão nervoso?

— É o meu duplo, ele ainda está por aqui? Esta pode não ser mais a minha casa — explicou Michael.

— Ele não está por aqui. Eles o prenderam pelo segundo assassinato e, desta vez, não conseguiu sair sob fiança. — Rakhel parecia muito calma ao anunciar essas notícias. Contudo, aquilo fez com que Michael se sentisse mais estranho do que nunca.

— Espere um momento, todos nós temos de participar dessa conversa. — Ele voltou à cozinha e buscou Susan, que tinha ficado esperando junto da porta dos fundos. Ela preferiu cumprimentar Rakhel com a cabeça em vez de falar; ainda permanecia uma ponta de desconfiança com relação à velhota que parecia surgir exatamente quando mais alguma coisa estava pronta para sair dos eixos.

Rakhel ignorou a tensão na sala.

— Você já está em condições de manter um distanciamento? — perguntou.

Michael deu uma gargalhada.

— Distanciamento costuma ser um sinal de sanidade, certo? Sanidade é uma coisa que parece bastante inútil na minha situação. Pensei que tivesse dito que ficar meio louco ajudava.

Rakhel deu de ombros.

— Ou despertar, que era o que eu estava querendo dizer. Não vou mais me dar ao trabalho de lhe fazer elogios — disse ela. — Parece que isso o irrita. Mas você fez uma viagem bem-sucedida. Algumas pessoas ficam confusas e acabam mortas ou na Filadélfia.

— Costuma ler livros de antigas anedotas ou coisa parecida? — perguntou Susan.

— Eu estava em circulação na época em que esses livros foram escritos, minha cara. Estou apenas dizendo que vocês fizeram algumas boas escolhas. Este seu duplo não é um duplo. Ele é uma outra versão de seu mundo interior. Normalmente as pessoas vivem a experiência de uma versão de cada vez. Neste caso permitiu-se que duas existissem. Você pode deixá-lo ir e então estará livre de qualquer obrigação.

— Mas se ele sou eu, então estou preso e prestes a ser julgado — argumentou Michael.

— É verdade. Essa parte é ilusão. Ela acabará no momento em que você sentir que não é responsável pelo destino de Marvell.

— Não consigo acreditar que estou engolindo essa lógica — disse Michael. — É assustadora.

Rakhel deu um grande suspiro.

— Você não está realmente assustado. Creio que vocês dois se ajustaram bastante bem. Vocês têm dormido bem, não é? Não sentiram náuseas nem tonteiras? — Ambos assentiram com a cabeça. — Estão vendo, não é tão difícil.

— Então tudo isso se resume no fato de que Michael escolheu ser acusado pelo assassinato de Marvell? — perguntou Susan.

— Ah, mas é claro. Naturalmente a oportunidade era perfeita. Todo mundo escolhe a situação em que está. As pessoas vivem na ilusão de que não é assim. Elas acreditam que os eventos apenas acontecem, como chuva caindo do céu.

— Mas a chuva de fato cai do céu — argumentou Michael. Ele percebia a fraqueza de sua afirmação e se lembrou das palavras de Beth. *Você quase acertou, desta vez foi muito melhor do que da última.*

— Eu acho que deveríamos escolher sair de toda essa confusão — disse Susan. — Agora, imediatamente. Não houve um único minuto em que eu não tivesse me sentido terrivelmente ameaçada.

— Se não fosse ameaçador você não teria prestado atenção — retrucou Rakhel. — Isso é uma espécie de regra, minha querida. Seria bom se lembrar dela. Mas se preferirem, não precisam usar este duplo. Podemos nos livrar dele e, em vez disso, botar você na cadeia. — Rakhel sorriu diante da idéia.

— De modo que a escolha é minha?

— Exato.

— OK, então quais são as alternativas?

— Seguir adiante. Trate de se desviar das balas, improvise, seja criativo à medida que for seguindo adiante. Essa é a única maneira de viver realmente. O resto não passa de faz-de-conta e isso não é o bastante — disse Rakhel.

"Era importante permitir que você improvisasse, não só como forma de treinamento, mas também para lhe dar um gostinho da realidade — prosseguiu ela. — Enquanto você não estiver capacitado para sobreviver às situações que você cria, nunca chegará."

— Mesmo a despeito do fato de que não há lugar nenhum aonde chegar, certo? — perguntou Michael.

— Exato. A jornada continua. Mas permita que eu lhe diga, ela fica muito mais interessante. Isto é, presumindo que você *esteja* interessado.

Michael lançou um olhar interrogativo para Susan. No mínimo o espírito de aventura faria com que ela quisesse seguir adiante. Mas ele também sabia que havia outros motivos para prosseguir. Os últimos dias tinham causado mudanças nela. Ainda não estava acompanhando tudo, mas Michael a sentia próxima de si como nunca. Se ele tinha pulado fora, ela fora junto com ele.

— Muito bem — disse Rakhel, que parecia satisfeita. — Há uma pessoa que vocês precisam conhecer. Não tenho um nome, nem um rosto, mas está definido. Se vocês aparecerem no lugar certo o encontro acontecerá.

— Só isso? Nenhuma outra pista? — perguntou Michael.

— Não.

— E para onde temos de ir?

— Isso não interessa. O importante é saber se querem ir.

— E como vamos descobrir isso, uma vez que não sabemos quem é? — perguntou Susan.

— Vocês não descobrem. Sabem que querem ir e vão, pronto.

— Da maneira como Marvell fez? — perguntou Michael, consciente de que estava dando um tiro no escuro.

— Marvell apenas tentou adivinhar. Se soubesse, não teria morrido — disse Rakhel. — Em qualquer versão do que vocês chamam de realidade.

— OK, então o que está dizendo é que precisamos estar prontos para encontrar nosso destino ou alguma coisa parecida com isso? — perguntou Michael.

— Ah-ah! Agora está começando a esquentar. O destino é um jogo curioso. Não se arrisca tudo ou nada. Arrisca-se tudo e nada. — Rakhel parecia tão satisfeita consigo mesma que Michael nem se sentiu tentado a pedir-lhe que explicasse. Ela se levantou e alisou a saia como se estivesse varrendo migalhas que tivessem caído. Era um pequeno gesto, inconsciente, mas deu a Michael uma visão de relance de que ele, na verdade, não tinha idéia de como Rakhel vivia quando não estava com eles.

— Você pode vir conosco, sabe — convidou ele.

— Não se preocupe, eu sempre vou — respondeu Rakhel. — Mas vamos tratar primeiro das coisas pela ordem de importância. Passem esta noite aqui, mas não fiquem mais do que isso. Não seria bom ficarem por aqui. Esta casa tem potencial para se tornar um buraco negro.

Ela examinou os quatro cantos da sala, desconfiadamente, mas pareceu convencida de que ninguém estava correndo perigo iminente, então se foi. Michael e Susan estavam precisando do conforto da casa deles pelo menos por enquanto. O que quer que Rakhel estivesse querendo dizer com o termo buraco negro não descobriram.

A Voz do Anjo

Os anjos cristãos são novidade, a despeito de terem tomado muita coisa emprestada de anjos muito mais antigos, os judaicos. Os anjos da Índia são muito mais antigos ainda. São chamados de *devas* e não têm asas, mas, como Gabriel, Rafael e Miguel (cujos nomes terminam todos em "el" porque significa *Deus* em hebraico), os devas lutam por Deus. Seus inimigos são *asuras* ou demônios.

Dizem que toda a criação foi resultado da agitação criada por devas puxando uma das ponta de uma longa corda enquanto os asuras puxavam a outra. Este mundo é manteiga batida de leite cósmico. Os anjos e os demônios ainda estão puxando, em direções opostas, e continuarão enquanto o tempo existir. É preciso luz e sombra, bem e mal, para que a vida continue. Por causa disso, a Índia acabou desenvolvendo uma visão e sentimentos bastante indiferentes com relação a demônios; eles nunca perderiam totalmente a longo prazo e os anjos nunca venceriam completamente. As duas forças tinham de coexistir. Os indianos da Antiguidade chegaram à conclusão de que na natureza humana o mesmo deveria ocorrer.

É deprimente pensar que os devas nunca vencerão, mas isso é somente se acreditarem em relatividade. Os indianos da Antiguidade não acreditavam. Eles acreditavam em absolutos. Além dos anjos havia a pura e absoluta percepção ou Ser. Ser ou não ser não era um problema para eles. O Ser era como um diamante invisível que ninguém podia jamais esperar ver, mas suas facetas eram amor, verdade, vontade, força, compaixão e beleza. Vocês verão a luz brilhando na jóia de Deus sempre que esses valores estiverem profundamente arraigados em vocês no seu íntimo.

À medida que o Ser absoluto se fundiu na criação, assumiu uma tremenda variedade de formas. A forma de um elefante não é a forma de um casulo de seda. Contudo, ambos são feitos dos mesmos ingredientes absolutos. Se você os derreter, chegará à luz de Deus. Se derreter uma alma humana, chegarão à luz de Deus.

E se derreterem um asura ou demônio chegarão à luz de Deus.

Esta é a anedota cósmica. Os devas a conhecem. Eles travam o combate com felicidade porque sabem que mal e escuridão, em última instância, nada mais são que a luz envolta e escondida por um disfarce muito, muito bom. Os asuras não têm conhecimento do segredo, o que os torna muito sinceros na defesa de seu lado — ou talvez eles saibam do segredo e continuem a lutar com tanta tenacidade porque não suportam a idéia de sua derrota predeterminada.

Lazar enfiou as calças e saiu do quarto do motel. Pelo som de motores pesados, ele esperava ver jipes militares ou caminhões, e por sua mente passaram visões até mais absurdas — um tanque avançando sobre o carro, a garota esmagada lá dentro. Mas lá fora encontrou apenas Carter, o garoto-propaganda da CIA, saltando de uma caminhonete preta, com uma segunda caminhonete estacionada ao lado.

— Estávamos preparados para vir atrás de vocês — disse Carter em sua voz macia, fria e sem entonação. Os faróis da primeira caminhonete estavam acesos voltados diretamente para o quarto onde Lazar estivera tentando dormir. Carter vestia seu terno cinza, impecável, como sempre.

— Não se preocupe, eu estava esperando — mentiu Lazar, embora tivesse presumido que o telefonema de Simon poria alguém atrás deles. Apertou os olhos olhando para o céu. — Não trouxe helicópteros? Pensei que fosse repetir o procedimento de Waco conosco.

— Você sofre de delírios de grandeza. Onde está Potter — perguntou Carter. Os outros dois homens, em trajes civis, saltaram da traseira da segunda caminhonete.

— No quarto ao lado — respondeu Lazar, balançando a cabeça naquela direção. Carter fez um gesto e os dois homens foram bater na porta de Simon.

— Vocês partiram de repente — disse Carter. — Por quê?

— Tive bicho-carpinteiro. Eu não estava preso, estava?

— Estava sob a proteção de um escudo de segurança. É a mesma coisa — respondeu Carter. — Vocês fugiram exatamente na mesma ocasião em que a captura desapareceu. Tinha conhecimento disso, não tinha? Caso contrário seria uma enorme coincidência.

— Não me diga — Lazar tinha chegado à conclusão de que Carter provavelmente não estava ali para prendê-lo, de modo que decidiu não dar nenhuma informação que pudesse ser útil. Ninguém podia suspeitar de coisa alguma com relação à garota, a menos que ela tivesse sido flagrada pelas câmeras de segurança.

Simon saiu lentamente de seu quarto, com dois homens, um de cada lado.

— Foram esses caras que você chamou? — perguntou Lazar.

Simon evitou responder à pergunta.

— Você veio me buscar? — perguntou a Carter.

— Não exatamente — respondeu Carter. — Interceptamos uma transmissão que você fez de um telefone público ao norte de Las Cruces. O exército enviou helicópteros de reconhecimento para seguir a estrada. Eu decidi esperar, e depois de algum tempo alguns recibos de contas pagas com cartão de crédito começaram a aparecer. Não foi difícil localizar vocês.

— Compreendo — disse Simon. Ficou olhando para Carter de olhos arregalados, depois para o carro branco onde Didi estava escondida pelos vidros escuros.

— Sua mensagem dava a entender que estava sendo mantido como refém e que eu podia chamar a polícia com base nisso — prosseguiu Carter. — Essa ainda é a sua versão?

Lazar tentou não prender a respiração. Se fosse haver uma hora da verdade, seria aquela. Simon olhou para o carro branco novamente.

— Espere um momento — disse ele. Foi até o carro e espiou pela janela de trás. — Não, não sou refém — gritou por sobre o ombro. — Lazar me deu a opção de sair do carro. Eu fiquei por minha livre e espontânea vontade. Fiquei como cientista.

Mediante um sinal de Carter, os dois homens puxaram as armas dos coldres de ombro e correram para o carro. Bateram na capota e Didi saltou. Ela não parecia surpreendida. Não se poderia dizer o mesmo dos homens do governo.

— Mãos ao alto — ordenou um deles. Ela obedeceu sem olhar para ele.

Isto faz parte do plano?, pensou Lazar.

Carter fez uma careta de desprezo.

— Tragam-na aqui — ordenou. Mas Didi já estava vindo em sua direção, Simon e os dois homens armados atrás dela. — A qual de vocês dois ela pertence? — perguntou Carter.

— Desligue seu cérebro de policial. É muito mais interessante que isso — disse Lazar.

— Foi por isso que nós fugimos — explicou Simon, que continuava nervoso e inseguro.

— Prossiga — retrucou Carter secamente.

— Ela é a captura. Lazar decidiu fugir com ela, embora eu não saiba por quê.

— Que diabo você está falando? — reagiu Carter furioso.

— Ocorreu alguma espécie de transformação utilizando luz extremamente coerente, como um holograma desconhecido. Creio que, basicamente, ela é uma ilusão de óptica.

Carter o interrompeu.

— Pare. Eu não sou idiota. O que você está tentando esconder com essa conversa fiada é que vocês fugiram por causa de uma garota. Que diabo é isso, paixonite idiota?

— Você não está me ouvindo — persistiu Simon, parecendo ainda mais desesperado. — O exército queria uma resposta para o que eles tinham nas mãos. Esta é a resposta.

— Deus do céu!

Os dois homens armados riram, fazendo caretas um para o outro, guardando suas armas; então começaram a se dirigir para o segundo carro. Carter observou a garota por um instante.

— Está sendo mantida contra sua vontade, senhorita?

Didi fez que não sacudindo a cabeça.

— Estou aqui porque quero. Vocês é que não estão seguros se continuarem vivendo dessa maneira.

— Para mim chega — disse Carter. — Vamos levar todos vocês de volta. Não estou interessado se vão acabar numa cadeia ou num hospital. Tenho violações de regras de segurança em número suficiente para mantê-los presos sob vigilância até essa garota deixar de valer a pena.

Numa das poucas vezes em sua vida a mente de Lazar ficou vazia. Um véu de ódio branco o cegou e ele golpeou com violência, acertando Simon em cheio na boca do estômago. Simon não gritou, apenas emitiu um som de exalação dos pulmões e um fraco "Oof". O sentimento de traição era tão forte em Lazar que ele queria levantar Simon pela nuca e socá-lo de novo, mas não teve oportunidade. A situação se tornou muito esquisita. Carter deu um berro e começou a estender o braço para agarrar Lazar, enquanto os dois homens armados se aproximavam, correndo, para dar cobertura a Simon — se é que se podia chamar aquilo de correr. Pois os três homens estavam se movendo muito, muito devagar, a uma velocidade reduzida a um quarto do normal, como um filme cujo projetor estivesse girando cada vez mais lentamente.

Lazar abriu a boca, esperando ouvir sua voz soar distorcida, fora de rotação e arrastada, mas sua voz estava completamente normal.

— Lute, seu covarde! — berrou.

Simon não lhe deu atenção, olhando fixo para os agentes que continuavam se movendo como se fossem robôs com baterias descarregadas. Didi pôs a mão no braço de Lazar.

— Como você quer que isto seja? — perguntou ela.

— O quê?

— Não devemos ser levados de volta com eles. Simon os trouxe aqui porque está com medo. Você também está?

— Não. — Lazar descobriu que sua cabeça estava surpreendentemente clara, muito embora ainda pudesse sentir a descarga de adrenalina em seu corpo.

— Você aceita que venho de Deus? — perguntou o anjo. Lazar assentiu.

Os dois tinham ignorado Simon, que se levantou cambaleante.

— Não posso continuar dessa maneira. Diga-me por que está aqui — sussurrou Simon roucamente.

— Para melhorar as coisas — disse a garota.

Simon tinha vontade de gritar.

— Não, isso não basta — conseguiu grasnar.

Naquele instante e pela primeira e única vez desde que estavam juntos, Lazar sentiu compaixão por Simon, porque eles eram parecidos. O pacto de Simon com a criação sempre havia sido um pacto muito simples. A criação tinha mistérios que ele tinha permissão para desvendar. Ele poderia morrer antes de conseguir alcançar as derradeiras respostas, mas enquanto vivesse, tinha a garantia de que todos os mistérios *podiam* ser desvendados, de que o funcionamento de nada em lugar algum no universo era reservado à intuição ou à ordem divina. Agora a criação havia escolhido quebrar sua promessa, presenteando-o com um fenômeno — um fenômeno saído de um pesadelo — que a lógica e a razão não podiam solucionar.

— Você pensa em mim como uma alienígena — disse a garota gentilmente —, porque isso satisfaz suas expectativas. Mas eu as modificarei. Gradativamente e com o tempo.

— Não vou lhe dar essa oportunidade — disse Simon em tom de desafio.

Lazar poderia ter tentado discutir com ele ou poderia tê-lo

abraçado como a um irmão. Numa fração de segundo enquanto hesitava, o anjo o levou embora. Ele não conseguiu ver como isso foi feito. É possível que ela tenha rapidamente posto as mãos sobre seus olhos ou que o tenha empurrado por trás desequilibrando-o — Lazar não sabia dizer o que, exatamente, ela havia feito. Mas no instante seguinte eles estavam sozinhos, de pé, no meio do deserto. Não havia mais Simon, não havia mais motel, nem Carter, nem seus companheiros. Por algum motivo idiota, mecânico, Lazar consultou o relógio antes mesmo de sequer respirar de novo ou de gritar de espanto. Eram quatro e meia da manhã, cerca de vinte minutos antes da hora que o relógio do motel marcava no momento em que Carter aparecera.

— Eles sumiram — comentou Lazar. Tinha conservado seu talento para o anticlímax. No escuro, não conseguia ver Didi, mas sentia sua presença a seu lado.

— Pois é, agora nós estamos sozinhos. Poderia ter acontecido antes, mas você queria que Simon tivesse uma oportunidade.

No alto, as estrelas estavam brilhantes e perfeitas. A Via Láctea, invisível nas cidades muito iluminadas, estendia-se pelo céu, transformando um rio de negrume em pura prata.

— Toda estrela tem sua história — disse a voz do anjo em tom pensativo. Não havia nenhuma indicação de que ela tivesse passado por qualquer tensão ou situação desagradável.

— É mesmo? — perguntou Lazar. Um arrepio percorreu sua espinha e teve o sentimento estranho e assustador de que ela conhecia todas as histórias que as estrelas contavam. Fez um rápido exame em si mesmo. Não tinha sofrido nenhum dano físico. Não sentia nenhum resquício da aceleração em seu pulso resultante da descarga de adrenalina, nem se sentia esgotado depois da explosão feroz de raiva. Em vez disso sentia-se muito alerta e vivo e extraordinariamente feliz.

Lazar deu uma gargalhada.

— Na verdade, estou meio desapontado. Pensei que você fosse transformá-los em sapos ou coisa parecida. — Agora que seus olhos estavam se habituando à escuridão, Lazar viu que estavam a cerca de noventa metros da rodovia. Nem mesmo caminhoneiros que percorriam grandes distâncias rodavam àquela hora.

Uma sombra alta se elevava no horizonte, devia ser o Pico Sandia, pensou ele, de modo que ainda estavam nos arredores de Albuquerque.

— Bem, vamos andando para a estrada. Acho que vamos ter de pedir carona — disse ele. — Eu ajudo você. — Ele encontrou a mão de Didi na escuridão e a segurou, mas ela puxou a mão.

— Não. Sente-se — ordenou. Lazar obedeceu, perguntando a si mesmo que partícula de insanidade o fizera tratá-la como se fosse uma garota normal. A terra arenosa ainda irradiava o calor do dia quente. Pareceu-lhe macia e limpa sob seu corpo.

— Tenho de confessar, tudo isso ainda é muito estranho para mim — comentou ele.

— Eu sei. Você está precisando de calma. — Surpreendendo-o, Didi o puxou para junto de si, até seu corpo estar quase coberto pelo dele. Ela encostou a mão dele sobre seu seio, bem de leve e, embora aquilo o deixasse em pânico por um instante, havia uma calma primitiva no que ela fizera e ele desejou aquela calma.

Depois de um instante Lazar disse:

— Eu sei que nós chamamos vocês de anjos, mas o que você é para si própria? Há algum nome que você use?

— Na verdade, não. Quando vejo a mim mesma, sou apenas uma janela — respondeu Didi. — Se quiser pode olhar através de mim.

— Uma janela não é nada, é um símbolo. Está me dizendo que não é nada? — perguntou Lazar.

— Não quis dizer que não era nada. Simplesmente disse a verdade a você. Sou transparente. É assim que sou para Deus e portanto para mim mesma.

— Gosto de sua resposta. Mas uma parte de mim fica muito nervosa perto de você. Tento explicar você o tempo todo.

— Era por isso que você precisava de Simon — comentou Didi.

— Porque ele era meu aliado mental, meu companheiro de racionalidade?

— Exato. Era difícil para você deixá-lo quando o agrediu, estava batendo em seu próprio reflexo.

— Mas agora que ele se foi, terei de descobrir se tenho a coragem para ver você, ou através de você, seja lá o que for.

— Não, não vai ter de descobrir isso. Eu vou me adaptar a você. Serei somente o que você for capaz de ver. É assim que sempre fazemos. — Talvez fosse a compreensão na voz de Didi ou um ato deliberado de confiança renovada que fez com que Lazar se sentisse, de repente, aliviado. Ele deixou escapar um suspiro profundo.

— Você sentiu isso? — perguntou ele. — É como se quarenta quilos tivessem sido tirados de minhas costas. Eu ainda pensava, desculpe-me por dizer isso, que você pudesse me fritar.

— Isso nunca aconteceria. Eu venho de Deus.

Era a segunda vez naquela noite que ela usava aquela frase e Lazar quase teve vontade de chorar. *Não mexa comigo tão rápido,* pensou. Qualquer coisa que pudesse vir de Deus fazia nascer uma semente de esperança que havia murchado em terra ressequida há mais tempo do que ele era capaz de se lembrar. Havia uma dor em seu coração onde a semente começava a brotar de novo.

— Você vai ser um sucesso quando a imprensa descobrir sua existência — disse ele, por não encontrar nada mais convincente para dizer. Seus sentimentos mais íntimos eram estranhos demais e estavam demasiado à flor da pele para que pudesse lidar com eles. Talvez devesse simplesmente parar de falar. Ela deve ter concordado, porque não emitiu nenhuma opinião sobre a imprensa. Algo semelhante a um sopro fresco passou sobre a testa de Lazar e no instante seguinte, havia adormecido.

A Voz do Anjo

Embora pareça ser um dado, a realidade é apenas um potencial. A coisa mais criativa que o homem faz todo dia é transformar potenciais em realidade. Fiapos invisíveis de possibilidade adquirem forma e nascem no mundo. Os anjos ajudam nisso. Somos as máquinas pelas quais todo pensamento, desejo, sonho ou visão têm de passar antes de poder se manifestar.

O que cada homem manifesta em sua vida é escolha dele. Nós ajudamos, mas não ditamos. Cada um tem uma interpretação diferente dos eventos, cada um tem uma perspectiva singular sobre a vida. Num sentido muito literal, o que você estiver vivenciando agora, neste instante, reduzido ao menor detalhe, é uma forma solidificada de sua perspectiva. Uma corrente de energia flui da fonte em Deus. Ela chega ao nível em que você existe e, usando sua mente, você a canaliza fazendo-a seguir por uma das duas direções possíveis.

Em uma direção a energia vital produz todas as coisas boas em sua vida. Na outra direção a energia vital produz todas as coisas negativas em sua vida. Esse rio invisível de energia vital, correndo por esses dois canais, cria tudo. Por que não percebem que isso está acontecendo?

Porque seus cinco sentidos registram apenas uma minúscula fatia do universo. De uma sopa quântica infinitamente borbulhante, cada pessoa seleciona aqueles aspectos que se encaixam em sua interpretação da vida, o que significa que você está sempre se movendo de uma concepção para outra. Você vê aquilo que se condicionou para ver, pensa aquilo que se condicionou para pensar.

Uma vez selecionado, esse cordão de "fragmentos de realidade", vistos anteriormente, cria seu próprio fluxo de causa e efeito. Isso é conhecido como carma: um conjunto de eventos, combinados com energia, que você usa para se mover do ponto A para o ponto B. Toda vez que se cria um carma ou que há uma troca de carma, você efetua uma troca de possibilidades — você passa adiante velhas "linhas de eventos", que podem ser grandes dramas ou incidentes insignificantes que você deseja vivenciar e, à medida que se desenrolam, você capta outros novos. Todas as interações com o mundo externo envolvem primeiro a mente, que está processando todas as pequeninas informações e encaixando-as em seu padrão global de condicionamento antigo e de crenças recebidas. A mente tem pouca aptidão para lidar com informações que não se enquadram em seus padrões habituais. Esta capacidade pertence à alma.

De modo que, embora a mente de vocês seja capaz de mudar qualquer linha de eventos, qualquer roteiro, qualquer drama, ela está aprisionada por decisões do passado — esse é o carma que os amarra, com o qual estão comprometidos, do qual têm de se libertar, antes de conseguirem alcançar uma transformação verdadeira e profunda. A alma, se pudesse fazer valer sua vontade, direcionaria toda a energia de suas vidas para o bem. Ela selecionaria eventos que os conduziriam o mais rapidamente possível para a libertação de todo e qualquer condicionamento. Essa é a meta final que as religiões chamam de redenção. Mas a alma não pode fazer valer sua vontade imediatamente. A redenção é um processo.

Da mesma forma como vocês escolhem companheiros para sua jornada pela vida, também têm companheiros para a jornada de alma. Nós estamos entre eles. Um anjo pode ser um companheiro de muitas maneiras — nós ajudamos vocês a criar a forma de energia que querem manifestar, nós os encorajamos a evoluir, estabilizamos sua energia quando ela alcança certos pontos críticos. Mas não somos almas gêmeas — somente outros seres humanos podem ser esse tipo de companheiro. Se anjos fossem feitos para andar pela terra e não simplesmente visitá-la, os seres humanos teriam de viver no nível da alma. Vocês teriam que fazer isso conscientemente, da mesma forma que agora vivem de forma consciente no nível material.

Uma mudança desse tipo aceleraria imensamente a jornada de suas almas e afetaria bilhões de pessoas. Por que, então, não propiciamos essa grande mudança em massa? Quem disse que não estamos tentando?

Michael encontrou Susan no andar térreo pouco depois do amanhecer. A velha casa não parecia mais acolhê-los bem e, depois de um período curto de sono reparador, ela se vira andando pelos aposentos escuros no andar de baixo.

— É estranho — ela comentou. — Não me importo de ir embora daqui, mas tenho a sensação de que nenhuma outra casa vai substituir esta.

— Isso faz com que você se arrependa? — perguntou Michael.

— Não sei. Não é alguma coisa que jamais pensei que fosse ter de enfrentar.

Distraidamente Michael ligou a televisão. O que ele viu o deixou excitado de repente.

— Susan, venha cá, veja isso. — Michael se agachou diante do aparelho. Na tela havia uma foto aérea que de início não se parecia com nenhuma imagem, mas um clarão branco de super-exposição. Mas depois de uma inspeção mais cuidadosa, contudo, os detalhes de um prédio em ruínas podiam ser distinguidos no meio de uma aldeia bombardeada.

— No sul do Kosovo esta manhã — anunciava a voz do narrador —, fontes militares dos Estados Unidos estão denunciando o vazamento de fotos sigilosas tiradas na aldeia distante de Arhangeli. Aparentemente tiradas por aviões de reconhecimento, afirma-se que as fotos noturnas sejam de uma fonte misteriosa de luz cuja existência anteriormente havia sido negada.

— Isto significa alguma coisa para você? — perguntou Susan.

— Não tenho certeza, mas acho que é o que Marvell estava procurando — respondeu Michael.

A imagem seguinte mostrava uma multidão agitada se reunindo, à luz do dia, em torno da igreja que era o prédio nas fotos.

— Manifestações religiosas têm se realizado na aldeia há mais de uma semana — prosseguiu o narrador —, a despeito das firmes negativas de representantes da OTAN de que qualquer evento sobrenatural tenha ocorrido. Um porta-voz da igreja ortodoxa local advertiu que nenhuma confirmação de milagre foi relatada e que o governo está convidado para explicar esta nova e surpreendente prova.

Quando o jornal passou para a matéria seguinte, Michael desligou a televisão.

— Marvell estava esperando por alguma coisa que nunca havia ocorrido à sua mente antes, um evento sobrenatural. Eu creio que é isso. Esse era o seu anjo vindo à terra.

— Incrível. Que aconteceu com ele? — perguntou Susan.

— Nunca teremos uma resposta enquanto os militares estiverem fazendo esse jogo de negação, mas qualquer intromissão maciça como essa é registrada e verificada pelo exército — especulou Michael. — Estava na nossa cara o tempo todo, mas nunca consideramos realmente a possibilidade de que Marvell pudesse ter descoberto alguma coisa concreta.

— Você acha que aquela única foto torna reais as fantasias dele? — questionou Susan.

— Não, não inteiramente, mas onde, em que posição estamos nós agora? É um jogo encerrado e isso se encaixa.

Os primeiros raios oblíquos de luz da manhã estavam penetrando através das cortinas de renda nos fundos da casa.

— Que diferença tudo isso realmente faz? — perguntou Susan. — Está nos conduzindo a algum lugar?

— Está nos conduzindo à última pessoa a ter conhecimento da obsessão de Marvell além de nós — respondeu Michael.

— Beth?

— Exatamente.

— Foi ela quem atraiu você para a armadilha. Isso não o incomoda? — perguntou Susan.

— Não posso deixar de me lembrar de que aquilo não foi uma armadilha. Foi uma abertura, uma porta estranha pela qual eu queria ser empurrado.

— Então agora quer que Beth coopere conosco e acha que ela simplesmente vai concordar, depois de ter posto você na cadeia? — Susan tinha plena consciência de que estava o tempo inteiro sendo levada a desempenhar o papel da pessoa cética. Contudo, não era o ceticismo que estava alimentando suas dúvidas ou mesmo preocupação. Não conseguia se livrar da sensação de estar fora de um filme em que os outros queriam que participasse, mas que ninguém tinha perguntado se ela queria entrar. — Você sabe que ela poderia entregá-lo de novo.

— Não, essa é a possibilidade menos provável. No que diz

respeito a dar uma satisfação à sociedade, a polícia já me tem em alguma cadeia — argumentou.

— Contudo, é arriscado. Mesmo se Beth não tiver acreditado naquela versão, o que já é pedir muito, você a estará colocando em algum lugar desse labirinto, mas onde?

— Não saberei dizer enquanto não falar com ela. Não vejo outra alternativa. — A animação que havia se apoderado de Michael ao ver a notícia na tevê não tinha desaparecido completamente. Ele estivera argumentando calmamente, fazendo um esforço para tentar encontrar algum tipo de lógica, mas seus gestos revelavam inquietação. Em sua mente, já estava se confrontando com Beth Marvell e sabia qual seria a primeira pergunta que faria.

— Então está bem, acho que não temos nada a ganhar mantendo distância — admitiu Susan. O objetivo deles agora não era solucionar a morte de Marvell, encontrar o anjo, nem fazer um teste para ver se Beth teria um ataque histérico no minuto em que os visse. O que estavam procurando era a próxima curva no labirinto, a que lhes diria se estavam a caminho da saída ou cada vez mais perdidos em seu interior.

Quando estacionaram o jipe na entrada para carros da casa de Marvell, Susan esperava que a casa imponente emanasse uma presença mítica. No entanto, a residência parecia quase achatada contra o céu, esperando que nuvens e um sol mais alto lhe desse contorno. De qualquer maneira não houve muito tempo para mistérios, uma vez que o olhar de Susan foi imediatamente atraído pelo carro estacionado defronte. Aparentemente alguém estava em casa. Michael estacionou atrás do carro.

— É o carro deles — observou. — Eu me lembro da minha primeira visita. — Contra sua vontade, a voz de Michael soava nervosa.

A questão de se deveriam bater ou não foi respondida pela porta da frente aberta. Subindo as escadas que levavam à ampla varanda vitoriana, Susan ficou para trás, como se aquilo fosse um mau augúrio. Deixava implícito que eram esperados e ninguém naquela casa havia sido muito amistoso com eles. Michael bateu à porta assim mesmo e entrou no vestíbulo elegante com seu tapete persa e grandes vasos de samambaias. Não parecia uma casa em que tivesse ocorrido uma morte.

— Beth? — ele chamou. Ninguém respondeu, mas havia sons que pareciam conversa vindo de longe, nos fundos da casa. Michael conduziu Susan até o escritório de Marvell. Quando chegaram à porta, estava fechada. Os sons vinham do outro lado, mas não era conversa, era um rádio ou uma televisão ligada.

Michael lançou um olhar expressivo para Susan, mas antes que qualquer dos dois pudesse dizer alguma coisa, ouviram uma gargalhada alta dentro do escritório. Michael se enrijeceu. Era uma gargalhada de homem, seguida pelo som de palmas. Marvell tinha de estar naquele aposento e, embora não soubesse o que iria fazer ou dizer, Michael queria encontrá-lo. Estava com a mão na maçaneta da porta quando uma voz de mulher o interrompeu.

— Espere.

Andando silenciosamente de chinelos, Beth Marvell aproximou-se vindo da extremidade oposta do corredor onde estavam. Vestia uma roupa larga branca, que poderia ser uma camisola, mas não parecia surpreendida, nem assustada.

— Não entrem antes de conversarmos — disse ela. Talvez porque fosse a casa dela e eles, intrusos, Michael lutou contra o impulso de abrir a porta, mas não foi fácil.

— Eu preciso falar com ele — explicou.

Beth fez que não, sacudindo a cabeça.

— Afastem-se por favor. Vocês dois.

Susan não esperou para ser apresentada.

— Se o homem lá dentro é seu marido, precisamos fazer muito mais do que conversar.

— Por favor — repetiu Beth, gesticulando em direção a um outro aposento. A voz dela tinha um tom insistente, ao qual era difícil resistir. Ela pedia um acordo não explicitado que parecia incluir aqueles dois estranhos, mas deixava fora o homem que estava além da porta fechada. Um instante depois Susan e Michael estavam sentados diante de Beth, num grande sofá, numa segunda sala de visitas, mobiliada como o resto da casa com um estilo vitoriano luxuoso de aspecto um tanto falso.

— Pobre coitado, ele quer tanto que seja verdade. Vocês ouviram como está radiante — comentou ela.

— Ele está assistindo às notícias do Kosovo? — perguntou Michael.

— Está. Ele gravou em fita e fica revendo uma vez após a outra.

— Isso faz o maior sentido — observou Susan. — Se os diários dele revelam alguma coisa, é que estava obcecado pela vinda de um anjo à terra. Não apenas com a vinda, mas também com o fato de que seria capturado. — Ela chegou à conclusão de que não teria sentido fingir que não tinham examinado os objetos pessoais de Marvell.

— Você tem razão, ele estava obcecado — concordou Beth.

— O problema é que às vezes a gente não suporta ter aquilo que mais deseja.

— Poderia até nos matar? — sugeriu Michael. — Então, basicamente, você está presente para protegê-lo? Mas mesmo se você for uma alma pura ou algum outro tipo de ajudante, isso ainda me deixa confuso.

— Não sou apenas protetora dele. Ele me atraiu porque era um visionário. Eu precisava estar com alguém tão incomum quanto eu — explicou Beth com uma sinceridade desconcertante. — Não que tenha sido fácil descobrir quem sou e onde me encaixo.

— De modo que há muito tempo você tem percebido que sua vida contém eventos muito estranhos que outras pessoas nem sequer aceitariam como sendo possíveis? — indagou Michael. Naquele momento ele se lembrou da pergunta que desejava fazer a ela, a primeira pergunta que havia prometido a si mesmo fazer.

— O que estava querendo dizer quando falou que eu tinha *quase* acertado?

— Eu quis dizer que quase salvou meu marido.

— Não consigo entender isso. De alguma maneira a morte dele está ligada a como eu ajo ou reajo, mas por quê?

— Ele não podia sobreviver ao que queria. O coração dele não é muito bom, mas trata-se de mais do que isso. Não se pode caçar anjos como se fossem presas. Tem de haver uma retidão, um merecimento.

— E ele não merecia? — perguntou Susan.

— Ah, ele merecia. Mas o mundo não. Ou, para ser mais

específica, o mundo poderia merecer ou não merecer o que meu marido havia previsto.

— E o que era, a salvação permanente? Um mensageiro grandioso e sagrado que mudaria tudo de mau para bom? — perguntou Michael.

— Você está simplificando, mas não está muito longe da verdade. Rhineford queria desesperadamente algum tipo de revelação pública, mas não havia levado em conta as conseqüências. Ele havia tomado para si a responsabilidade de convocar essa grande visita, mas não se deu conta de que o bem não seria o resultado final. Poderia haver caos, ou até mesmo devastação.

Aquela afirmação deixou Michael mais surpreendido do que qualquer outra coisa na história toda.

— Está sugerindo que a visita de um anjo poderia nos fazer mal?

— Estou sugerindo que nossa reação poderia nos fazer mal. Será que o mundo pode suportar tocar o céu ou será que estamos violentos e divididos demais? Os profetas com freqüência são mortos, não são, Michael? — Era a primeira vez que Beth o chamava pelo nome. Era um pequeno gesto, mas pareceu incluir todos eles numa conspiração.

— Sim, eles são mortos — concordou Michael em tom sombrio.

— Meu marido não me revelou sua obsessão. Eu poderia tê-lo mantido longe do exagero. Poderia ter amenizado a intensidade de seus sentimentos. Mas ele insistiu em se esforçar até chegar à beira da insanidade — relatou Beth.

Susan a interrompeu.

— Marvell tinha de morrer?

— Os eventos são urdidos numa teia complexa e emaranhada. Se o mundo não pudesse suportar seu evento momentoso, então meu marido não quereria mais estar aqui.

Michael ficou estarrecido.

— Meu Deus, eu nem sequer percebi. Quando me chamou, ele tinha tentado se suicidar — disse.

— Exatamente. Eu disse que ele estava à beira da loucura. Uma injeção de cloreto de potássio induziria um ataque cardíaco. Muito difícil de detectar numa autópsia. Ele não queria que eu ficasse sem receber o seguro de vida.

— Eu gostaria de chamar a atenção para um detalhe aqui — interveio Susan. — Estamos falando a respeito dele no passado, como se fosse um cadáver. Ele não está bem ali, agora, vivo?
Beth se levantou, ficando alerta. Ela inclinou a cabeça na direção do corredor.
— Consegui mantê-lo num estado de suspensão.
— Explique isso — pediu Michael. — Já existe um relatório do médico legista sobre a causa da morte.
— Não estou querendo dizer que mantive seu corpo em suspensão — declarou Beth. — Suspendi seu destino. Será que tenho de explicar todos os detalhes?

Michael quase respondeu que tinha, mas sua mente estava trabalhando rapidamente.
— Você me chamou aqui — disse ele — para fazer com que uma outra história começasse, uma história que poderia salvá-lo.
— Exato. Estava tão desesperada, quando falei com você ao telefone, quanto parecia. Eu amo meu marido. Ele é um grande homem, ou pelo menos é assim que o vejo. E também tenho meus motivos pessoais, egoístas, preciso dele.
É claro que sim, pensou Michael. Se existem duas pessoas neste mundo capazes de compreender uma à outra, são eles.
Susan objetou.
— Se estou entendendo bem, Marvell, ao mesmo tempo, está morto e não está morto.
Beth manteve seu tom de digna formalidade.
— Sim e por isso devo pedir desculpas. Mas agora vocês compreendem que não armei uma cilada. Porém foi possível que os eventos se desenrolassem de uma forma bem insólita.
— Sem dúvida — comentou Susan. Naquele momento eles ouviram uma porta se abrir.
— Onde você está? — chamou uma voz de homem. — Você tem de vir ver essa coisa absolutamente incrível, extraordinária. Beth?
Marvell estava saindo do escritório. Sem dizer uma palavra,

a mulher dele correu para o corredor. Podia-se ouvir os dois começarem a falar, mas não se conseguia distinguir as palavras.

— Vamos — disse Michael. Presumiu que seria desastroso se ele se encontrasse com Marvell. Beth havia posto as coisas em movimento sem ser capaz de concluí-las. Agora ela estava apenas improvisando.

Michael puxou Susan em direção à porta. Examinando o corredor, não viu ninguém. Desconfiava que Beth teria o bom senso de distrair o marido. Seria necessário apenas um minuto para que os visitantes saíssem discretamente pelos fundos, e Michael já conhecia o caminho.

Cinco minutos depois, quando já estavam no carro e bem longe da casa de Marvell, Susan falou.

— Tenho simpatia pela posição dela, mas...

— Mas o quê? — Michael virou o carro para a estrada na direção oposta à velha casa deles, seguindo para onde ficava a cidade.

— Ela enganou você, fez você de bobo — disse Susan.

— Não exatamente. Ela precisava de um aliado e, fosse por sorte ou por intuição, ela se agarrou a mim — explicou Michael.

— Na esperança de quê?

— Eles são uma dupla um bocado estranha, o casal Marvell, mas eu também sou. Eu me encaixei no quebra-cabeça dela, algo que não seria possível com outras pessoas.

— OK, então vamos concordar quanto a isso. Vamos presumir que Beth ou Rakhel ou alguém lá no alto pudesse compreender isso. Como você costuma dizer de forma tão eloqüente, e agora?

— Beth está mais do que ocupada mantendo Marvell em estado de suspensão. Imagino que não seria nada bom se ele saísse de casa, por exemplo, ou se as pessoas erradas o vissem vivo.

— Não vejo de que modo isso a inocenta do que fez a você.

— Não inocenta. Mas outra coisa sim.

Pela primeira vez Michael tinha conseguido romper o véu e começou a sentir-se radiante. O fardo de sua busca estava prestes a ser transformado.

— Beth nos arrastou para uma realidade muito doida —

disse ele. — Mas, se examinarmos a situação buscando o elemento mais importante, qual é o resultado? Apenas uma coisa. Nós temos de encontrar um anjo. Não há outra saída.

Albuquerque não os segurou por muito tempo. Lazar despertou de seu sono no calor do deserto. Não sabia quanto tempo tinha dormido, mas observou que o Sol ainda não havia raiado, de maneira que não deveria ter sido muito tempo, apenas uma ou duas horas. Didi estava sentada a alguma distância.

— Imagino que esteja acordada — disse ele. — Isto é, você deve estar sempre acordada. — Didi olhou para ele, e Lazar se perguntou se sua companhia não seria uma obrigação para ela.

— Eu sou uma pessoa bastante esquisita e talvez você devesse encontrar alguém mais... — a voz dele foi sumindo.

— Religioso? — perguntou ela, concluindo a frase. Parecia estar achando graça. — Não fazemos esse tipo de distinções. Deixamos isso para vocês.

— OK — retrucou Lazar. Ele se levantou e ouviu nitidamente um barulho no horizonte, não provocado por grandes caminhões de carga, mas vindo do alto. Havia uma boa possibilidade de que Stillano não estivesse muito atrás de Carter.

— Ouça, agora nós realmente temos de ir — disse ele. Sei quem você é na verdade. Mas esse corpo para o qual estou olhando e essa pessoa... eles podem ser mortos?

Didi assentiu em silêncio. O coração de Lazar foi tomado por puro terror a despeito da calma de Didi.

— Não fique tão assustado — disse ela. — Nada me tocará, não importa o que aconteça.

Lazar se sentiu paralisado. O rugido ao alto estava se aproximando e ele pensou ter visto luzes sobre os picos que poderiam ser holofotes de busca. Tudo o mais simplesmente desapareceu de sua mente. Tinha desejado perguntar a ela sobre a morte e sobre o mal, sobre a violência incontrolável e a violação sofrida pelo planeta, sobre todas as coisas que provavam que não havia nenhum plano divino. Didi entrou em sintonia com ele e disse:

— Vocês foram criados somente para viver o plano de

Deus. Todos vocês. Se isso for verdade, não há necessidade de pedir instruções. Vocês têm de ser livres.

— A despeito de qualquer coisa? — questionou Lazar. — Mesmo se isso nos fizer sofrer? — Ele pensou nas formas modernas de tortura, tão completamente limpas, mas que mutilavam tanto suas vítimas.

— Mesmo se fizer sofrer muito — disse Didi.

Lazar queria agarrá-la e sair correndo dali, mas se manteve calmo.

— Está ouvindo esse ruído? Simon provavelmente vai causar mais problemas. Estou surpreendido por ainda não termos visto helicópteros de ataque mergulhando sobre nossas cabeças.

— Eu não me preocuparia com isso. — Agora ele tinha certeza de que Didi estava se divertindo às suas custas. Isso não ajudava.

— Você não deu um pulo aqui embaixo só para me fazer companhia, não é? — perguntou inquieto.

— Não.

— Então deve estar aqui para realizar alguma coisa e, se Stillano conseguir apanhar você, isso não vai acontecer. Ou pelo menos ele vai tornar as coisas muito mais difíceis. Droga, diga-me o que fazer! Sei que eles não podem ferir você, mas acho que podem. Sinto que podem. — Suas palavras carregadas de pânico não provocaram reação em Didi. Imediatamente o ar ficou muito calmo e sem nenhum ruído, então, sem nenhuma advertência, o anjo assumiu o comando. Ela não pegou a mão de Lazar, nem bateu os calcanhares. Lazar teve a impressão de ouvir um deslocamento de ar, mas podia ter sido apenas uma coruja voando acima deles. Um minuto depois estavam numa charneca verdejante, inundada pela neblina banhada pela luz do sol. Era um cenário para as façanhas dos tempos do rei Artur, ou para o mais magnífico dos romances fadados a um final infeliz.

Onde fica isso? Lazar queria dizer, mas antes que pudesse abrir a boca, o cenário mudou subitamente para um cume de montanha, denteado por geleiras pontiagudas de tirar o fôlego. Lazar estava de pé bem na beira, com o mundo despencando a seus pés para todos os lados. Conseguiu falar dessa vez — sua mente não estava tão surpreendida a ponto de não perceber um detalhe estranho.

— Como é possível não estarmos com frio? — perguntou.

— Procure o seu sinal — disse o anjo. Didi ainda estava ao lado dele sob sua forma corpórea, mas sua voz tinha assumido um tom de comando sobrenatural. Lazar olhou para baixo, para as extensões de gelo que fluíam ao longo de quilômetros, descendo pela encosta da montanha. Perguntou a si mesmo por que não estava vomitando de vertigem.

Que sinal?

Em movimentos rápidos os lugares se tornaram cada vez mais fantásticos — de mundos de sonho, com animais de chifres e cobertos por manchas cintilantes que só poderiam viver em algum planeta imaginários girando em torno de três sóis numa dança de trama intricada.

O anjo estava achando graça de seu espanto.

— Já conseguiu encontrá-lo? — perguntou. Não esperou que ele respondesse. Partiram novamente.

Lazar tentou se lembrar de todos os lugares, mas era impossível porque cada vez que conseguia fixar o olhar num único detalhe — uma exótica flor silvestre, azul-safira, refletindo o céu aberto — este refletia seus olhos. Ela o levara para um mundo de espelhos, e tudo era perfeito demais para poder ser lembrado, de cores e beleza tão intensas que mal se conseguia respirar.

O anjo manteve sua promessa e se adaptou a ele. Quando a intensidade subia demais, logo em seguida baixava o suficiente para permitir que ele sobrevivesse à transição seguinte. Ela parecia ter uma lista de maravilhas, ou talvez estivesse permitindo que Lazar escrevesse o roteiro. Uma Eva voluptuosa apareceu numa ilha, acenando para ele, convidando-o a mergulhar numa laguna de águas impossivelmente límpidas. Ele nadou com ela, e o anjo se foi por uma noite, enquanto ele ficava deitado na areia envolto pelos braços de Eva. Outra vez o céu se encheu de nuvens musicais que se infiltravam umas nas outras como uma neblina harmônica, tão doce que qualquer outra música se reduzia a apenas arranhões e chiados.

Será que isto é como fazer um pacto com o diabo?, pensou Lazar por uma fração de instante.

— Há uma diferença — respondeu o anjo, lendo seu pensamento. — Nós não mandamos a conta.

Mergulhar num espelho com todas as fantasias que jamais tivera, cristalizadas em fatias de felicidade intensa e penetrante, como lâminas de faca de êxtase, poderia tê-lo demolido. Confrontar o mau gosto espalhafatoso de alguns de seus desejos poderia tê-lo humilhado. Mas não o fez. Em algum ponto Lazar percebeu que ela estava revivendo sonhos que tinham estado adormecidos em sua mente antes que sua memória pudesse se lembrar, fantasias de um tempo anterior ao de sua própria existência.

Então, pela primeira vez em sua vida, ele compreendeu parte do plano e soube que era verdade.

— Podemos ter qualquer coisa que desejarmos — disse. — Ninguém está nos negando.

O anjo pareceu ficar satisfeito.

— Este é o único objetivo e motivo do plano — disse ela. — Deus não tem motivos dissimulados. Uma vez que já conhece tudo, tudo vê e tudo tem, não haveria nenhuma necessidade de um plano se não fosse para servir vocês.

— Deus nos serve?

— Completamente.

— Então por que não recebemos as coisas fantásticas que você esteve me mostrando? — perguntou Lazar. — Deus não quer que acreditemos nele?

— Não. Isso seria uma necessidade e ele não necessita de nada — disse a garota.

— Digamos que eu acredite nisso. Deus não quer que Seu plano funcione? Se não for assim, então para que se dar ao trabalho de começar?

— Não posso lhe responder isso de uma maneira que você acredite. Você gostaria de um segundo sinal? — perguntou ela. Estavam andando numa floresta tropical verde-esmeralda, onde borboletas com asas de trinta centímetros pousavam em árvores. Era incrivelmente bonito e Lazar sabia que ficara viciado naquelas maravilhas.

— Só vou receber o próximo sinal quando eu quiser, não é? — perguntou ele.

— Deus não quer obrigar ninguém a ter conhecimento.

Lazar não havia levado em conta até aquele momento que talvez todas as pistas sobre a vida fossem deixadas por Deus. Aquela era uma possibilidade intrigante. Mas ele ainda não sabia o que queria. De modo que o anjo esperou. O tempo passou. A floresta tropical agradava Lazar mais do que qualquer outro lugar. Eles caminharam debaixo de suas cachoeiras e descansaram em suas grutas por vários dias — a jornada deles não tinha noites —, até que Lazar sentiu a primeira indicação de que estava satisfeito. Sua mente cogitou sobre uma questão que quebraria o encanto.

— Em que medida isto é real? — perguntou.

— São imagens — respondeu a garota.

— Quer dizer que são falsas, todas elas? — ele tentou resistir à sensação de sentir o coração se partir.

— Não. Você queria prazer, e prazer na maioria das vezes se resume em imagens. Os cinco sentidos produzem imagens, e você vai atrás das mais prazerosas. Imagem e sensação eram o que você queria. Pensei que deveríamos começar por aí.

Lazar levantou o olhar para a copa as árvores, onde araras cor de jacinto voavam às centenas. Pareciam ter sido recortadas como papéis coloridos de crianças.

— Não quero apenas imagens — murmurou. — O próximo vai ser uma imagem?

— Não.

Ele parou um momento. Talvez não devesse jogar fora o paraíso antes de se sentir realmente enjoado dele, não apenas ligeiramente insatisfeito. Ou será que o primeiro impulso de impaciência significava que o paraíso já havia acabado?

O anjo leu sua mente.

— Não, significa apenas que *este* paraíso acabou. Pode ser que existam outros melhores, você sabe. — Lazar se lembrou de que ela o conhecia completamente, portanto se estivesse escondendo alguma coisa era apenas em consideração a ele.

— Não quero apenas imagens — repetiu. Aquilo deve ter sido o mesmo que dizer que estava pronto para o passo seguinte. A fantástica floresta cor de esmeralda desapareceu, e eles se encontraram no meio de uma cidade suja, parados junto com uma centena de pedestres numa esquina de rua lotada na hora do *rush*. Como o anjo fez aquilo, Lazar não sabia dizer. Apenas o impulso dela, ou talvez dele, simplesmente os levava. O sinal na esquina fechou, a onda seca de corpos humanos se avolumou e começou a se mover. Lazar e o anjo se moveram com ela, sendo empurrados e levando encontrões. Um homem num terno cinza vagabundo esbarrou em Lazar, acertando-o violentamente no joelho com a maleta.

Lazar teve vontade de socá-lo. O homem, louco de pressa, fez uma careta de desprezo e seguiu adiante. Então pegou um táxi e desapareceu num segundo.

— Você acha que ele me acertou de propósito? — perguntou Lazar.

— O que você acha?

— Acho que ele seria bem capaz disso. — Lazar desejou que pudesse ter aquele momento de volta para socar o sujeito como tivera vontade. Esse não era o tipo de impulso que se teria no paraíso. Não ficou nem um pouco satisfeito com a súbita descida deles. — Pensei que você tivesse dito que isto não seria uma imagem. Pois está me parecendo uma imagem bastante esquálida — resmungou.

— Continue procurando.

— O quê? Já vi tudo isso mil vezes — retrucou Lazar, fazendo um grande esforço para não ser arrastado e pisoteado pela onda seguinte de corpos atravessando a rua.

— Continue procurando.

Uma mulher corpulenta se desviou dele, carregando duas sacolas de compras como um escudo de defesa.

Lazar não era o tipo de pessoa que gostasse de ser espicaçado até dar uma resposta. Mas seu humor irônico parecia inútil, de modo que parou de andar, provocando uma praga de alguém que vinha atrás dele. Deu meia-volta e encarou a aglomeração de gente. A multidão se abriu para seguir adiante se desviando dele, sem lhe dar mais atenção do que daria a qualquer outro impedimento louco ou isolado. Os rostos estavam inexpressivos, os olhos evitando contato. Ninguém podia ter certeza de se Lazar iria criar problemas. De modo que ofereceram-lhe o maior dos insultos, que era também a maior demonstração de respeito na rua — ele foi tratado como uma pessoa potencialmente perigosa.

— Isso aqui é bem feio quando realmente se olha com atenção — comentou em voz baixa.

— Essa não é a questão — disse o anjo. — Você compreenderá se tentar.

Lazar detestava estar errado. Era um dos motivos por que raramente falava sério com alguém. A multidão, aparentemente interminável, continuava saindo aos borbotões de prédios e entradas de estações de metrô. Inesperadamente, Lazar teve vontade de chorar. Não se mexeu e o anjo permaneceu a seu lado, observando.

Ele compreendia por que Deus não podia intervir.

— Todos eles desistiram, deixaram de acreditar. Estou falando do plano. Não sabem mais se valem alguma coisa, de modo que têm de continuar em movimento, apenas seguindo adiante. — Não precisou olhar para ela para ter a confirmação. De repente, Lazar se sentiu muito pior. Nenhuma das imagens deslumbrantes ou dos vales no paraíso era capaz de compensar seu sentimento de perda devastador. — Eu também desisti? — perguntou.

— Você é como todos aqueles a quem eu ouço: você desistiu do plano sem ter a intenção de fazê-lo.

— E o que pensamos que estávamos fazendo?

— Estavam fazendo o melhor que podiam. Desistir parecia lógico, porque vocês queriam uma coisa que acreditavam que nunca seriam bons o suficiente para merecer, o amor de Deus. Tomaram a decisão de viver à base de substitutos e se esforçam muito para fingir que eles são o artigo verdadeiro. — O anjo olhou em volta com a mais profunda simpatia. — Todo mundo sabe no fundo de seu coração que eles desistiram, mas depois decidiram esquecer.

— De maneira a poder sobreviver? — perguntou Lazar.

— Isso é o que eles pensam. — Ela o deixou permanecer naquela margem de sentimentos de desolação por mais algum tempo. Lazar queria dizer alguma coisa petulante como: *Eu não quero estar sofrendo assim.* Em vez disso se ouviu dizer:

— Você só está me mostrando o que eu preciso ver, certo?
— Você ainda confia em mim? — perguntou ela.
— Acho que sim.
— Então esta é sua resposta.

Uma coisa ele estava começando a perceber. O anjo não fazia afagos; ela oferecia uma gentileza — se é que se poderia chamá-la assim — muito além de meros afagos.

— A situação não é desesperadora — disse ela finalmente.
— O plano vai funcionar.
— Como? Não me diga, deixe-me adivinhar. Sua resposta vai ser uma pergunta: Quero ver o próximo sinal?
— E você quer?
— Estou começando a ficar mais hesitante quanto a isso. A próxima parte vai ser mais como o Taiti ou mais como ser atropelado por um ônibus?
— Depende do que você vai permitir. Se a decisão fosse minha, você veria tudo isso — o braço dela se estendeu fazendo um largo círculo — através de meus olhos. Então seria muito diferente.
— Ela parecia estar prometendo uma compaixão que estava apenas ligeiramente fora de alcance. O plano era toda a vida dela.
— Vamos andando — balbuciou ele, não muito seguro de si mesmo. — Qualquer coisa é melhor que a hora do *rush*.

Ao contrário da ocasião em que Michael fizera a primeira visita, o estacionamento da casa de Madame Artaud estava cheio quando ele e Susan chegaram. Um dos famosos retiros de fim de semana estava em curso. Eles saltaram do carro, seguindo para o casarão. Dessa vez o caminho não estava desimpedido, mas cheio de balcões e mesas, mais parecendo uma quermesse de fundo de quintal dedicada a anjos. Havia estátuas de gesso de querubins de todos os tamanhos à venda, desde miniaturas para painel de automóvel (com a base circular de borracha para prender por sucção) a serafins que chegavam à altura do joelho ou do peito. O tilintar de carrilhões de anjos soava limpidamente no ar.

— Parece que estamos no lugar certo — comentou Susan ironicamente.

Um cartaz escrito à mão ao lado de uma barraquinha, proclamava: SE VOCÊ NASCEU SEM ASAS, NÃO FAÇA NADA PARA IMPEDI-LAS DE CRESCER.

— Este foi o único lugar que me ocorreu para onde deveríamos ir — disse Michael. Mas o reino *kitsch* que se espalhava pelos caminhos e pelo gramado não o encorajava. Queria chegar logo à porta da frente e entrar na casa. Se pudesse apresentar seu caso a Arielle, ela poderia revelar algum conhecimento oculto, ou pelo menos dar uma pista que lhes permitiria salvar Marvell. Mas a porta da frente, agora podia ver, estava bloqueada por um balcão de inscrições e várias pessoas parecendo funcionários distribuindo crachás com os nomes dos participantes.

— Quando a gente olha para todo esse lixo — observou Susan —, fica difícil acreditar em qualquer coisa. Por acaso existe algo como "ateísmo induzido por excesso"?

— Vamos — disse Michael, seguindo para os fundos da casa. Evitando a fila de inscrição, eles seguiram pequenos grupos de pessoas que estavam entrando numa grande tenda branca sobre o gramado perto do rio. Ouvia-se uma voz de homem no alto-falante.

— Em 1996, astrônomos no Observatório de Palomar avistaram uma luz desconhecida no céu. Posicionada na beira da Via Láctea, essa luz misteriosa não podia ser identificada por nenhum método. Não correspondia a nenhuma estrela ou galáxia. Três anos se passaram e as respostas ainda não foram encontradas. Nós, da Extensão Angelical, sabemos o que é esta luz. Creio que vocês também. Vocês estão de acordo conosco? — Um alarido entusiasmado, mas bem-educado, subiu na tenda.

— Isso é estranho — comentou Susan. — Foi isso que fez Marvell começar?

— Quem sabe? — Michael tinha parado onde estava, não mais seguindo os que entravam na tenda. Perguntou a si mesmo onde ficaria a porta dos fundos da casa e se alguém teria pensado em vigiá-la para impedir a entrada de intrusos.

Às suas costas alguém comentou:

— Esse sujeito está no mundo da fantasia, anjos não ficam pairando nos confins do espaço.

Quando olharam para trás, Michael e Susan viram um homem

magro, de seus trinta anos, com uma barba de três dias e cabelo preto cortado à escovinha. Suas roupas estavam amarrotadas, como se tivesse dormido com elas.

— Já ouviu falar dessa coisa a respeito da qual ele está falando? — perguntou Michael.

O homem deu de ombros.

— Vão acabar descobrindo que é algum tipo estranho de quasar. Você é o médico que estava na cadeia, não é?

Michael ficou atordoado. Não tinha idéia de que a imprensa tivesse circulado notícias a seu respeito.

— Você viu minha fotografia?

O homem magro fez que não, sacudindo a cabeça.

— Não. Informação interna. Venha. — Sem mais formalidades ele se dirigiu para a casa. Uma vez que não tinham nenhuma alternativa melhor no momento, Michael pegou Susan pelo braço e o seguiu.

— Eu preciso de algum tipo de explicação — observou Michael, por sobre o ombro do homem.

— Você deveria estar muito além de qualquer tipo de explicação — respondeu o homem. — Só precisava que eu chamasse sua atenção. A propósito, meu nome é Lazar. — Eles tinham contornado uma grande área protegida por teixos, e além das árvores ficava a porta dos fundos do casarão, uma antiga entrada de serviço para os criados, guardada por uma mulher jovem de cabelos louros e vestido azul-claro.

— Não creio que possamos entrar por ali — disse Susan, começando a recuar.

— Ah, mas é claro que sim — disse Lazar. Ele parecia conhecer a garota. Os dois ficaram juntos, esperando que Michael e Susan os alcançassem.

— Ele estava sendo cínico com relação àquela luz — disse a garota quando estavam todos juntos. — Um quasar poderia ser um anjo. Não há nenhuma regra contra isso. — Ao ver a expressão no rosto de Michael ela riu. — Talvez você não queira realmente uma explicação.

— Eu preciso de uma explicação sobre como este cavalheiro me reconheceu — disse Michael desconfiado.

— Eu contei a ele. — A garota tinha um porte extraordinariamente maduro e gracioso. Sua resposta não ajudava em nada, mas Michael não teve vontade de argumentar. Ela estava olhando para a tenda com uma expressão intensa, mas inescrutável. Depois de um instante voltou a olhar para ele.

— Se você nasceu sem asas, não faça nada para impedi-las de crescer — disse ela. Aparentemente tinha lido o mesmo cartaz lá na frente.

— Acha que impedi as minhas? — perguntou Michael.

— Menos que a maioria das pessoas — respondeu ela. Fazendo meia-volta, abriu a porta e os conduziu para o interior da casa. A parte de trás era ainda mais escura do que os cômodos da frente que Michael vira rapidamente em sua primeira visita. Mas a garota parecia conhecer o lugar, seguindo por saletas e corredores. A casa era um verdadeiro labirinto e depois de alguns minutos era impossível saber onde estavam. Ela encontrou uma escadaria estreita, mais uma relíquia dos tempos em que os muitos criados davam conta de seu trabalho invisível, e subiu. Os sentimentos vagos de Michael começaram a se definir; a garota era alguém que ele já conhecia ou vira em fotografia muito recentemente.

— Aqui — disse ela. Agora estavam no segundo andar, diante de uma porta de madeira entalhada. Michael soube imediatamente que Arielle Artaud estava no quarto atrás da porta.

— Você conhece a senhora idosa? — perguntou ele.

— Conheço. — Ela abriu a porta e se afastou para permitir que os outros entrassem. Entrando em fila no quarto, eles viram um vulto pequenino, vestido de branco, de pé junto da janela. Quando ela se virou, Michael viu uma sombra da Madame Artaud que conhecera, muito menor, como se tivesse encolhido, — e mais envelhecida do que na semana anterior.

— Eu voltei — disse ele, se afastando do pequeno grupo. A garota tinha fechado a porta e estava se mantendo quase fora de vista.

Madame Artaud olhou para ele sem interesse.

— Não deveria ter-se dado ao trabalho — comentou ela. Olhando de volta para o lado de fora, para o rio e a tenda, balbuciou para consigo mesma: — Ridículo.

— Vai descer até lá? Eu gostaria de falar com a senhora

antes — disse Michael. Lançou um olhar para Susan que ainda parecia desanimada e distante; ela estava deixando que ele lidasse com aquilo da maneira como quisesse.

— Descer? — retrucou Madame Artaud em tom amargo.

— Quero dizer a todos eles para irem embora. São ridículos e me tornaram ridícula. — A voz dela tremia ligeiramente, mas então se elevou com o talento dramático de antigamente. — Vi muito mais do que qualquer um deles, mas não vi nada.

Ela se afastou da janela e sentou na beirada de uma imensa cama de quatro colunas, coberta por um dossel de seda vermelha.

— O que você viu? — perguntou a garota, ainda se mantendo atrás do grupo. Arielle Artaud suspirou.

— Foi há muito tempo. Eu tinha uns oito anos, mais ou menos, era desligada do mundo como um ganso. Meu pai tinha uma plantação de oliveiras e parreiras no sul da França, no Midi, e aquele pedaço de terra era tudo que eu conhecia. Um dia ele me levou em sua grande carroça para a colheita, uma carroça puxada por dois grandes cavalos de tiro. Me disse que não atrapalhasse. A carroça foi posta na sombra debaixo de uma árvore e devo ter adormecido. Então alguma coisa me acordou. De alguma forma o arnês deve ter-se partido ou o pino da fivela deve ter-se soltado. Eu estava rolando colina abaixo. No início foi lento, mas a carroça foi ganhando velocidade.

"A encosta era rochosa e íngreme, e acabava numa descida quase perpendicular. Devo ter começado a gritar, porque vi meu pai e dois colhedores de azeitonas correndo em minha direção, agitando os braços e gritando. O sol estava muito alto e forte. O tempo passou muito lentamente. Eles jamais poderiam ter-me alcançado, a carroça estava ganhando muita velocidade. Então, de repente, ela parou, quero dizer, parou de uma vez só, subitamente. Eu quase fui lançada longe, mas consegui me virar. Lá estava aquele rapaz esguio, e ele havia parado a carroça apenas com suas mãos. Estava segurando a parte traseira e sorrindo. Ele me perguntou se eu estava bem.

"Eu assenti. Virei e olhei por sobre o ombro e vi que meu pai e seus trabalhadores haviam parado, imóveis. Seus rostos estavam brancos como giz. O homem que me salvou começou a se afastar. Não estava mais com medo e me perguntei por que meu pai não correu para agradecer a ele.

"Passaram-se alguns instantes antes que meu pai corresse para junto de mim e me abraçasse. Perguntei a ele se conhecia o rapaz que tinha segurado a carroça e ele disse sacudindo a cabeça: 'Arielle, essa é uma carroça de trezentos quilos. Sabe o que isso significa?' Eu não sabia mas ele deixou pra lá. É claro que ninguém poderia ter parado uma carroça pesada como aquela descendo por uma encosta em declive. Foi a única coisa importante que aconteceu comigo."

Ninguém no quarto disse nada. Susan teve uma certa dificuldade para recuperar a voz e tomar a iniciativa de falar.

— Quem acha que era?

— Essa não é a questão. Eu sei quem era — disse a senhora idosa. — Mas ele nunca mais reapareceu. Desde então venho trabalhando com base na fé e no que esperei que fossem vozes. Contudo, hoje, as vozes só têm uma coisa a me dizer. Elas não me dizem para rezar ou para acreditar. Dizem apenas que este é o aniversário da morte de meu pai.

Na sua mente Michael tinha uma certa imagem de um fazendeiro corpulento, de mãos calejadas, mas vestindo um uniforme do exército em vez de suas roupas grossas de lã habituais. Ele estava caído no chão, sem se mover, e metade de seu rosto tinha sido destruída por uma carga de morteiro. A dor de sua morte não era nada se comparada com a dor infligida àqueles que ele deixou para trás.

— Era uma carroça de quatrocentos quilos, não trezentos — disse a garota, que tinha dado um passo adiante, de modo que Madame Artaud pudesse vê-la. Disse isso em tom casual, mas a velha senhora se sobressaltou, visivelmente muito assustada.

— Você — disse em tom surdo. O choque era muito maior que algumas poucas palavras poderiam ter causado. A garota foi andando até a cama e pôs a mão no ombro de Madame Artaud.

— Olhe para mim pela última vez — disse ela.

— Isso quer dizer que estou morrendo? — perguntou a senhora idosa.

— Não. Por que pensa isso? — perguntou a garota.
— Você sabe por quê. Sabe quem eu vejo.

Essa conversa levou apenas alguns segundos, mas a mente de Michael estava voando, tentando evocar, a partir de imagens das quais não se recordava inteiramente, um fato que ele deveria saber. Então ele encontrou. A garota estava nas velhas fotos sobre a cornija da lareira de Madame Artaud, no andar de baixo. Ela aparecia em tantas fotos — algumas em Paris, outras no porto de Cherbourg ou nos conveses de navios a vapor cruzando o Atlântico — que não havia possibilidade de engano. Era a Madame Artaud jovem.

— Como é possível isso? — perguntou a senhora idosa. Seu choque inicial passara e agora estava num estado de temor reverencial. Havia lágrimas nos olhos de Susan e o homem magro, Lazar, estava pálido.

— Deus quer que saiba que você manteve a fé corretamente — disse a garota. — Isto é apenas uma imagem, mas ao permitir que esta imagem continue viva, você saberá que também continuará viva.

Madame Artaud pegou a mão da garota e a beijou. Michael não se sentia atordoado. Vira coisas demais para isso. Tinha a sensação de que o quarto estava invisivelmente se expandindo. Não tinha mais paredes, mas se estendia além de seus sentidos, esticando-se para encontrar um horizonte que sempre estaria ligeiramente fora de alcance, ainda que Deus certamente estivesse além, observando e velando. Depois, quando a realidade retornou a alguma coisa semelhante a seu estado normal, aquele sentimento permaneceria com ele, como uma espécie de iniciação.

— Quero falar com você — disse Madame Artaud baixinho para a garota — sobre muitas coisas.

— Não há necessidade. Esta imagem não vai tornar a encontrá-la. É apenas uma pequena coisa que você pediu — disse Didi. — Era importante que você soubesse que nada é pequeno demais para ser atendido. — Essas palavras tiveram um efeito calmante, mas também exaustivo na senhora idosa. Ela se deixou cair para trás na cama e todos puderam ver que depois de um breve momento havia adormecido.

O pequeno grupo saiu para o corredor e estava a meio caminho descendo a escada antes que alguém falasse alguma coisa.

— Ela sempre faz isso — comentou o homem magro. — E eu vou atrás.

— Essa é sua forma de isentar-se de responsabilidade? — perguntou Michael. Estava surpreendido com o tom descontraído de sua voz, dado o que haviam acabado de ver. Talvez fosse um bom sinal que pudesse voltar à normalidade tão rapidamente.

— Não quero que pense que eu compreendo quaisquer dessas habilidades — disse Lazar. — Você me vê andando normalmente, mas basicamente estou na unidade de tratamento intensivo dos mortais estarrecidos.

— Entendi. Afinal, estou na cadeia do condado — retrucou Michael.

Aquela recordação fez com que ele parasse onde estava. Sabia que não precisava mais consultar Madame Artaud, mas o que a garota iria fazer por ele? Ela encabeçava o grupo andando rapidamente, descendo as escadas quase aos saltos. Chegou à porta dos fundos antes deles e saiu seguindo pelo gramado.

Susan pegou Michael pelo braço.

— Devemos estar perto da saída do labirinto — murmurou.

— Espero que sim — disse Michael.

Didi tinha atravessado o gramado, alcançando a entrada da grande tenda, onde parou e esperou. Parecia estar fazendo cálculos.

— Vai entrar? — perguntou Lazar.

— Quero entrar. Há três pessoas lá dentro que pedem desesperadamente para me ver — respondeu o anjo.

— Mas?

Ela suspirou.

— Não faz parte do plano. — Ela parecia lastimar. Seus braços tinham se afastado ligeiramente do corpo, como se estivesse pronta para abrir as asas. Eles tornaram a cair; ela havia tomado uma decisão. Naquele instante uma forte rajada de vento soprou. Foi forte o bastante para chamar a atenção de todo mundo, ao sacudir a lona. Cabeças se viraram, rostos se levantaram. Três pessoas se viraram o bastante para avistar a garota de pé na entrada. Ficaram boquiabertos e, simultaneamente, levantaram-se de um salto de suas cadeiras. Elas teriam corrido na direção dela, mas uma outra rajada, mais forte que a primeira, arrancou as estacas que prendiam um dos lados da tenda. Cerca de onze metros de lona despencaram, aumentando a confusão.

— Vamos embora — disse Lazar. Didi já estava seguindo em direção ao estacionamento. Em três minutos estavam todos no jipe, rodando em direção à estrada.

— O que você acha? — perguntou Lazar.

— De quê? De tudo ou só da parte que nos colocam na rodovia interestadual com um anjo no banco de trás? — perguntou Michael. Estava novamente tremendamente agitado e impaciente demais para explicações. Como Susan, tinha uma sensação de proximidade do fim. Madame Artaud já havia encontrado seu fim, em seu caminho não voltaria a cruzar consigo mesma quando jovem, apenas guardaria aquela memória como uma certeza que a levaria a se encaminhar corajosamente para a morte e para o além.

— Não me interessa o que você pensa a respeito de nada disso — retrucou Lazar. — Estava me referindo ao helicóptero.

Michael olhou pela janela. Um helicóptero com identificação do exército voava ruidosamente acima deles. Parecia um pequeno aparelho de reconhecimento, não equipado para combate.

— Isso tem alguma coisa a ver conosco? — perguntou Susan.

— Está nos seguindo — respondeu Lazar.

— Por quê?

— Por causa de um sujeito chamado Simon. — Lazar sabia que agora não poderia impedir o confronto entre o anjo e seus perseguidores. Presumia que aquela fosse a parte seguinte do plano. Nenhuma outra explicação se encaixava.

— O que faremos agora? — perguntou Michael, o sentimento de exultação sendo substituído por uma pontada de ansiedade.

Didi se manifestou.

— Siga adiante. Temos de chegar até Marvell.

Michael assentiu, sem se surpreender quando ela disse aquele nome. Pisou fundo no acelerador. Se o helicóptero e sua tripulação compreenderam o que ele estava fazendo, não interferiram, mas ficaram um pouco para trás e continuaram seguindo o carro, obstinadamente, a novecentos metros, esperando o momento de contato.

Quando viraram na entrada para carros da casa de Marvell, três veículos militares já estavam lá.

— Pare aqui — disse Lazar, batendo de leve no ombro de Michael. Ele viu Simon saltar de um carro preto com Carter.

— Está tudo bem? — Michael perguntou à garota. Ela assentiu. Assim que pararam, Lazar saltou e se aproximou dos dois intrusos que estavam andando pela estradinha na direção deles. Michael saltou. Lazar parecia conhecer os homens, mas não foi amistoso.

— Simon, você está andando em má companhia. Combina com você. — O homem a quem estava se dirigindo, que aparentemente era inglês, fez uma careta de escárnio.

— Foi você quem estragou tudo — disse em tom acusador.

— Como? Por querer que nos deixasse em paz? — rebateu Lazar.

— Você levou uma coisa consigo, se lembra? — disse o outro homem, que usava óculos Ray-Ban e terno azul. Michael se perguntou de que distância teriam vindo para aquele encontro e a que velocidade.

— Ah, de modo que Simon o convenceu disso, não é? — retrucou Lazar. — Então qual vai ser o trato? Vocês estão aqui só para falar com ela ou para destruí-la? Não, imagino que queiram usar de todos os meios para apanhá-la. O resto vem depois. — Lazar espichou o pescoço e viu Stillano, que tinha saído de um dos veículos militares e estava observando com impaciência. — Vejo que o chefe dos capacetes de ferro está se mantendo na encolha — comentou Lazar. — Foi repreendido por deixar o cachorro escapulir da coleira? É claro, você também o deixou fugir, Carter, mas empurrou a culpa para ele, não é?

— Quem é este? — perguntou Carter, ignorando a provocação. Tirou os óculos e apontou para Michael.

— Sou um espectador inocente, do tipo que fala com a

imprensa — respondeu Michael, a mente voltada ansiosamente para o interior da casa. Ele se perguntou se Beth ou Marvell já os teriam visto.

— Eu sugiro que saia daqui — disse Carter. — Alguma coisa poderia explodir, e espectadores inocentes costumam ser as pessoas feridas por estilhaços. — Se aquilo era uma ameaça, foi imediatamente reafirmada quando Carter puxou uma arma. Michael hesitou até que se lembrou do que tinha de ser feito.

— Eu vou entrar na casa. Sou médico e alguém lá dentro está precisando de mim. — No meio daquele confronto, o clichê usado por Michael pareceu bizarro. Viu Carter apontar a arma para ele e seu coração começou a se contrair. Se os soldados aparecessem subitamente diante de Marvell, ele estaria morto ou morrendo em seu escritório. Será que aquele seria o fim?

— Deus do Céu, isso é tudo um monte de besteira — gritou Lazar. — Pare com isso. A garota não é uma alienígena. Ela é... — As palavras ficaram engasgadas na garganta dele.

— Ela vem de Deus? — perguntou Simon em tom de deboche. — É difícil dizer isso quando não está tendo sua alucinação particular, não é?

Ainda a uma distância em que não conseguia ouvir o que estava sendo dito, Stillano deve ter começado a ficar impaciente. A uma ordem sua, um grupo de soldados estava se deslocando, cercando o perímetro, depois fechando o cerco ao jipe. Michael percebeu esse movimento pelo canto do olho. Teve apenas tempo de voltar correndo até Susan e a garota.

— Eles estão vindo pegar você — disse, o coração disparado. — Vou tentar sair daqui com o carro.

Didi sacudiu a cabeça.

— Não estou correndo perigo, este momento é a sua oportunidade.

Michael a encarou.

— O que está querendo dizer? Não vai querer ir embora?

— Eu nunca irei embora — respondeu ela com um sorriso.

A essa altura, os soldados estavam cercando o jipe empunhando os rifles apontados. Um tenente com o cabelo cortado à escovinha estava no comando.

— Senhora, saia do carro — ordenou.
Michael podia sentir o perigo, bafejando em cima dele como um animal feroz. Sem pensar ele estendeu o braço e afastou com um tapa o cano da arma mais próxima.
O tenente se conteve.
— Para trás senhor, ou teremos de prendê-lo.
Michael não estava mais prestando atenção. *Este momento é a sua oportunidade.* Qualquer que fosse o significado daquilo, não vinha acompanhado de instruções. Ele pegou Susan pelo braço e a afastou.
— Vamos — balbuciou. Os dois passaram por Lazar, Carter e Simon, seguindo para a porta da frente. Michael pensou ter visto o rosto de Beth atrás da cortina de renda. Mais ninguém a viu. Ninguém estava prestando atenção em coisa alguma, exceto em uma aparente comoção junto ao jipe. Os guardas postados junto à porta se sobressaltaram e começaram a correr naquela direção, bem como Stillano e as tropas em volta da casa. Estava virando um pandemônio. Tiros foram disparados. Lazar começou a gritar:
— Não! — Michael sabia que não deveria olhar para trás.
— Rápido, rápido! — Beth estava gritando à distância de alguns metros do vestíbulo. Correndo, ela os conduziu pelo corredor escuro já familiar. O ar estava fresco. Michael sentiu a mão de Susan tremer na sua.
Beth bateu leve e timidamente na porta do escritório. Uma voz irritada e abafada respondeu:
— Que é? Vá embora.
Beth lançou um olhar expressivo para eles.
— Tem sido um inferno mantê-lo lá dentro. A melhor maneira foi ameaçar interrompê-lo. — Ela assumiu a máscara da esposa obediente e abriu a porta.
— Rhineford, querido — disse. — Há uma pessoa aqui para ver você.
— Mas que inferno! — Mas antes que Marvell pudesse se levantar e bater a porta na cara deles, Michael e Susan se esgueiraram para dentro do escritório. Do lado de fora houve o som alto de armas disparando. Marvell parecia não ouvir. Nenhum dos detalhes havia se alterado em torno dele. Todas as pilhas de

papéis e de livros estavam no mesmo lugar. Algumas poucas velas estavam acesas, não as dúzias que Michael tinha visto na primeira vez, e o ar cheirava a incenso queimado até a haste de madeira.

— Eu conheço vocês. São vizinhos, certo? Vão embora — disse Marvell. O rosto dele parecia extremamente transtornado, como se estivesse nas fases finais de uma viagem alucinógena que tivesse desandado completamente.

— Não podemos ir embora — disse Michael. — Estamos aqui para lhe mostrar o anjo.

Marvell quase cambaleou.

— Quê? — balbuciou, profundamente confuso.

Michael observou seu rosto cada vez mais afogueado, que parecia estar inchando.

— Calma — disse ele. — Ela está esperando.

Marvell se agarrou na cadeira.

— Eu não vou. Quem são vocês? O que sabem a respeito de...

— Sabemos o suficiente. Vamos, venha — insistiu Susan, mais gentilmente. De início resistindo com teimosia, depois como um animal manso, Marvell permitiu que o conduzissem. O corredor dessa vez não parecia tão escuro e, mesmo antes que chegassem ao vestíbulo, Michael viu as cortinas de renda brilhando com uma radiação branca.

— Corra, agora! — gritou ele. — Senão vamos perder isso.

Arrastando Marvell à força, Michael conseguiu chegar primeiro à porta. Ele a abriu abruptamente e empurrou o escritor para a varanda.

Onde estivera o jipe agora havia apenas a terra batida. Um círculo de soldados estava parado em volta, os pescoços virados para cima, as armas caídas no chão. O que eles estavam olhando parecia ser um brilhante clarão branco, só que centenas de vezes mais forte. A luz emitia um leve zumbido. Normalmente suas retinas deveriam ter sido queimadas, mas não foram. A luz pairando os mantinha em estado de animação suspensa. Se aquilo era uma visão sagrada, Michael não teve tempo de reparar, pois menos de um segundo depois havia desaparecido.

— Meu Deus — Marvell balbuciou repetidamente. — Meu Deus.

À medida que sua visão foi retornando pouco a pouco, Michael pensou inicialmente que fosse noite. Tateou para encontrar Marvell na escuridão, para se assegurar de que não tivesse fugido ou caído. Contudo, num instante, tudo clareou e viu que ainda era de tarde. Marvell estava de joelhos a pouco menos de um metro; Susan e Beth estavam atrás dele. Ninguém saberia dizer quanto tempo aquele quadro parado se manteve, mas o grupo de soldados permaneceu absolutamente imóvel. Marvell falou, dessa vez quase choramingando.

— Faça com que volte. Tem de voltar.

Michael teve a impressão de que o homem iria explodir em lágrimas. Será que ele tinha alguma idéia de que era o centro daquela tempestade, a zona de impacto de eventos que tinham se espalhado muito além de suas obsessões pessoais? Beth deu um passo adiante e o abraçou.

— Sinto muito, Ford — disse ela. — Isto era o máximo que você suportaria, o máximo que todos nós poderíamos suportar. É melhor assim. — Sem sequer olhar para Susan ou para Michael, ela o levou de volta para dentro da casa.

Os soldados, obedecendo a uma reação retardada, de repente entraram em movimento. Alguns se jogaram ao chão, outros agarraram seus rifles e os apontaram para todas as direções em busca do inimigo, uns poucos simplesmente saíram correndo. No meio da comoção, Stillano berrou pedindo ordem; Lazar se manteve onde estava, às gargalhadas, rindo descontroladamente. Berrou uns poucos "Vivas!" depois veio andando na direção deles.

Quando chegou perto da varanda, perguntou:

— Vocês moram perto daqui?

— Morávamos — respondeu Susan. Ela também estava rindo e abraçando Michael.

— Está planejando ficar por aqui? Pensei que fosse querer ir para casa — disse Michael.

— Não, não posso — explicou Lazar. — Ela me contou tudo. Eu conheço o plano.

Naquele instante Michael não sentia a menor curiosidade

para saber de que plano ele estava falando. Aproximou a boca da orelha de Susan.

— Estamos salvos — sussurrou. Ela tremia nos braços dele.

— Saímos do labirinto — repetiu ela — e nunca mais vamos entrar.

Pós-escrito

Se você for um fiel leitor das páginas finais do *Times*, alguma notícia sobre a comoção no norte do estado pode ter chegado a seu conhecimento. O xerife do condado e a polícia estadual investigaram brevemente o incidente, mas não encontraram nenhuma prova da luz brilhante ou explosão relatada por moradores locais. Houve uma pequena agitação entre grupos interessados em OVNIs, o que de certa forma garantiu que mais ninguém levasse a história a sério. Carter e Stillano apresentaram relatórios secretos em separado que se contradiziam violentamente e atribuíam a elementos externos a culpa pela vigilância inadequada do espaço aéreo nacional na Nova Inglaterra. Simon Potter foi promovido internamente na CIA, sem conhecimento público e depois de se assegurar que sua pensão estava garantida, passados vários meses, aposentou-se. O pagamento que recebeu pela aposentadoria permitiu-lhe comprar e pagar em dinheiro um chalé isolado nas Ilhas Orkney, ao largo da costa norte da Escócia. Nunca mais se ouviu falar nele.

A luz misteriosa avistada nos limites da Via Láctea, pela primeira vez, em Palomar, em 1996, permanece um mistério, a despeito de seu espectro estar sendo comparado a todas as galáxias e corpos estelares conhecidos.

As condições no Kosovo continuaram piorando a cada dia. A centelha de esperança que havia brilhado quando o povo acreditou que um anjo tinha aparecido em Arhangeli se apagou, e a região foi tragada por uma explosão de violência étnica que ninguém pôde impedir. Susan Aulden ocasionalmente via recortes de notícias sobre a carnificina naquela região e se perguntava se todo mundo realmente recebia, como ela havia previsto, o que queria.

De acordo com os rumores, Michael Aulden havia se tornado um recluso depois que todas as acusações contra ele foram retiradas. Poucas pessoas o encontravam ou à sua esposa, e muitas presumiam que eles tivessem se mudado, depois que a casa foi vendida. Certa vez, durante uma violenta tempestade, uma mulher com duas crianças pequenas derrapou com o carro na estrada e quase foi parar dentro do rio, cujas águas haviam subido muito. Quando a patrulha rodoviária apareceu, a mulher estava histérica, insistindo que o carro havia mergulhado nas águas revoltas, mas depois fora miraculosamente retirado por um homem. A única pessoa que se encaixava na descrição era Aulden, mas os esforços realizados para tentar descobrir seu endereço foram infrutíferos.

A única repercussão significativa da captura levou um ano para aparecer, quando Rhineford Marvell escreveu um romance chamado *O anjo está perto*, em co-autoria com um físico aposentado, Theodore Lazar. O livro poderia ter um tom de revelação ou de ilusão, dependendo de quem fizesse a resenha. No romance, um anjo conversa durante horas com um escritor em seu retiro secreto nas florestas do Maine. Ele se materializa saindo da neve, na véspera de Natal, assumindo a forma de uma garota de dez anos. A mensagem do anjo tinha características proféticas, mas nunca ameaçadoras.

— Deus ainda está esperando que vocês dêem atenção a Ele — diz ela, a certo ponto. — Isso levou muito tempo para acontecer, mas Deus chegou à conclusão de que muito poucos despertarão a menos que Ele revele seu plano divino. De modo que isso será feito.

— Qual é o plano? — pergunta o escritor.

— Deixe-me contar a você.

O anjo então passa a revelar um roteiro de luz e conhecimento em expansão que gradualmente se espalhando pelo mundo até que todas as objeções óbvias ao plano divino — a morte e o mal, a violência inconsolável e a violação do planeta — finalmente começam a desaparecer. Ela parece bastante confiante de que esse plano será bem-sucedido. Contudo, não faz previsões de tempo para sua realização. Ao contrário de muitos trabalhos de ficção de Marvell, este continuou vendendo muito bem depois do sucesso inicial, e houve boatos de que estava reunindo um culto de seguidores. O autor demonstra uma aparente indiferença às vendas, embora quando autografe um exemplar, sempre escreva a mesma dedicatória:

Se você nasceu sem asas, não faça nada para impedi-las de crescer.

Este livro foi composto pela
Art Line Produções Gráficas Ltda.
Rua Visconde de Inhaúma, 64 - Centro - RJ
e impresso na Editora JPA Ltda.
Av. Brasil, 10.600 - Rio de Janeiro - RJ
em dezembro de 2001,
para a Editora Rocco Ltda.